Christian Limmer

Unter aller Sau

Christian Limmer

Unter aller Sau

Kriminalroman

DROEMER

Besuchen Sie uns im Internet:
www.droemer.de

FSC
www.fsc.org
MIX
Papier aus verantwortungsvollen Quellen
FSC® C014496

Redaktion: Maria Hochsieder
Umschlaggestaltung: ZERO Werbeagentur, München
Umschlagabbildung: FinePic®, München
Satz: Adobe InDesign im Verlag
Druck und Bindung: GGP Media GmbH, Pößneck
Printed in Germany
ISBN 978-3-426-19933-6

2 4 5 3

Für Christine und Sina

Schneewittchen war kein schöner Anblick. Ihre Haut weiß mit einem Grauschimmer, schwarzes, zotteliges Haar, die Lippen blau und rissig, das rechte Auge blutunterlaufen, im linken räkelten sich ein Dutzend Maden.

Zusammengekrümmt wie ein frierendes Kleinkind lag sie zwischen den Brombeersträuchern, fast so, als hätte sie dort Schutz gesucht. Ihr Negligé war zerrissen, die Laufmaschen der halterlosen Strümpfe wirkten wie Narben an ihren langen, schlanken Beinen. Die Hände hatten den Waldboden aufgewühlt, die kleinen Fäuste mit den pink lackierten Fingernägeln hielten den Dreck immer noch fest umklammert.

Die Welt um sie herum kümmerte das wenig. Die Tannen knarrten im warmen Sommerwind, die Vögel trugen ihre morgendlichen Gesangsduelle aus, und nicht weit entfernt plätscherte der Bach, der seit Jahrhunderten den Wald durchzog und Richtung Niedernussdorf floss, um sich vierzig Kilometer weiter nördlich mit der Donau zu vereinen.

Kurz bevor der Bach die Ortsgrenze von Niedernussdorf überschreitet, macht er einen Schlenker um den Wegmeyerhof. Dort hatten die Kinder aus dem Dorf einen Staudamm aus Ästen gebaut, an dem ihre selbstgeschnitzten Holzschiffchen hängenblieben, die sie weiter oben ins Wasser ließen.

Auch diesmal schaukelten zwei Bötchen um die Wette auf den Staudamm zu. Beppo und sein bester Freund

Olli liefen am Ufer entlang neben ihnen her. Die Schulranzen auf ihren Rücken wippten im Takt der Schritte.

»Kannst den Euro schon mal rüberfahren«, sagte Beppo mit einem fetten Grinsen, das Grübchen in seine Wangen zeichnete. Seine grünen Augen blitzten siegessicher.

»Noch sind wir nicht da«, erwiderte Olli. Der Elfjährige mit den Segelohren und der Igelfrisur grinste ebenfalls, denn schon oft hatten sich die Wettrennen auf den letzten fünf Metern entschieden, dort, wo der Bach in einer scharfen Kurve vom Wegmeyerhof abbog. Tatsächlich verfing sich das Boot Beppos, das aus leichtem Kiefernholz gefertigt war, an einem Autoreifen, der halb aus dem Wasser ragte. Ollis Fichtenschiffchen rammte den Konkurrenten, wirbelte einmal um die eigene Achse und setzte seine Fahrt fort.

»Hättest nicht so früh schreien sollen«, triumphierte Olli. Er eilte zum Staudamm, während Beppo kurzerhand aus seinen Flipflops rutschte, ins Wasser stieg und sein Bötchen aus der Reifenfalle befreite.

»Beppo!«, plärrte Olli. Beppo schaute zu seinem Freund, der mit einem durchsichtigen Gefrierbeutel wedelte. »Das musst dir anschauen!«

»Gleich!«

»Schick dich, sonst gehört das alles mir.«

»Komm halt du.«

»Bin ja nicht dein Fiffi.« Olli schaute trotzig zu Beppo. Der kletterte gemächlich ans Ufer, schlüpfte in seine Flipflops. Olli seufzte, rannte zu seinem Freund. »Schau.« Olli hielt den Beutel hoch. Beppos Augen wurden riesengroß. In dem Gefrierbeutel waren jede Menge Geldscheine, alles Fünfziger und Hunderter.

»Boah.«

»Was machen wir?«
»Ja, aufmachen, was sonst?« Beppo nahm Olli kurzerhand den Beutel aus den Fingern, zippte den Verschluss auf und leerte den Inhalt auf den Boden. Staunend gingen die beiden Jungs in die Hocke, keiner von ihnen traute sich, das Geld anzufassen.
»Wie viel is'n das?«, fragte sich Olli.
»Über tausend auf jeden Fall.«
»Zähl mal.«
»Wieso ich?«
»Weil du in Mathe einen Zweier hast.«
»Aber dein Vater ist Banker.«
»Der hat nie mehr als fünfzig Euro im Geldbeutel. Der zahlt nur noch mit Karte. Der sagt immer, heutzutage mit Bargeld rumrennen ist absoluter Schwachsinn.«
»Mein Vater hat nur Bargeld. Nur Bares ist Wahres.«
»Mei, jeder ist anders.«
Beide schwiegen, konnten ihren Blick nicht von dem Geld abwenden.
»Weißt, was du für über tausend Euro kriegst?«, fragte Beppo.
»Freilich. Eine PS3, eine Wii und eine Xbox.«
Beppo schaute auf, runzelte die Stirn. »Wie hast denn das so schnell zusammengerechnet?«
»Ich hab letztes Jahr einen Weihnachtszettel gemacht. Da war aber noch ein iPod drauf, da war ich dann bei eintausendeinhundertfünf.« Er schaute Beppo an. »Den iPod hab ich jetzt einfach abgezogen.«
Beppo deutete auf das Geld. »Ja, das sind aber bestimmt über tausend Euro, da kannst dir den iPod auch noch leisten.«
»Du willst das doch nicht behalten, oder?«

»Warum nicht?«
»Das gehört doch jemandem.«
»Schon. Aber er hat's ja weggeschmissen, also wollt er's nicht mehr.«
»Das glaubst doch selber nicht.«
Beppo grinste wieder fett. »Ich glaub, wir bringen's zu den Sheriffs.«
Olli war erleichtert, dass sich Beppo nur einen Scherz erlaubt hatte. »Genau. Sollen die's doch zählen.«

»Dreitausendfünfhundertfünfzig.« Schorsch Kramer legte den letzten Fünfziger mit seiner mächtigen Pranke auf die anderen Geldscheine. Der Statur nach erinnerte er an einen Braunbären, seine Haltung etwas gebeugt, als wollte er aus Rücksicht die anderen nicht überragen. Alles an ihm wirkte schwer und massig, von den weißwurstdicken Fingern über den wuchtigen Bauch bis zum Dreifachkinn, das seinen Kopf ohne sichtbaren Hals auf dem Oberkörper sitzen ließ.
Seine kindlichen Knopfaugen schauten Beppo und Olli an, die vor dem Tresen in der Polizeistation Niedernussdorf standen. »Dafür muss eine alte Frau lange Holz hacken.«
Seine Kollegen, Wachtmeister Richard Hafenrichter und Wachtmeister Erwin Huber, richteten ihren Blick ebenfalls auf die beiden Jungs. Die fühlten sich etwas unbehaglich angesichts dreier Uniformierter, die sie wie Verbrecher zu mustern schienen.
»Wir haben die gefunden, ehrlich«, fühlte Olli sich bemüßigt zu erklären. »Wir klauen nicht.«
Keiner der Streifenbeamten sagte ein Wort. Ihre Blicke

drückten wie Mühlsteine auf das Gewissen der beiden Jungs.
»Sonst hätten wir das doch nicht hergebracht«, unterstützte Beppo seinen Freund.
Die drei Polizisten starrten die Kinder weiter stumm an. Jeder schien zu überlegen, was er sagen sollte, und bei jedem geschah das in unterschiedlicher Geschwindigkeit. Und mit unterschiedlichem Ergebnis. Erwin, der Schnellste unter ihnen, beugte sich vor.
»War da noch was?«
»Wie, war da noch was?«
»Da, wo ihr das gefunden habt. Habt ihr da noch was gefunden?«
Erwin erinnerte in diesem Moment an einen Wolf, ein Eindruck, der durch seine dichten Augenbrauen im schmalen Gesicht mit der kleinen Nase noch verstärkt wurde. Seine dunklen Augen fixierten die beiden Jungs finster. Erwins Grundhaltung war von Misstrauen geprägt, und sein gedrungener Körper schien immer angespannt und zum Angriff bereit. Beppo und Olli ließen sich davon nicht beeindrucken.
»Wenn wir noch was gefunden hätten, hätten wir's mitgebracht«, polterte Olli frech zurück.
»Das kommt drauf an«, mischte sich Schorsch ein, was ihm einen schrägen Seitenblick Erwins einbrachte. Der hatte es gar nicht gern, wenn man sich in seine Befragung einmischte, und schon gar nicht, wenn es Schorsch war. Die beiden Kollegen verband seit der Grundschulzeit eine unverbrüchliche Hassliebe. In der zweiten Klasse hatte sich herausgestellt, dass Erwin unter einer Schreibschwäche litt. Buchstabendreher, vergessene Buchstaben, fantasievolle Eigenkreationen trieben Lehrer und

Eltern zur Verzweiflung. Schließlich hatte es dazu geführt, dass Erwin auf eine Sonderschule kam. Mit dem sogenannten Depperlbus musste er fünf Kilometer ins benachbarte Grünharding fahren, wo sich speziell geschulte Pädagogen seiner annahmen.

Schorsch, der in der Schule immer ein Musterschüler gewesen war, verlieh Erwin den Titel geistiger Tiefflieger, was eines Tages zu einer Schlägerei führte, bei der Erwin zeigte, worin er wirklich gut war. Im Handfesten. Sein Oberstübchen war vielleicht etwas unterentwickelt, dafür hatte er, trotz seiner Kleinwüchsigkeit, eine unheimliche Kraft. Schorsch kam an jenem Abend mit zwei Milchzähnen weniger nach Hause, und Erwin hatte entdeckt, was ihm Spaß machte. Boxen. Henry Maske wurde sein Vorbild, dem er auch jetzt noch nacheiferte. Im Wohnzimmer hing ein Boxsack, den er regelmäßig traktierte, er trank jeden Morgen einen Eiweißdrink, und in den virtuellen Boxkämpfen im Internet belegte er stets einen der vorderen Plätze.

»Auf was?«, fragte Beppo Schorsch herausfordernd.

»Wie groß und schwer das war«, erwiderte Schorsch.

Richie, die Lider von der vergangenen Nacht noch auf Halbmast, drehte seine Augen mit Mühe Richtung Schorsch. Worauf wollte der Dicke hinaus? Bevor er diesen Gedanken zu Ende denken konnte, schoss Schorsch bereits die nächste Frage ab.

»Vielleicht hat das Geld ja neben einer Leiche gelegen.«

Alle glaubten, sich verhört zu haben. Sie starrten Schorsch an, der sich zu einer Erklärung verpflichtet fühlte. »Die zwei haben uns schon mal Arbeit gemacht.«

Keiner reagierte. Jeder wusste, dass er auf den abgebissenen Finger vom letzten Jahr anspielte, der einen besonders grausamen Mord nahegelegt hatte. Das ganze Dorf hatte sich damals in heller Aufregung an der Opfersuche beteiligt. Wie sich schließlich herausstellte, hatte der Finger der alten Mathilda vom Gruberhof gehört. Sie war auf ganz natürliche Weise verstorben, von den Angehörigen aber an die Säue verfüttert worden, um sie spurlos verschwinden zu lassen. Eine Leiche in der Sommerhitze ist nur begrenzt haltbar, und so war das einzige Überbleibsel der Finger gewesen, den Beppo und Olli seinerzeit zur Polizei gebracht hatten. Ein Pflichtbewusstsein, das den Beamten immer noch säuerlich aufstieß. Man musste Arbeit ja nicht mit Gewalt erzwingen, war von jeher Schorschs Motto. Darin stimmten seine Kollegen mit ihm überein.

»Ich mein, wir haben sonst nie Stress, und immer wenn die zwei auftauchen …« Er deutete mit dem Kinn auf Beppo und Olli. Richie und Erwin seufzten und nickten synchron. Die Augen der Polizisten richteten sich wieder auf die Jungs. Erwin holte tief Luft.

»Also, ihr habt's das gut gemacht, so ehrliche Finder gibt's heutzutage selten. Ab jetzt übernehmen wir. Ihr könnt gehen.«

Die beiden Kinder bewegten sich keinen Millimeter.

»Kriegen wir was dafür?«, erkundigte sich Olli.

»Einen Finderlohn«, ergänzte Beppo.

»Finderlohn gibt's, wenn sich derjenige meldet, dem das Geld gehört«, entgegnete Richie.

»Aber irgendwas hätten wir schon gerne«, hakte Beppo nach.

»Das ist hier kein Wunschkonzert«, brauste Schorsch auf. »Sobald sich jemand meldet, hört ihr von uns.« Er und die Jungs starrten sich an. Keiner zuckte auch nur mit der Wimper.

»Ich hab da was für euch«, schob sich Richie dazwischen. Aus einer Schublade holte er ein Paar Handschellen, hielt sie den Jungs hin. Die Handschellen waren verschlossen. »Aber ohne Schlüssel.«
Beppo und Olli wechselten einen kurzen Blick, nickten. Beppo nahm die Handschellen, versuchte gleich, eine Hand durchzuzwängen. Es klappte.
»Cool.«
Die zweite Hand folgte. Er grinste Olli an.
»Jetzt kannst mich abführen.«
Erwin schaute auf die große Uhr über der Tür. Halb neun.
»Ja, und zwar zur Schule. Im Laufschritt. Die erste Stunde schafft ihr sowieso nicht mehr.«
»Vielleicht schreiben Sie uns eine Entschuldigung, damit die Müllerin auch glaubt, was wir erzählen.«
»Raus! Aber sofort!« Schorsch war der Kragen geplatzt, und der Ausbruch verfehlte seine Wirkung nicht. Beppo und Olli drängten zur Tür hinaus und flitzten davon.
Schorsch war so in Fahrt, dass er sich gleich Richie vorknöpfte.
»Und du, wieso schenkst du denen Handschellen? Das sind Arbeitsutensilien.«
»Ohne Schlüssel liegen die doch bloß rum.«
»Darum geht's nicht. Dafür sind Steuergelder ausgegeben worden, die hast du nicht aus deiner eigenen Tasche bezahlt, oder?«
»Durchs Rumliegen werden die auch nicht besser. Und jetzt sind sie immerhin zu was nützlich.«
»Handschellen sind kein Kinderspielzeug.«
Jetzt war es Erwin, dem es zu bunt wurde.
»Es reicht!« Sein böser Blick brachte sowohl Richie als

auch Schorsch zum Verstummen. »Viel wichtiger ist, was wir mit dem Geld da machen!«
Die drei glotzten auf die dreitausendfünfhundertfünfzig Euro.
»Warten, bis sich jemand meldet, was sonst«, meinte Richie, der jegliche Störung seines friedvollen Lebens als äußerst lästig empfand. Und den Besitzer dieses Geldhaufens zu finden roch nach richtiger Arbeit.
»Wir müssen da schon einen Aushang machen, und die Zeitung sollten wir auch informieren«, hielt Schorsch dagegen. Er hoffte, dass ein Mal gemacht würde, was er sagte. Bisher hatten sich derartige Hoffnungen in seinem Leben nur selten erfüllt, und auch diesmal wurde sein Einwand ignoriert.
»Wir sagen der Gisela Bescheid, die wird schon wissen, was wir machen sollen«, entschied Erwin. Schorsch grummelte zwar, aber letztendlich war es Gisela, die als Dienststellenleiterin die Entscheidung treffen musste.

Gisela Wegmeyer saß auf einem neumodischen Schwingstuhl in einem modernen Zimmer mit abstrakter Kunst an der Wand. Ihr Erscheinungsbild stand im krassen Widerspruch zur Einrichtung des Wartezimmers. Gisela war grundsolide. Ihre kornblauen Augen strahlten Ruhe und Gelassenheit aus, was von dem leichten Lächeln um ihre Mundwinkel unterstützt wurde. Sie trug niemals Make-up, ihre strohblonden Haare waren so unauffällig wie die Kleidung. Obwohl sie etwas fester gebaut war, hatte Gisela etwas Filigranes an sich, das nur mit ihrem speziellen Fingerspitzengefühl erklärt werden konnte. Sie war in der Lage, jedem Menschen, mit dem sie zu tun hatte, das Gefühl zu geben, er allein stehe im Mittelpunkt ihres Interesses. Das war keine Heuchelei, vielmehr entsprach diese Empathie ihrer Persönlichkeit. In Giselas Nähe fühlten sich die Menschen gut aufgehoben.

Auf den anderen Chromstühlen im Wartezimmer der neurologischen Praxis in Straubing hockten ein älteres Ehepaar, ein junger Mann mit Kopfverband, der eine Autozeitschrift durchblätterte, und eine Mutter mit ihrem dreijährigen Buben. Der Kleine hielt einen zerzausten Stoffelefanten fest umklammert, während seine Mutter ihm ein Lied ins Ohr summte. Er fixierte Giselas große Nase, die sie von ihrem Vater geerbt hatte. Er war so fasziniert von dem Zinken, dass er keinen Mucks von sich gab. Die Mutter schrieb seine Ruhe ihrem Lied und dem leisen Wasserplätschern zu, das, untermalt von Harfenmusik, aus unsichtbaren Lautsprechern rieselte.

Die Sprechstundenhilfe, eine magersüchtige Schwarzhaarige mit ungesunden Augenringen, steckte ihren Kopf ins Wartezimmer.

»Frau Wegmeyer, bitte.«

Gisela erhob sich.

»Wiederschaun«, verabschiedete sie sich in die Runde.

»Wiederschaun«, ertönte es unisono. Der Kleine starrte Gisela mit großen Augen nach, als sie das Wartezimmer verließ und der Magersüchtigen in ein kleines Besprechungszimmer folgte.

»Der Herr Doktor und Ihr Vater kommen gleich«, meinte die Magersüchtige und ließ sie alleine. Gisela setzte sich in einen der beiden Stühle vor dem Schreibtisch. Hier gab es keine Musik, hier summte nur die Sauerstoffanlage eines Aquariums, das fast eine gesamte Wandbreite einnahm. Auf der gegenüberliegenden Seite ein Regal voller medizinischer Enzyklopädien, den freien Platz daneben nahm eine Skulptur aus Blech ein, die man für einen Menschen halten konnte, der die Hände dem Himmel entgegenstreckte. Hinter dem Schreibtisch war eine breite Terrassentür, die von einem orangefarbenen Vorhang verdeckt war. Das durch den Vorhang hereinfallende Licht tauchte das Zimmer in eine warme Farbe, die dem nüchternen Raum fast etwas Gemütliches verlieh.

Wäre da nicht der unbequeme Schwingstuhl. Giselas Körper verspannte sich, weil sie das Gefühl hatte, dass sie bei der leisesten Bewegung von der schiefen Sitzfläche rutschen würde.

Vielleicht war sie aber auch angespannt, weil sie Angst vor dem hatte, was ihr der Arzt sagen würde. Gisela rieb ihre Handflächen trocken, versuchte gleichmäßig zu atmen und ihren wippenden rechten Fuß unter Kontrolle zu kriegen.

Die Tür schwang auf. Gisela zuckte leicht zusammen, stemmte sich sofort hoch. Doktor Rothaler und Giselas Vater kamen herein.

»Grüß Gott, Frau Wegmeyer.«

»Grüß Gott, Herr Doktor.«

Gisela schob ihrem Vater den zweiten Stuhl hin und stützte den Einundachtzigjährigen, während er sich darauf niederließ. Doktor Rothaler, Mitte fünfzig, aber mit der Dynamik eines Studenten, warf sich in seinen Ledersessel hinter dem Schreibtisch. Er sah unverschämt gut aus, braungebrannt, gerade weiße Zähne und kein einziges graues Haar. Jedes Mal, wenn sie ihn sah, fragte sich Gisela, ob er sich von einem Schönheitschirurgen behandeln ließ. Üblicherweise wusste die Natur zu verhindern, dass jemand in ihrem Alter so frisch und gut erhalten blieb.

»Wollen Sie die gute oder die schlechte Nachricht zuerst?«

Doktor Rothaler schaute Gisela aus seinen klaren blauen Augen offen an. Gisela war seine forsche Art schon gewohnt.

»Erst die schlechte. Falls die mich umhaut, bringt mich die gute hoffentlich wieder auf die Füße.«

»Das Kurzzeitgedächtnis Ihres Vaters ist kaum mehr vorhanden.«

Sein Blick wanderte zu Jakob, der auf seine verschränkten Hände sah und augenscheinlich kein Wort hörte. Doktor Rothaler und Gisela wussten, dass dem nicht so war. Jakob war es einfach unangenehm, wenn in seiner Anwesenheit über ihn gesprochen wurde. Er hatte nie gern im Mittelpunkt gestanden.

»Das bedeutet, er vergisst Dinge, die Sie ihm vor ein paar Minuten gesagt haben, er wird Sie immer häufiger nicht erkennen, und seine gewohnte Umgebung wird ihm allmählich fremd erscheinen. Wir müssen ihm Hilfestellungen geben, damit er im Alltag einigermaßen gut zurechtkommt.«

»Aha«, kam es rauh aus Giselas Mund. Ihr Hals war vollkommen ausgetrocknet, ihr Kopf fühlte sich an, als wäre er mit Luft gefüllt.

»Sie müssen sich daran gewöhnen, in einfachen Sätzen zu reden. Er wird oft aufbrausend reagieren, weil er nicht versteht, was Sie von ihm wollen. Er meint es nicht böse, er hat nur Angst, weil ihm nichts in seiner Welt mehr Orientierung gibt.«

Doktor Rothaler holte eine kleine Blechdose aus seinem blütenweißen Kittel, öffnete den Deckel. Darin lagen schneeweiße Pfefferminzbonbons. Er hielt Gisela das Döschen hin, sie schüttelte den Kopf. Doktor Rothaler bot Jakob die Bonbons an. Der Alte streckte seine Hand aus, nahm eines.

»Danke«, sagte er leise. Er schob sich das Pfefferminzbonbon in den Mund. Zufrieden lehnte er sich zurück. Er schien plötzlich völlig entspannt.

Doktor Rothaler bediente sich selbst und fläzte sich wieder in das Lederpolster.

»Diese Bonbons erinnern ihn an seine Kindheit, er hat immer eines bekommen, wenn er seine Hausaufgaben gemacht hatte.«

»Hat er Ihnen das erzählt?«

»Wer sonst?«

Doktor Rothaler und seine Augen lächelten.

»Das hab ich gar nicht gewusst«, meinte Gisela.

»Das ist die gute Nachricht. Wir müssen uns mit den Kindheitserinnerungen Ihres Vaters auseinandersetzen. Aber nur mit den positiven, bitte schön.«

»Und dann ist er glücklich?«

Doktor Rothaler drehte sich in seinem Sessel hin und her.

»Glücklich ist vielleicht das falsche Wort. Dann fühlt er sich wohl. Damit können wir die negativen Auswirkungen der Demenz etwas abmildern.«

Gisela mochte dieses Wörtchen *wir* überhaupt nicht, diese Implikation, dass es nicht alleine ihre Aufgabe war, sich um ihren Vater zu kümmern.

»Haben Sie noch Angehörige, die uns da unterstützen können?«

»*Wir* haben da noch einen Bruder, der aber mit seiner Familie total überfordert ist. Der wird *uns* da keine Hilfe sein.«
Die Betonung der beiden Pronomen ließ das Lächeln in den Augen des Doktors noch fröhlicher werden. Er mochte Menschen wie Gisela, die nicht auf den Mund gefallen waren.
»Sehen Sie das Ganze als Chance, Ihren Vater besser kennenzulernen.«
Er beugte sich vor.
»Sie werden es nicht bereuen.«
Gisela war nicht so überzeugt. Die letzten Jahre hatte Jakob ihre Lebenszeit sehr in Anspruch genommen, und wenn das jetzt noch weiter zunähme ...
Sie schaute zu ihrem Vater, der aus seiner Selbstversunkenheit auftauchte. Er schnalzte kurz mit der Zunge, spürte dem Geschmack des Pfefferminzbonbons nach.
»Kann ich noch eines haben?«
Doktor Rothaus streckte Jakob die Dose hin.
»Wo krieg ich die denn her?«, fragte Gisela.
»Die gibt's nur noch im Internet. Ich schreib Ihnen die Adresse auf.«

Nachdem Jakob in den nigelnagelneuen Smart eingestiegen und festgeschnallt war, schaltete Gisela ihr Handy wieder ein. Die ersten Takte von *Mamma Mia* informierten Gisela über eine Nachricht auf der Mailbox. Es war Erwin, der sie über das gefundene Geld in Kenntnis setzte. Gisela drückte die Kurzwahltaste für ihre Dienststelle.
»Bist schon fertig?«, tönte ihr Erwins Stimme entgegen.

»Grad vor fünf Minuten.«

»Und? Wie schaut's aus?«

»Mei, nicht gut.«

Sie blickte zu Jakob, der im Beifahrersitz saß und wieder auf seine verschränkten Hände starrte.

Sie holte tief Luft. »Was ist denn das mit dem Geld?«

»Keine Ahnung. Mehr, als ich dir aufs Band gesprochen hab, wissen wir jetzt auch nicht.«

»Die haben das im Bach gefunden?«

»Genau.«

Gisela überlegte kurz. Sie war froh, eine Aufgabe zu haben, die ihr Gehirn in Anspruch nahm.

»Dann geht ihr jetzt von der Fundstelle bachaufwärts. Vielleicht findet ihr ja was.«

»Ja, und was?«

»Irgendwas. Und wenn nicht, dann haben wir es wenigstens probiert.«

Ätherisches Rauschen füllte eine kurze Pause.

»Und wen meinst du mit ihr?«

»Na, du und der Richie.«

»Und der Schorsch?«

»Einer muss ja auf der Wache bleiben, oder?«

»Ja, aber immer der Schorsch.«

»Jetzt geh, Bewegung schadet euch nicht. Ich bin in einer Dreiviertelstunde da. Servus.«

Ohne auf ein weiteres Wort Erwins zu warten, drückte sie die Auflegen-Taste. Sie hatte keine Lust auf endlose Diskussionen darüber, wer was machte und warum. Ihre drei Untergebenen waren in dieser Hinsicht wie Kinder, die nie Pflichten übernehmen, sondern immer nur Spaß haben wollten. Gisela selbst hatte zwar keine Kinder, aber sie wusste mit ihnen umzugehen.

Und so schlurften fünf Minuten später Erwin und Richie ohne großen Elan den kleinen Bach entlang Richtung Wald. Ihre Augen taten so, als würden sie die Umgebung nach Hinweisen auf den Ursprung des Geldes absuchen, aber in Wahrheit reichte der Blick nicht weit. Ohne klare Vorstellung, wonach man suchte, war jede Suche sinnlos. Das jedenfalls war Richies Meinung, und seine ganze Körperhaltung drückte das aus. Er wirkte wie der personifizierte Widerwille in Uniform.

Nach zehn Minuten hatten sie den Wald erreicht, und Richie blieb stehen.

»Da willst du jetzt aber nicht wirklich reingehen, oder?«

Erwin drehte sich zu Richie um.

»Logisch. Wieso nicht?«

»Weil, wenn wir dem Bach noch weiter nachgehen, sind wir übermorgen in Zwiesel und Ende der Woche in der Tschechei.«

Erwin schaute Richie lange an, dann wandte er sich dem Wald zu, starrte auf die Bäume, drehte sich schließlich wieder zu Richie um.

»Wir gehen bis zur Grenze von Grünharding und kehren dort um. Das heißt, wir sind maximal noch eine Stunde unterwegs.«

Richie seufzte. »Wenn's sein muss.«

Die beiden setzten sich wieder in Bewegung.

»Eigentlich hätte das der Schorsch machen können. Dem tät's echt nicht schaden, wenn er ein bisschen rauskommt«, brummte Richie.

»Mei, er ist halt der geborene Schreibtischhengst. Wir nicht. Das passt schon.«

Erwin und Richie verschwanden zwischen den Bäumen. Ein Specht klopfte, ein Traktor dröhnte, ein Hund bellte,

und dreiundfünfzig Minuten später standen die beiden Streifenbeamten vor Schneewittchen und kämpften mit dem Brechreiz.
Erwin verlor den Kampf, er hastete Richtung Bach und spendete sein Frühstück der Natur. Richie spürte seinen Magen zwar rumoren, aber da er nie frühstückte, sondern nur einen Joint rauchte und ein Weißbier trank, gelang es ihm, seinen Mageninhalt bei sich zu behalten. Seine Augen klebten an der Leiche, während seine Hand sich langsam hob und die Finger in die Brusttasche wanderten, wo sein Handy wohnte. Er zog es heraus, und ohne dass sich seine Pupillen einen Millimeter bewegten, drückte er eine Kurzwahltaste, hielt das Telefon ans Ohr und lauschte dem Freizeichen. Wahrscheinlich hörte er den Ton gar nicht, denn als sich Gisela am anderen Ende meldete, dauerte es glatte zwanzig Sekunden, bis ihre Stimme in seine Gehirnwindungen vordrang.
»... Richie, jetzt sag einmal, was ist denn los? Hörst du mich überhaupt?«
»Gisela.«
Das war alles, was sich aus seinem Mund quälte. Und es klang so rauh, dass man Tannenzapfen damit hätte abschmirgeln können.
»Was?«, drang es aus dem Handy.
»Gisela.«
Richie war noch immer zu keiner Bewegung fähig. Diese junge Frau, deren linkes Auge mit Maden gefüllt war, war der erste gewaltsam umgekommene Mensch, den er in seinen bislang dreiunddreißig Lebensjahren gesehen hatte. Eine Erfahrung, die seine Seelenruhe zutiefst erschütterte.
»Wo bist du denn?«

»Im Wald.«

Erwin kam hinter einem Baum hervor, näherte sich kreidebleich seinem Kollegen. Er bemühte sich, die Leiche nicht anzuschauen, während er Richie das Handy aus der Hand nahm. An dessen Körperhaltung änderte sich nichts.

»Wir sind am Mittererbach, da wo's nach Grünharding geht. Da liegt ...«, krächzte Erwin, würgte, zwang sich, nicht zu Schneewittchen zu blicken, »... da liegt eine Frau. Sie, die ist ...« Der Rest seines Frühstücks überholte den Satz.

Gisela, die auf den Seitenstreifen gefahren war, hörte Erwin über ihre Freisprecheinrichtung kotzen. Die Übertragung war so gut, dass man glaubte, er säße im Wagen. Das Geräusch erhitzte Giselas Innereien schlagartig, sie spürte, wie ihr ebenfalls unwohl wurde. Jakob hingegen starrte zum Beifahrerfenster hinaus und schien nichts davon wahrzunehmen.

»Erwin?«

Sie hörte Keuchen. Ein herzhaftes Fluchen.

»Wann bist du da?«, tropfte Erwins Stimme ins Auto.

»Ich bring den Papa noch schnell heim, dann komm ich zu euch.«

»Wie lang ...?«

Gisela ahnte das Herannahen eines erneuten Schwächeanfalls Erwins.

»So schnell's geht. Und schaut, dass ihr den Tatort nicht versaut.«

Aus den Lautsprechern gedämpfte Schritte, als würde jemand über Waldboden laufen, um sich in sicherer Entfernung der Leiche noch einmal zu übergeben. Gisela schaltete das Handy ab, legte den ersten Gang ein, und der Smart pfiff zurück auf die Fahrbahn, um Giselas Mitarbeitern zu Hilfe zu eilen.

Erwin kniete auf dem Waldboden, sein Gesicht schweißnass und weiß. Er atmete schwer, sammelte alle Kraft, um sich wieder auf die Beine zu zwingen. Richie stand immer noch bei Schneewittchen, seinen Arm angewinkelt, ein imaginäres Handy am Ohr. Immerhin bewegten sich jetzt seine Augäpfel. Dann ein Blinzeln, es war fast, als würde er aus einem langen Schlaf erwachen. Er steckte das Phantomhandy zurück in die Brusttasche seiner Uniformjacke. Dann legte er den Kopf in den Nacken, saugte die sich wiegenden Baumwipfel mit tiefen Atemzügen ein, schloss für einen Moment die Augen und spürte einem Gedanken nach, der sich allmählich in seinem Kopf formte.

Er öffnete die Augen, sein Blick war glasklar. Er schaute zu Erwin. Der hatte mittlerweile ein Bein angewinkelt, stützte sich mit dem Ellbogen müde darauf ab. Er war kurz davor aufzustehen.

»Wir legen die drüben ab«, flüsterte Richie.

Sein Kollege runzelte nur die Stirn, zu einer formulierten Frage war er noch nicht fähig. Richie deutete auf eine Stelle am anderen Ufer des Baches.

»Da drüben. Sind nur zwei Meter, dann geht uns das Ganze nichts mehr an, dann können sich die Grünhardinger damit rumschlagen.«

Erwin starrte auf den Grünhardinger Gemeindewald. Tapfer huschten dabei seine Augen an Schneewittchen vorbei. Immerhin reichte seine Kraft, um den Kopf zu schütteln. Richie tapste auf Erwin zu, half ihm hoch.

»Weißt du, was das bedeutet, wenn wir die da liegen lassen?«, fragte er.
»Arbeit«, lispelte Erwin.
»Nicht nur das.« Der Schreck stand ihm ins Gesicht geschrieben. »Der Straubinger kommt dann wieder.« Die letzten Worte hauchte er, als hätte er Angst, den Teufel heraufzubeschwören, sollte er zu laut sprechen. Erwin schien diese Angst zu teilen, denn er glotzte ohne weiteren Brechreiz auf Schneewittchen. Er wägte ab, ob der Straubinger Hauptkommissar Lederer ein größeres Übel war, als die Leiche ein paar Meter durch den Wald zu tragen. Schließlich drängten sich Vernunft und Anstand wieder nach vorne. Erwin schüttelte den Kopf.
»Das können wir nicht machen.«
Richie war sichtlich enttäuscht, dass seine großartige Idee bei seinem Freund auf taube Ohren stieß. Er straffte sich, schob sein Kinn trotzig vor.
»Na gut, dann mach ich's alleine.«
Richie drehte sich um, stapfte zu Schneewittchen. Erwin rappelte sich auf, hetzte ihm hinterher, packte ihn am Ärmel.
»Jetzt spinn nicht rum.«
Richie ignorierte Erwin. Der ließ den Ärmel los, packte Richie an der Schulter, riss ihn herum und verpasste ihm eine schallende Ohrfeige. Vögel flogen auf. Richie stiegen Tränen des Schmerzes in die Augen, fassungslos rieb er sich die Backe.
»Was willst du denn der Gisela sagen? Die weiß doch schon, dass die bei uns liegt«, sagte Erwin. »Außerdem würden wir den Tatort verfälschen, und auch wenn wir den Straubinger nicht ausstehen können, er ist Polizist wie wir, und das macht man einfach nicht.«

Richie seufzte, Luft wich aus seinem Körper wie aus einem porösen Luftballon, und er nickte. Erwin klopfte ihm erleichtert auf die Schulter.

Gisela kam knapp zwei Stunden später das Bachufer entlang auf Erwin und Richie zu. Die beiden Polizisten hockten etwas abseits in sehnsüchtiger Erwartung ihrer Chefin. Sie sprangen auf und staksten ihr entgegen.

»Also, wo ist sie?«

»Die schaut aber gar nicht gut aus«, warnte Erwin.

»Das ist mir wurscht, wie die ausschaut, wo liegt sie?«

Erwin deutete zu Schneewittchen. Giselas Blick folgte seinem Finger, kurz zögerte sie, dann steuerte sie auf die Leiche zu. Erwin und Richie blieben zurück. Sie würden erst kommen, wenn Gisela sie brauchte.

Die ging neben Schneewittchen in die Hocke, besah sich nach dem ersten Schock die junge Frau aufmerksam. Zerlaufener Mascara, künstliche Fingernägel, ein Stringtanga unter dem Negligé.

Gisela schlich um die Leiche herum, sie wollte jedes Detail aufnehmen. Zum ersten Mal war der Tod so nah und präsent, und von der Toten ging eine eigentümliche Faszination aus. Wer war sie? Wie war sie gestorben? Warum lag sie in dieser Aufmachung hier im Wald? Und wie jung sie war. Warum musste so ein junger Mensch schon sterben? Sie sah kaum älter aus als fünfundzwanzig, doch die wächsern wirkende Haut und die fehlenden Augen machten sie womöglich älter, als sie war. Sie mochte achtzehn sein. Sie hatte durchstochene Ohrläppchen, aber keinen Schmuck darin. Keine Ringe, kein Halskettchen, nichts, womit sich junge Frauen normalerweise schmücken. Schneewittchen wirkte jungfräulich, und für einen Moment schoss Gisela der Gedanke

durch den Kopf, dass sie vielleicht an einem vergifteten Apfel gestorben war. Kein Märchen, das hier war kein Märchen, jagte der nächste Gedanke hinterher.
Gisela betrachtete den Rücken, die Wirbelsäule zeichnete sich wie ein verknöchertes Reptil unter der Haut ab. Waren das Muttermale? Gisela lupfte vorsichtig das Negligé nach oben. Auf Höhe der Nieren waren zwei faustgroße grünblaue Flecken. Blutergüsse, mehrere Tage alt. Gisela bezweifelte, dass Schneewittchen sich gestoßen hatte, sie war vermutlich geschlagen worden.
Gisela stockte für einen Moment der Atem.
Je länger sie das Mädchen betrachtete, desto mehr Fragen wirbelten durch ihren Kopf. Ihr wurde schwindlig. Sie musste für einen Augenblick die Augen schließen. Atmete tief durch, die harzige Luft wirkte beruhigend. Das Plätschern des Baches unterstützte diese Wirkung. Der Wald und der Bach, beides waren Vertraute seit ihrer Kindheit.
Die beiden Jungs hatten einen Beutel mit Geld im Bach gefunden.
Gisela öffnete die Augen. Der Wald roch immer noch nach Harz, der Bach plätscherte immer noch, und Schneewittchen war immer noch tot. War das ihr Geld gewesen? Woher hatte sie so viel Geld?
Bevor der Wirbelsturm an Fragen wieder einsetzen konnte, stemmte sich Gisela aus der Hocke hoch. Kurz flimmerte es vor ihren Augen, dann drehte sie sich zu Richie und Erwin um, die sie aus der Ferne aufmerksam beobachtet hatten.
»Ihr bleibt hier«, bestimmte sie und steuerte auf die beiden zu. Sie zog ihr Handy aus der Jackentasche. »Schaut, dass keine Viecher rangehen.«

Sie rief ihr Adressbuch auf, suchte unter L nach Lederer, marschierte zurück zum Hohlweg, der zum Dorf führte. Erwin und Richie waren fassungslos.
»Du gehst doch jetzt nicht, oder?«, stammelte Erwin und sprach damit Richies Gedanken aus, bevor dieser ihn selbst formulieren konnte. Gisela drückte die Wahltaste, schaute über die Schulter zu den beiden Polizisten. »Ich komm ja wieder.« Sprach's und setzte ihren Weg fort.
Am anderen Ende meldete sich eine rauhe Stimme, die Gisela seit über einem Jahr nicht mehr gehört hatte.
»Hauptkommissar Lederer.«
»Polizeihauptmeisterin Wegmeyer. Erinnern Sie sich?«
Einen Moment lang war nichts zu hören.
»Sicher«, erklang Lederers Stimme, noch rauher. »Wie könnt ich Sie vergessen.«
»Ich ruf beruflich an. Meine Mitarbeiter haben da eine Leiche gefunden. Im Wald. Hier, bei uns.«
Jetzt, da sie ihre Stimme hörte und die Tote Wirklichkeit wurde, begann ihr Herz zu rasen. Sie hatte das Bedürfnis, alles zu erzählen; dass in ihrem Kopf ein Schneesturm tobte, dass ihr Magen sich wie Watte anfühlte, dass die Haut im Nacken spannte wie eine zu enge Strumpfhose.
»Kommen Sie?« Es klang wie ein Flehen. In vielen Dingen des Lebens war Hauptkommissar Karl Lederer sicher unsensibel, aber den Klang einer Stimme richtig einzuordnen vermochte er durchaus.
»Ich bin in einer Stunde da.«
»Danke.«
Gisela drückte die rote Taste, richtete ihren Blick auf den hellen Schimmer vor sich, dorthin, wo der Hohlweg den

Wald verließ und nach einigen Windungen das herrliche Niedernussdorf erreichte.
Karl Lederer, Kriminalhauptkommissar der Mordkommission Straubing und seiner Meinung nach der schönste Polizist Niederbayerns, schaltete vom vierten in den dritten Gang zurück, drückte das Gaspedal bis zum Boden durch und jagte bei Rot über eine Kreuzung am Ortsausgang Straubings. Aus den Augenwinkeln sah er einen kleinen Fiat bremsen, einen Porsche Cayenne auffahren und zwei Hausfrauen, die ihm mit offenem Mund nachstarrten. Er lächelte. Was gab es Schöneres als ein Blaulicht in Verbindung mit einem Martinshorn. Die Welt lag ihm zu Füßen. Das kam so selten vor, dass es ihm in diesem Moment Freudentränen in die Augen trieb. Dafür war er Polizist geworden, dafür lebte er und, da war er sich ziemlich sicher, dafür würde er sterben. Das Gefühl konnte niemand verstehen, niemand, schon gar nicht diese biedere Dorfuniformierte, die ihn vor der kleinen Polizeiwache in Niedernussdorf erwartete.
Gisela konnte nur mühsam ein Augenrollen unterdrücken, als Lederer seinen Mercedes schlitternd vor ihr zum Halten brachte. Der Typ hatte sich seit ihrem letzten Aufeinandertreffen anscheinend nicht geändert. Als sie ihn dann mit seinem abgewetzten Ledermantel, den Cowboystiefeln und dem Pornoschnauzer aussteigen sah, bestätigte sich ihre Befürchtung.
»Schön, Sie zu sehen, Frau Kollegin.«
»Mei, ich find das jetzt nicht so schön. Also, beruflich gesehen.«
»War auch nicht beruflich gemeint.«
Sein Grinsen verfing sich an Giselas stoischer Miene. Sie schaute auf seine Cowboystiefel.

»Sind die bequem?«
Lederer wackelte kurz mit den Schuhspitzen.
»Die sind handgemacht. Straußenleder. Gladstone, Australien. Die hab ich jetzt gute zehn Jahre, die tragen sich wie eine zweite Haut. Absolut weich und elastisch und trotzdem zäh und widerstandsfähig. Ein Traum.«
»Gut. Weil wo wir hinmüssen, da kann man mit dem Auto nicht hin. Da müssen wir zu Fuß gehen.«
Lederers Schnauzer zuckte kurz.
»Wie weit ist denn das?«
Gisela schaute Richtung Wald, zuckte mit den Achseln.
»Mei, Stund.«
»Und wenn wir so nah wie möglich ranfahren? Kann man da irgendwo parken?«
»Freilich. Ab da dauert's dann eine Stunde.«
Noch ein Schnauzerzucken.
»Soll ich Ihnen bequemere Schuhe aus der Wache holen? In Ihrer Größe, glaub ich, haben wir noch was. Da ist der Schorsch rausgewachsen. Der hat die so ausgetreten, da schwimmt ein normaler Mensch drin. Aber Sie sind ja einen Kopf größer als der Schorsch, und wenn man die gut zuschnürt, dann passen die Ihnen sicher wie handgemacht.«
Lederer beugte sich leicht vor.
»Die Schuhe Ihrer Mitarbeiter werden mir nie passen, Frau Kollegin.« Sein kecker Blick unterstrich die Botschaft, dass er was Besseres war, etwas, wovon kleine Dorfpolizisten nur träumen konnten. »Fahren wir.«
Er stieg ein. Gisela musste grinsen. Auch wenn Lederer ein Gockel und seine äußere Erscheinung gewohnheitsbedürftig war, so verlieh ihm dieses ungeheure Selbstbewusstsein einen ganz eigenen Charme. Er wusste, wer

er war, und scheute sich nicht, es auch zu zeigen. Er war ein Alphatier, ein Leitwolf, ein Auserwählter.
Der Auserwählte humpelte wenig später etwas fußlahm hinter Gisela her, die den ansteigenden Hohlweg mit kraftvollen Schritten entlangmarschierte. Sie schaute über die Schulter zu Lederer.
»Geht's?«
Lederer nickte. Er war zu kurzatmig, um antworten zu können.
»Wir sind gleich da, nur noch da hoch. Ist eine Abkürzung.« Gisela deutete zwischen die Bäume hindurch den steilen Hang hinauf. Sie schaute noch einmal zu Lederer und konnte den Schmerz seiner angeschwollenen Füße spüren, als wäre es ihr eigener. Sie hob einen armlangen, dicken Ast auf, hielt ihn Lederer hin. »Hier.«
Lederer schüttelte den Kopf, winkte ab und stakste tapfer an Gisela vorbei, um den Hang zu erklimmen. Die glatten Sohlen seiner Straußenledercowboystiefel machten den Aufstieg jedoch zu einer Rutschpartie. Immer wieder musste Lederer sich entweder an einem Baum festhalten und hochziehen oder alle zehn Finger wie Steigeisen in den Waldboden krallen, um nicht die mühevoll gewonnenen Raummeter abzugeben. Kurz vor dem Gipfel nahm er dankbar Giselas Hilfe in Anspruch, die ihn den letzten Streckenabschnitt mittels des Astes wie an einer Abschleppstange hinter sich herzog.
Oben erwartete Gisela und Lederer nur der Wald. Von Erwin und Richie keine Spur. Und auch das tote Mädchen war nirgendwo zu sehen. Gisela schaute sich verblüfft um, während Lederer mit aufgestützten Händen durchzuatmen versuchte.
»Erwin! Richie!«

Giselas Stimme hallte leise zwischen den Bäumen wider. Jetzt hatte Lederer genug Kraft getankt, sich wieder in aufrechte Position zu begeben und sich ebenfalls umzuschauen.

»Erwin! Richie!« Gisela ging ein paar Schritte zum Bach, bemerkte dabei Erwins Erbrochenes. Sie blieb stehen, ihr Blick flitzte herum. Sie entdeckte die Leiche unter einer Decke aus Tannenzweigen.

»Das ist jetzt hier aber nicht der gespielte Witz, oder?«, fragte Lederer.

»Ein Witz schaut für mich anders aus.« Gisela deutete auf Schneewittchen. »Da ist sie.«

Lederer näherte sich der Toten, zog sich Einweghandschuhe an und legte die Tannenzweige zur Seite.

Gisela holte ihr Handy heraus, drückte die Kurzwahl. Kurz darauf schepperte im Wald die Titelmelodie von *Mission Impossible.* Lederer fotografierte derweil Schneewittchen und den Fundort.

»Ja?«, flüsterte es aus dem Telefonhörer.

»Sag einmal, wo seid ihr denn?«

»Wir observieren.«

»Ah, und wen?«

»Kennen wir nicht. Aber der hat sich sehr verdächtig benommen, als er am Tatort vorbei ist.«

»War er bei der Leiche?«

»Nicht direkt. Der ist auf der anderen Seite vom Bach vorbeigegangen. Aber so wie der rumgeschaut hat, als wollte er die Tote nicht sehen, als hätt er Angst, hinzuschauen.«

»Warum habt ihr ihn dann nicht aufgehalten?«

»Könnt ja sein, dass es kein Einzeltäter ist.«

Gisela atmete tief durch.

»Kann es sein, dass ihr euch aus dem Staub gemacht habt, weil ihr Schiss hattet?«
Keine Antwort war auch eine Antwort.
»Ihr dreht jetzt sofort um und kommt her.«
»Gisela … echt …«
»Sofort!« Gisela brüllte so laut, dass sie selbst ohne Telefon ihren Adressaten erreicht hätte. Sie schaute entschuldigend zu Lederer, beendete das Gespräch und steckte das Handy weg.
»Die Kollegen dürften gleich da sein.«
Lederer, der in der Hocke neben Schneewittchen kauerte, befasste sich weiter mit der Toten. Er zog sanft ihre Lippen auseinander. Die beiden oberen Schneidezähne überlappten sich leicht. Er nahm eine kleine Stabtaschenlampe aus seiner Manteltasche, drückte die Kiefer etwas auseinander, leuchtete in den Rachen und sah sich prüfend die Zahnreihen an. Gisela verfolgte Lederers Handgriffe aufmerksam. Er ging mit professioneller Ruhe und Sicherheit vor. Als Lederer ihr letztes Jahr erzählt hatte, er wäre bei der Mordkommission in München gewesen, konnte sie sich das gar nicht vorstellen. Aber jetzt, wo sie ihn arbeiten sah, gab es keinerlei Zweifel. Lederer wusste genau, was er tat. Er steckte die Taschenlampe weg. Eine Hand legte er auf den Hinterkopf der Toten, mit der anderen tastete er das Genick, die Wirbelsäule und den Brustkorb nach einem Bruch ab. Er schloss dabei die Augen, verließ sich ganz auf seine Fingerspitzen, die ihm erzählten, dass eine der fliegenden Rippen rechts angeknackst war. Die Leber wies einen langen Riss auf, das Blut war in den Bauchinnenraum geflossen und hatte sich dort gesammelt.
Lederer machte die Augen wieder auf, drehte Schnee-

wittchen vorsichtig herum. Ein Käfer krabbelte ertappt davon. Lederer schob das Negligé nach oben, begutachtete den Bauchbereich. Eine kleine Wölbung unterhalb des gepiercten Nabels zeigte ihm den Bereich der Blutansammlung. Die Körperfläche, die auf dem Boden aufgelegen hatte, wies blauviolette Totenflecken auf. An der Innenseite des linken Handgelenkes erhob sich eine etwa zwei Zentimeter lange weiße Narbe wie ein Relief. Lederer schaute sich das rechte Handgelenk an, auch dort eine Narbe, zwei Zentimeter, rötlich. Diese war noch nicht ganz so alt, etwa ein halbes Jahr,. Schneewittchen hatte zweimal versucht, sich umzubringen.

Lederer zupfte das Negligé auf Höhe der kleinen Brüste auseinander. Über der rechten Brust waren Buchstaben auf primitive Weise eingebrannt worden. *Ionel.* Gisela prägte sich das Wort ein.

Lederer knickte den Saum eines der halterlosen Strümpfe um, ein Etikett, ein No-Name-Produkt. Er beugte sich vor, rollte den Strumpf bis zu den Knöcheln hinunter. Er untersuchte die Kniekehlen. Ein halbes Dutzend Einstiche. Lederer checkte das andere Bein, auch hier Einstiche in den Kniekehlen. Er zog Schneewittchen beide Strümpfe aus, untersuchte die Zehenzwischenräume. Nichts. Am kleinen Zeh ein silberner Ring. Glatt, ohne Gravur. All das kommentierte er mit einer Kompaktkamera.

Lederers Blick ruhte für einen Augenblick auf Schneewittchen, dann stemmte er sich hoch, schaute Gisela an.

»Kennen Sie sie?«

Gisela schüttelte den Kopf. »Wie ist sie gestorben?«

»Die Leber scheint durch einen oder mehrere Schläge so stark verletzt worden zu sein, dass es zu inneren Blutungen kam. Ich vermute, es hat zwischen drei und vier Stunden gedauert, bis sie tot war.« Er sah auf sein Rolex-Imitat. »Der Exitus dürfte heute Morgen gegen fünf Uhr eingetreten sein. Die Maden …«

»Jaja, ich weiß.« Gisela musste sich zwingen, Lederer ins Gesicht zu schauen. »War sie drogensüchtig?«

»Ich denke nicht. Junkies injizieren sich die Drogen nur dann in die Kniekehlen, wenn die Arme zerstochen sind. Außerdem gäbe es unauffälligere Stellen, um sich das Zeug zu spritzen.«

»Zwischen den Zehen?«

»Zum Beispiel.«

Hinter Gisela tauchten Erwin und Richie auf. Sie zeigten unverhohlene Abneigung, als sie Lederer sahen. Gisela war froh, sich endlich von Schneewittchen abwenden zu können.

»Ja, sag einmal, seid ihr noch ganz sauber, einfach abhauen, ohne mir Bescheid zu geben.«

Erwin deutete auf Schneewittchen. »Wir haben sie doch extra zugedeckt, wegen der Viecher.«

»Und einen Tatverdächtigen kann man doch auch nicht so mir nichts, dir nichts davonspazieren lassen«, unterstützte Richie seinen Freund und Helfer.

»Erstens muss sich das noch rausstellen, ob das ein Tatverdächtiger war, und zweitens hätt ja einer gelangt, der ihm nachsteigt, und drittens hättet ihr den aufhalten und die Personalien aufnehmen müssen, wenn's nach Vorschrift gegangen wär.«

Erwin und Richie schauten sich schuldbewusst an. Lederer machte einen Schritt vor.

»Und, wo ist er?«

Erwin und Richie glotzten Lederer mit blankem Blick an.

»Na, der Tatverdächtige.«
Richie blinzelte kein einziges Mal, während er Lederer anstarrte und sich ausmalte, wie er seine Hände um den Hals dieses Affen legen und langsam zudrücken würde. Erwin dagegen holte sein Handy aus der Jackentasche und drückte sich flink durchs Menü, bis er bei der Fotogalerie angekommen war.
»Da, das ist er.« Er präsentierte Gisela und Lederer auf seinem Display einen verschwommenen Schatten im Querformat. Mit viel Fantasie konnte der graue Fleck als männlicher Waldspaziergänger mit Gehstock durchgehen. Von hinten. Gisela wagte kaum, Lederer anzuschauen, so peinlich war ihr die Vorführung ihres Mitarbeiters.
»Näher sind wir nicht rangekommen, sonst hätt er uns bemerkt.« Erwin erkannte an Giselas Gesichtsausdruck, dass er noch eine Schippe nachlegen musste. »Aber ich glaub, ich hab den schon mal gesehen, im Frühling, auf'm Schützenfest in Grünharding, da hat der am Ausschank zwei Wein geholt.«
»Ich auch«, brummte Richie.
Gisela und Lederer glotzten ihn fragend an.
»Ich hab den auch am Ausschank gesehen. Auf dem Schützenfest.«
»Ich glaub, Sie beide waren etwas zu lange an besagtem Ausschank, was?«, raunzte Lederer sie an.
»Moment«, mischte sich Gisela ein. »Sie haben keinerlei Grund, an den Aussagen meiner Mitarbeiter zu zweifeln.«
»Ich bin mir ziemlich sicher, dass der das war«, hakte Erwin sofort nach. Er streckte das Kinn kämpferisch vor. »So ein Gesicht gibt's nicht oft.«

»Wieso, was ist denn mit dem Gesicht?«, sagte Lederer.
»Der hat bloß noch ein Auge.«
»Ein Einäugiger quasi«, ergänzte Richie bräsig. »Gibt's nicht viele hier von der Sorte, wenn Sie verstehen, was ich meine.«
Lederer schaute tief in die dunklen Augen Richies, suchte nach einem Funken Häme oder Ironie, aber er fand nichts als pure Ausdruckslosigkeit. Lederer wandte sich Erwin zu.
»Wissen Sie noch, wo Sie hier überall rumgegangen sind?«
Erwin sah sich um, deutete auf sein Erbrochenes.
»Also, da drüben war ich auf jeden Fall schon mal, und dann …« Er zuckte mit den Achseln, sein Blick wurde fast entschuldigend. »Also, irgendwie kann ich mich gar nicht mehr richtig erinnern.«
Richie deutete auf die Kotze.
»Erwin war dort, ich hier«, er zeigte neben sich. »Danach sind wir beide da rüber.« Sein Zeigefinger richtete sich auf den Baum, bei dem Gisela sie angetroffen hatte. »Die Chefin ist von dort zur Leiche, wieder zurück zu uns, dann zum Hohlweg. Wir sind da drüben sitzen geblieben, bis wir die Schritte gehört haben und den Einäugigen dort hinten gesehen haben.« Er wies zwischen die Bäume am anderen Bachufer. »Von wo wir ihm dann den Hügel runter gefolgt sind.«
Sein Blick richtete sich wieder auf Lederer. »Und dann hat uns die Chefin angerufen, und wir sind den Weg da zurückgekommen.« Mit dem letzten Satz deutete er knapp an Lederer vorbei auf die Stelle, wo sie vor wenigen Minuten aufgetaucht waren.
»Haben Sie geraucht, gegessen oder getrunken?«
»Also, ich hab heut zum Frühstück bloß ein Weißbier

gehabt«, sagte Richie. »Zum Glück, weil sonst hätt es mich genauso gehoben wie den Erwin.«

»Ich mein nicht zum Frühstück, sondern hier. Am Tatort.«

»Glauben Sie wirklich, bei so was krieg ich noch was runter oder rauch gemütlich eine?«, sagte Erwin. »So abgebrüht sind wir dann auch wieder nicht.«

»Den tiefen Teller haben Sie beide auch nicht erfunden, was?«, knurrte Lederer.

Richie und Erwin schauten hilfesuchend zu Gisela.

»Er will wissen, ob ihr möglicherweise Spuren hinterlassen habt, die nicht vom Täter sind.«

»Warum fragt er das denn dann nicht?«, klagte Erwin.

»Weil ich dachte, Sie haben etwas Ahnung von Polizeiarbeit, meine Herren, aber anscheinend muss ich bei Ihnen alles bis ins Kleinste ausformulieren.«

Gisela funkelte Lederer wütend an.

»Jetzt hören Sie auf, hier rumzuschreien. Fordern Sie endlich die Spusi an. Wir zwei warten bei der Wache, und meine Kollegen bleiben so lange hier und sichern den Tatort.«

»Sichern den Tatort«, lachte er auf. »Sie hatten noch nie mit einer Leiche zu tun, oder?« Gisela gab keine Antwort, kniff nur die Lippen zusammen. »Sie wissen doch nicht einmal, dass man einen Trampelpfad anlegt, um keine Spuren zu vernichten, Sie wissen wahrscheinlich auch nicht, dass Sie Ihre Beobachtungen, und zwar alle, selbst wenn sie Ihnen unwichtig erscheinen, schriftlich festzuhalten haben.«

»Und Sie wissen anscheinend nicht, dass man eine Leiche nicht anfasst oder deren Lage verändert, solange der Auswertungsangriff noch nicht abgeschlossen wor-

den ist. Und dass man zur fotografischen Sicherung einen Apparat mit hoher Auflösung verwenden sollte und keinen Schnappschussjapaner vom LIDL so wie Ihren.«
Lederer war mehr als verdutzt über Giselas Attacke, er war sprachlos.
»Wir sind vielleicht nicht so viele Leichen wie Sie gewohnt, aber ganz auf der Brennsuppe sind wir auch nicht dahergeschwommen«, setzte sie nach.
»Wir haben regelmäßig Fortbildung«, fühlte sich Erwin bemüßigt zu sagen. Lederer schnaubte.
»Theorie, reine Theorie.« Lederer ließ die Streifenbeamten seine Verachtung deutlich spüren.
»Besser als nichts, oder?«, brummte Richie herausfordernd. In seinen Augen glomm jetzt ein Funke, den Gisela sehr selten sah. Lederers Überheblichkeit zündelte, ohne dass er es ahnte. Was es bedeutete, wenn Richie richtig ausflippte, das wusste Gisela, dann drohte ein Flächenbrand. Das wollte sie nicht riskieren. Sie schaute Lederer fragend an.
»Also? Gehen wir?«
Lederer atmete einmal tief durch, nickte. Ein letzter finsterer Blick zu Richie, dann folgte Lederer Gisela den Abhang hinunter.
Erwin und Richie schauten den beiden nach.
»So ein Depp«, sagte Erwin.
»Der macht uns Schwierigkeiten, das hab ich im Urin«, fügte Richie hinzu. »Richtige Schwierigkeiten.«

Zwei Stunden später war die Spurensicherung vor Ort. Erwin und Richie verzogen sich so schnell wie möglich aus Lederers Blickfeld, der die Untersuchungen mit

breiter Brust leitete. Gisela wäre gerne noch länger geblieben, denn sosehr sie die Leiche auch abstieß, so neugierig war sie doch, wie die Mordkommission arbeitete. Aber es war kurz vor fünf Uhr nachmittags, und ihr Vater musste in einer guten Stunde was zu essen kriegen. Die Regelmäßigkeit seines Tagesablaufs war so wichtig für sein Wohlergehen, dass Gisela alles andere hintanstellte. Auf dem Rückweg holte sie bei Schorschs Vater, dem Metzger Kramer, ein Pfund Leberkäs und vier Brezen. Zu Hause saß Jakob schon mit der Serviette um den Hals am Tisch, den Blick auf die grasgrüne Uhr über der Küchentür gerichtet. Vor ihm stand ein Teller, das Besteck lag säuberlich daneben, und im Weißbierglas perlte ein kühles Dunkles. Gisela hetzte herein.
»So, da bin ich schon, Papa.«
Mit flinken Fingern riss sie die Tüte auf und ließ den Leberkäs direkt vom Papier auf Jakobs Teller rutschen. Die Brezen in den Brotkorb, den scharfen Senf aus der Tube auf den Teller gedrückt und das Radio angemacht. Bayern 1, leise Heimatmusik. Alles rechtzeitig geschafft. Gott sei Dank.
Jakob starrte weiter regungslos auf die Uhr.
Gisela rätselte, was sie vergessen haben könnte, weil er nicht anfing zu essen. Sie wusste, es hatte keinen Zweck, ihn zu fragen, er würde ihre Frage gar nicht verstehen. Es gab zu viele Sackgassen in den verknöcherten Bahnen seines Gehirns, in die die Wörter rutschten und wo sie bedeutungslos wurden.
Eine Träne. Noch eine. Und noch eine. Jakob weinte leise. Erschrocken setzte sich Gisela zu ihrem Vater, nahm seine Hand, drückte sie tröstend.
»Papa.«

Jakob schaute Gisela mit nassen Wangen an.
»Kommt die Mama heute nicht?«
Gisela zuckte kurz zusammen. Sie kannte diesen Satz zur Genüge, trotzdem erschrak sie immer wieder, wenn sie ihn hörte. Sie zwang sich zu ihrer Standardantwort.
»Die ist doch noch auf Kur.«
»Kommt sie nicht?«
»Die Kur ist erst nächste Woche vorbei. Dann kommt sie wieder.«
»Und wer bringt mich dann zur Schule?« Seine Stimme brach sich, Rotz lief ihm aus der Nase. »Ich find da alleine doch nicht hin.«
Das Zimmer um sie herum verschwamm, die Geräusche verdampften, Schwindel erfasste Gisela, ihr Kopf wurde ganz leicht und leer. Es fühlte sich wie ein Absturz an, von ganz weit oben. Es kam unerwartet, und das, obwohl sie sich die letzten Jahre daran gewöhnt hatte, dass das Langzeitgedächtnis immer dominanter wurde. Aber es war eine Sache, sich darauf vorzubereiten, eine andere, den Satz zu hören, der es bestätigte. Gisela hatte eine Scheißangst, dass es mit ihrem Vater jetzt rapide bergab ginge. Sie fühlte sich machtlos, und am liebsten hätte sie auch geheult, aber das erlaubte sie sich nicht. Sie wollte stark sein, sie war immer stark gewesen, und so ein kleiner Satz würde sie jetzt nicht aus den Schuhen hauen. Nein, bestimmt nicht. Allmählich wurden die Konturen im Zimmer wieder schärfer. Sie rief sich den Rat Doktor Rothalers in Erinnerung. Mit der Serviette wischte sie Jakob die Tränen und den Rotz ab.
»Weißt was, wir beide gehen morgen zusammen den Schulweg ab, dann brauchst keine Angst haben. Und wenn die Mama wieder da ist, geht sie mit dir.«

»Kennst du den Weg?«
»Freilich, den bin ich schon so oft gegangen, da könntest du mir die Augen verbinden und ich würd hinfinden.« Jakob zog den Rotz hoch, wischte sich mit der Hand über die Augen.
»In welche Klasse gehst du denn?«
Gisela schluckte, versuchte das Zittern in ihrer Stimme zu unterdrücken. »In die Parallelklasse.«
»Bei der Frau Schneider?«
»Genau.«
»Die ist streng, gell?«
»Geht so.«
Jakob lächelte Gisela an. Unvermittelt nahm er sein Besteck und widmete sich dem Abendessen. Gisela betrachtete ihren Vater von der Seite, seine weißen Haare, die großen Ohren mit den Altersflecken, den faltigen Hals, die Lachfältchen um die Augen und den Mund. Es war ihr Vater und doch war er es nicht mehr. Jakob schnitt ein Stück Leberkäs ab, tauchte es in den Senfklecks, hielt es Gisela hin.
»Magst?«
Gisela nickte, biss zu.
»Gut, was?«
»Ja.«
»Wenn der Kramer was kann, dann Leberkäs machen.« Er riss ein Stück Breze ab.
»Du und der Kramer, ihr seid in dieselbe Klasse gegangen, oder?«, fragte sie.
»Der Kramer und ich? Geh, woher, der ist doch zehn Jahre jünger wie ich. Wie kommst denn auf so einen Schmarrn?«
Gisela zuckte mit den Achseln.

»Hab ich gedacht.«

»Du wirst auch immer spinnerter.« Jakob lachte noch einmal auf. »Der Kramer und ich. Mit so einem Gscheithaferl möcht keiner in einer Klasse gewesen sein.« Kichernd aß er weiter. »Wenn der damals schon so war wie heute, da magst mich gern haben.«

Gisela stand auf. »Ich mach die Hühner.« Sie war erleichtert, dass Jakob wieder in der Gegenwart angekommen war, und ihrer bisherigen Erfahrung nach würde sich daran die nächsten Stunden nichts ändern. Hoffentlich.

Im rechtsmedizinischen Institut von München wurde noch am selben Abend Schneewittchens Leichnam obduziert, und kurze Zeit später hatte Lederer das Ergebnis als PDF-Anhang in seinem Postfach. Zufrieden las er, dass seine Analyse vor Ort ins Schwarze getroffen hatte. Schneewittchen war an schweren inneren Blutungen infolge eines Leberrisses gestorben. Die Verletzung war durch mehrere Schläge mit einem harten, länglichen Gegenstand entstanden, der unter anderem auch eine der fliegenden Rippen angeknackst hatte. Andere, länger zurückliegende Verletzungen wie zwei gebrochene Finger, ein zerrissenes Trommelfell im linken Ohr sowie ein Hämatom im hinteren Schädelbereich deuteten darauf hin, dass Schneewittchen des Öfteren innerhalb der letzten sechs bis acht Monate geschlagen worden war. In ihrem Magen befanden sich die Reste von Innereien, möglicherweise einer Wurst, die sie sechs Stunden vor ihrem Tod gegessen hatte, im Blut wurde neben einer recht hohen Dosis Beruhigungsmittel nichts weiter nachgewiesen. Die Lunge war sauber, das Herz gesund und kräftig, die gesamte Körpermuskulatur gut ausgebildet. Ebenso legte der gute Zustand aller anderen Organe die Vermutung nahe, dass Schneewittchen seit ihrer frühesten Kindheit viel Sport getrieben hatte. Ihr Alter wurde auf neunzehn Jahre geschätzt, die kleinen Narben an den Handgelenken waren höchstwahrscheinlich die Folgen zweier Selbstmordversuche, der eine über drei Jahre, der zweite etwa vier Monate her. Das Leben war nicht gut gewesen zu Schneewittchen. Im letzten Absatz des Berichtes wurde noch erwähnt, dass das Wort *Ionel* mit einem glühenden Metallgegenstand in die Haut geritzt worden war. Ionel, das wusste Lederer inzwischen, war ein rumänischer Vorname und bedeutete so viel wie Gottesgeschenk.

Das Gleiche hatte inzwischen auch Gisela über das Internet herausgefunden. War es der Name ihres Freundes? Aber würden sich junge Frauen so etwas nicht eher eintätowieren lassen? Wieso ein Branding? Oder war es gegen ihren Willen eingebrannt worden? War sie deshalb in den Wald gerannt, war sie auf der Flucht gewesen? Und die Aufmachung. Unwillkürlich musste Gisela an die aufsehenerregenden Fälle von sexuellem Missbrauch denken, bei denen Väter ihre Töchter jahrelang als Sexsklavinnen gehalten hatten. So unangenehm die Vorstellung war, so naheliegend war sie doch. Eine junge Frau im Negligé, auf der Flucht vor ihrem Peiniger an ihren inneren Verletzungen gestorben. Ja, das war gut möglich, das taugte vorerst als Arbeitshypothese, beschloss Gisela.

In allen Zeitungen des Landkreises war am nächsten Tag Schneewittchens Foto abgedruckt. Die Bevölkerung war aufgerufen, sachdienliche Hinweise der Polizeidienststelle Niedernussdorf zu melden. Schon als Gisela die Dienststelle aufsperrte, klingelte das Telefon.

»Polizeidienststelle Niedernussdorf, Wegmeyer am Apparat.«

»Das ist die Emma, die in der Zeitung, die arbeitet in Plattling bei der Bahn, am Kiosk, der, der gleich am Haupteingang ist, da verkaufen die den ganzen Schnickschnack, den man so braucht oder auch nicht braucht, ich brauch das ja nicht, weil wenn ich wegfahr, dann hab ich alles vorher dabei und nicht erst, wenn ich schon am Bahnhof bin, ich mein, ich weiß doch vorher, wann ich fahr, da kann ich doch alles besorgen, oder etwa nicht, ich versteh das nicht ...«

Die aufgeregte Frauenstimme holte Luft, und Gisela grätschte in die Atempause hinein.

»Darf ich Ihren Namen wissen, damit ich Ihre Aussage ordnungsgemäß protokollieren kann?«

»Meinen Namen, ich weiß nicht, das macht mich doch gleich zum Opfer, wenn der Mörder das rausfindet, dann bin ich die Nächste, die im Wald liegt, und dann drucken Sie mein Gesicht auch in der Zeitung ab, und ich bin schon lebendig nicht so fotogen, ich lass mich ja überhaupt ungern fotografieren.«

Schorsch dackelte herein, nickte grüßend. Gisela nickte zurück, hielt eine Hand über die Sprechmuschel. »Magst du das schnell übernehmen, du musst nur ihre Personalien aufnehmen, mehr nicht.« Sie reichte dem verdutzten Schorsch den Hörer, verschwand nach hinten in ihr Büro. Schorsch drückte den Hörer ans Ohr, setzte an, sich mit seinem Namen zu melden, und fühlte sich unversehens von einer Dampflok gerammt. »… mein erster Mann hat immer gesagt, Lulu, wenn du auf einem Foto bist, dann schaut immer jeder auf dich, selbst wenn das ein Gruppenfoto ist, er hat aber nie gesagt, ob das ein Kompliment ist oder nicht, da war er ganz schwer zu durchschauen, der hatte so einen ganz eigenen Humor, aber ganz eigen, weil der war ja nicht von hier, der war ja von oben, also fast aus Hamburg, ein paar Kilometer davor, da gibt's so ein Nest, Buxtehude, das klingt doch schon so, als müsste man da Humor haben, finden Sie nicht?« Schorsch öffnete den Mund, um nach den Personalien zu fragen. Keine Chance. Die nächste halbe Stunde ließ Schorsch der traurigen Lebensgeschichte ersten Teil über sich ergehen. Am Ende verabschiedete sich die nach wie vor Namenlose schweren Herzens, aber ihr Akku piepe leider aufdringlich und kündige sein baldiges Ende an. Schorsch wünschte sich, er hätte auch nur piepen müssen, um das Gespräch zu beenden. Erleichtert legte er auf, Schweiß rann ihm die Schläfen hinab.

In der Zwischenzeit hatte Gisela drei Telefongespräche mit Aussagen zur Identität der Toten aufgenommen. Das Telefon klingelte erneut, und Schorschs Herz machte einen kurzen Hüpfer. Er linste zu Gisela, die in ihrem Büro vor dem Computer saß und die E-Mails checkte. Sie machte eine auffordernde Geste, und Schorsch griff sich den Hörer.

»Polizeiobermeister Georg Kra…«

»Ich bin's noch mal, ich ruf jetzt vom Handy aus an, aber da müssen Sie sich keine Sorgen machen, ich hab eine Flatrate ins Festnetz …«

Schorsch seufzte ergeben und lehnte sich in seinen Bürostuhl zurück, während die Frau am anderen Ende der Leitung von den Vorzügen einer Flatrate schwärmte.
Erwin und Richie kamen mit dem zweiten Frühstück herein, der eine verteilte die Butterbrezen, der andere schmiss die Kaffeemaschine an und schüttete sich eine Packung Aspirin Granulat aus der hohlen Hand in den Mund, um den Kopfschmerz zu vertreiben. Richie war es ein Rätsel, wieso er manchmal nach fünf Weißbier und drei Schnaps einen Brummschädel bekam und dann wieder die doppelte Menge trinken konnte, ohne jegliche Folgen. Das Leben war ein Mysterium. Und würde auf ewig eines bleiben, das wusste er. Trotzdem fragte er sich ständig, warum alles so war, wie es war. Im tiefsten Inneren seines Herzens war das auch die große Frage, die ihn Polizist hatte werden lassen. Die Suche nach einer Antwort auf die Frage »Warum?«.
Warum Schorsch während seines Telefonats so schief schaute und die Butterbreze grimmig hochhielt, das interessierte Richie wiederum überhaupt nicht. Schorsch strebte nach Perfektion im Leben, und wahrscheinlich war ihm die Form der Breze nicht harmonisch genug.
Das war es aber nicht, was Schorsch erboste, es war das viele Salz, das wie mit dem Hammer in den Teig gedroschen schien und sich nicht abreiben ließ. Tausendmal hatte Schorsch seinen Kollegen erklärt, dass Salz für einen übergewichtigen Mann wie ihn absolut schädlich sei. Tausendmal war er ignoriert worden. Allmählich glaubte er an Vorsatz. Besonders als Erwin so süffisant grinste und die Schultern bedauernd hob. Dieser Volldepp. Der wollte doch nur, dass er an Bluthochdruck verreckte. Aber nicht mit ihm, nicht so. Er schmiss Er-

win die Breze zu, der sie reaktionsschnell auffing. Dabei rutschten die beiden Hälften auseinander, und die Butter verteilte sich schön auf seiner Uniformjacke. Sofort hob sich Schorschs Stimmung. Selbst die quäkende Stimme im Ohr schien kurzzeitig nur mehr halb so nervtötend.
Gisela hatte für diese Kindereien ihrer Mitarbeiter schon lange kein Auge mehr. Sie hatte sich daran gewöhnt, dass die drei Männer große Kinder in Uniform waren. Statt auf Erziehung setzte sie auf Gelassenheit und die Zuversicht, dass sich alles von allein regelte. Nur wenn es richtigen Streit gab und es handgreiflich zu werden drohte, griff Gisela mit ihrer resoluten Art ein. Wobei es gerade bei Richies berüchtigten Ausrastern schon mal sein konnte, dass er mit Pfefferspray ausgeschaltet und in Handschellen gelegt werden musste. Heute aber saß Richie in einer Ecke, schlürfte Kaffee und war in seine eigene Welt versunken. Keine Gefahr. Gisela konnte sich ganz der E-Mail widmen, die von Lederer gekommen war. Hochkonzentriert las sie jeden Satz der angehängten Berichte vom rechtsmedizinischen Institut und dem kriminaltechnischen Labor. Das Ausmaß der Gewalt war für sie unvorstellbar, so etwas hatte es in ihrem Leben bisher nicht gegeben. Darüber las man sonst nur in der Zeitung. Plötzlich war diese Brutalität ganz nah, und Gisela spürte eine neue Qualität des Alltags wie einen Splitter unter der Haut, an den man nicht rankam. Entweder man ignorierte ihn und hoffte, dass die Wunde nicht zu eitern anfing, oder man versuchte, ihn zu entfernen, auch wenn es weh tat.
Gisela war nicht die Frau, die abwartete. Sie wollte wissen, was passiert war und wer für den Tod des Mädchens verantwortlich war. Auch wenn die Mordkommission

Straubing die Ermittlungen leitete und der Dienststelle Niedernussdorf nur unterstützende Funktion zukam, entschied sich Gisela, ihre eigenen Ermittlungen anzustellen. Mordkommission hin, Lederer her, das waren ihr Dorf, ihr Wald, ihre Leute.

»Weiß jemand von euch, ob hier in der Nähe Rumänen wohnen?«

Die drei Männer schauten zu Gisela, schüttelten gleichzeitig die Köpfe.

»Aber das kriegen wir raus, oder?«, setzte sie hinzu. »Erwin, Einwohnermeldeamt. Richie, Sozialamt. Schorsch, Bahnhof Plattling.«

Schorsch hielt entschuldigend den Telefonhörer hoch.

»Wenn du fertig bist«, sagte Gisela.

»Glaubst du, dass die Tote Rumänin ist?«

»Ja, glaub ich.«

»Ich hab bei uns in der Gegend noch nie einen Rumänen gesehen«, sagte Richie.

»Du weißt ja auch ganz genau, wie so ein Rumäne ausschaut«, meinte Schorsch, eine Hand über der Sprechmuschel.

Der müde Blick Richies traf ihn wie ein Gummigeschoss.

»Wenn ich sag ›gesehen‹, dann mein ich nicht gesehen«, er deutete auf seine Augen. »Sondern dass man das weiß, wenn ein Rumäne in der Gegend lebt, weil das sind nämlich Exoten, und was Exotisches in Niedernussdorf fällt auf.«

»Außer du heißt Schorsch Kramer«, sagte Erwin. »Dann wird's schwierig.«

Schorsch war aufgestanden und ließ seinen Zeigefinger an der Schläfe kreisen. »Seit der Schule hat sich bei dir auch nichts mehr getan, was?«

Erwin baute sich ganz dicht vor Schorsch auf, seine Augen funkelten angriffslustig. Schorsch wich keinen Millimeter zurück, im Gegenteil, er neigte den Kopf vor, um dem etwas kleineren Erwin direkt in die Augen schauen zu können. Richie wartete gespannt auf die Explosion. Unwillkürlich hielt er den Atem an.
Durch die plötzliche Stille aufgeschreckt, sah Gisela herüber und erblickte Erwin und Schorsch, die einander wie zwei Duellanten gegenüberstanden.
»... aber ich sag's Ihnen ganz ehrlich, die ganze Moral verkommt, wir haben doch gar keine Vorbilder mehr, weder die Eltern noch die Lehrer, ja, die Politiker schon gleich zweimal nicht, da ist doch einer verlogener wie der andere, nur damit sie auf ihrem Sessel sitzen bleiben können, und ich sprech da aus eigener Erfahrung, weil ich hab fünfzehn Jahre lang für so einen gearbeitet, den Namen sag ich jetzt aber ganz sicher nicht, auch wenn Sie noch so fragen ...«
»Mir wär's ganz recht, wenn ihr euch jetzt an die Arbeit machen würdet«, forderte Gisela die Männer auf. Die Chefin hatte ihren strengen Blick aufgesetzt, der keinen Widerspruch duldete.
»Bitte.« Ihr Lächeln entschärfte diesen Blick keineswegs, es machte ihn nur noch gefährlicher.
Erwin schenkte Schorsch ein letztes abfälliges Grinsen, dann setzte er seine Mütze auf und stapfte aus der Dienststelle.
»Wo soll ich noch mal hin?«, fragte Richie Gisela.
»Du fährst zum Sozialamt nach Straubing und lässt dir einen Ausdruck aller Rumänen geben, die dort gemeldet sind.«
»Rumäninnen, meinst, oder?«

»Nein, auch die Männer. Ich will wissen, ob ein Ionel darunter ist.«

Richie öffnete den Mund, um nachzufragen, wer denn dieser Ionel sei, aber Gisela kam ihm zuvor.

»Tust mir den Gefallen?« Giselas Stimme war butterweich und ein sicheres Zeichen, dass man die Füße in die Hand nehmen und so schnell wie möglich das Weite suchen sollte. Auf der Flucht nach draußen rannte er beinahe Lederer über den Haufen. Keine Zeit für eine Entschuldigung, nur weg.

Lederer trat an den Tresen, der den Hauptraum teilte und an dem Schorsch immer noch mit dem Hörer in der Hand stand.

»... am liebsten möcht man gar nicht mehr rausgehen, mit dem ganzen Mord- und Totschlag, aber es lässt sich halt nicht vermeiden, ich schau aber schon, dass ich abends nicht mehr rausmuss ...«

»Jaja, das versteh ich, es ... würden Sie mir jetzt bitte Ihren Namen und Ihre Adresse geben«, zwängte sich Schorsch dazwischen. »Ich hab ja nicht ewig Zeit, wir ermitteln schließlich in einem Mordfall.« Sein entschlossener Blick Richtung Lederer sollte dem knallharte Polizeiarbeit vermitteln, aber der Straubinger Kriminalhauptkommissar zeigte sich unbeeindruckt. Er schaute fragend zu Gisela.

»Darf ich?«

Gisela stand auf. »Selbstverständlich.« Sie rückte den Besucherstuhl zurecht, der so gut wie neu war.

Lederer schob sich an Schorsch vorbei in Giselas Büro. Er schloss die Tür, um Schorschs Neugier auszusperren. Gisela nahm das mit Verwunderung zur Kenntnis. Lederer zog einen transparenten Beutel der Spurensicherung aus

seiner Manteltasche, hielt ihn in die Höhe. In der Tüte war ein einzelner Geldschein, ein Fünfziger.
»Diese Banknote ist eine erste Spur im Mordfall AK Strich L fünfhunderteinundzwanzig.«
Gisela beugte sich vor, um den Fünfziger näher zu betrachten. Ein Geldschein wie jeder andere. Lederers kleiner Finger schnellte vor wie ein Schnappmesser, er fuhr damit eine schräge Linie von einer Ecke des Fünfzigers zur Längsseite nach. »Sehen Sie? Hier!«
Gisela kniff die Augen zusammen, ihre Nase klebte fast an der Tüte. Sie schüttelte den Kopf. »Nein, nicht wirklich.«
Lederer seufzte, zog Gisela mit sich zu dem kleinen dreckigen Fenster, durch das spärlich die Morgensonne fiel. Er kippte den Geldschein in die Horizontale, das Licht machte einen Knick im Papier sichtbar. Gisela erkannte jetzt noch weitere Knicke, die den Fünfziger wie ein geheimnisvolles Muster überzogen.
»Das sind Falze.«
»Das sind was?«
»Falze. Der Plural von Falz. Ich habe vier Stunden fünfunddreißig Minuten gebraucht, um die richtige Reihenfolge nachzuvollziehen.«
Gisela glotzte Lederer verständnislos an. Der sonnte sich in seiner Überlegenheit. Ein Lächeln schob die Enden seines Schnauzbartes nach oben.
»Ein Herz, Frau Kollegin. Diese Banknote wurde zu einem Herz gefaltet.«
»Origami?«
Lederer nickte. »Genau.«
»Sie glauben, der Mörder ist ein Japaner?«
Lederer guckte Gisela verdutzt an. Dann schüttelte er

heftig den Kopf. »Nein, ich will damit nur sagen, dass der Besitzer der Banknote jemand ist, der sich mit Origami gut auskennt.«

»Aha.« Von Begeisterung war bei Gisela nichts zu spüren. »Und was bringt uns das?«

»Das ist etwas sehr Spezifisches, und bei einem Mordfall sind es genau solche spezifischen Dinge, die einen ersten Hinweis auf den Täter geben.«

»Oder auf ein Kind«, ergänzte Gisela, »das seiner Mutter zum Muttertag eine Freude machen wollte und einen profanen Geldschein in ein Herz verwandelt hat.«

Ein überhebliches Grinsen stahl sich in Lederers Gesicht. Gisela hätte es am liebsten mit einer bissigen Bemerkung weggewischt, aber sie riss sich zusammen. Es ging hier um einen Mord und nicht um persönliche Befindlichkeiten.

Lederer wendete den Fünfziger, so dass die Rückseite zu sehen war. Am Rand stand ein Satz, in etwas altertümlicher Handschrift mit einem feinen schwarzen Stift geschrieben. Gisela gab sich alle Mühe, konnte den Satz aber nicht entziffern.

»Erst seit ich liebe, ist das Leben schön. Erst seit ich liebe, weiß ich, dass ich lebe«, half Lederer nach.

»Theodor Körner«, meinte Gisela. Lederer war für einen Moment sprachlos. »Ich kann lesen und schreiben, und wenn ich mir ganz viel Mühe geb, kann ich sogar rechnen. Aber das kommt zum Glück nicht so oft vor in meinem Beruf.«

»Ich … ich war nur erstaunt, weil Sie auf Anhieb wussten, von wem dieses Zitat stammt. Ich musste mir das erst googeln.«

»Meine Mama hat alles von ihm gehabt. Sollten Sie

sich mal gönnen, aber in Ihrem Leben ist sicher immer irgendwas Wichtiges los, da geht das natürlich nicht.«
Jetzt hatte sie ihre Befindlichkeit doch übermannt, und das ärgerte sie. Was musste dieser Pinsel sich auch so neunmalklug hinstellen und ihr mit diesem arroganten Unterton reinreiben, was für eine dumme Dorfgans sie war. »Ich seh aber leider immer noch nicht, inwiefern das eine Spur im Mordfall AK Dingsbums sein soll, Herr Kollege.«
Lederer räusperte sich. »Nun ja, wenn man alle Umstände in Betracht zieht, die Falzkunst, das Zitat, die Wahrscheinlichkeit, dass es sich bei der Toten um eine Prostituierte handelt, dann liegt durchaus der Schluss nahe, dass ein männlicher Täter oder zumindest eine männliche Bekanntschaft ihr diese Banknote überreicht hat. Zudem würde ich mich nicht scheuen zu mutmaßen, dass der Täter über literarische Vorlieben verfügt, die hier nicht so häufig vorkommen. Abgesehen von Ihnen, natürlich, aber Sie dürften in Niedernussdorf eher die Ausnahme sein, oder?« Lederer versuchte, gut Wetter zu machen, was Gisela durchaus anerkannte.
»Sie glauben also, dass dieser Fuffziger nicht durch Zufall im Besitz der Toten war?«
»Richtig. Es war eine poetische Art der Bezahlung ihrer Liebesdienste.«
»Was nicht heißt, dass der Kunde auch der Mörder ist.«
»Keineswegs. Zumindest aber kannte er die junge Frau und könnte uns sicher mehr Auskunft über sie geben.«
»Er muss nicht aus Niedernussdorf sein.«
»Natürlich nicht. Aber irgendwo müssen wir ja mit unseren Ermittlungen anfangen.«
»Wir?«

Lederer atmete einmal tief durch.
»Ja, mir bleibt nichts erspart«, sagte er übertrieben gequält, der Schalk in seinen Augen blitzte dabei. »Und Ihnen auch nicht.«
Gisela grinste. Manchmal hatte dieser Straubinger ganz sympathische Züge. Sie betrachtete den Fünfziger und das Zitat.
»Spontan fallen mir da nur zwei Leute ein. Der Siebert Werner und der Köhler Hans.« Ihr Blick richtete sich auf Lederer. »Der eine ist Lehrer an der Volksschule, der andere Buchhändler. Beide sind etwas anders, möcht ich mal sagen.«
»Inwiefern?«
»Der Siebert, der steht kurz vor der Pensionierung, mein Neffe hat den vier Jahre lang gehabt. Mathe ging ja noch, aber Deutsch, meine Güte, was der Bub da mitgemacht hat. Ich weiß nicht, ob Sie das noch kennen, diese Fleißheftchen, aber so wie ich Sie einschätze, schon, also da hat der Siebert immer so Zitate reingeschrieben, was Kinder ja nicht die Bohne interessiert. Aber ihm war das wichtig. Damit wollte er die Kinder zu anständigen Erwachsenen erziehen. Der Mann hat sich immer als verhinderter Schriftsteller oder, besser gesagt, als verkannter Poet gesehen, der eine Aufgabe in dieser Welt hat.«
»Aha. Und der andere, der Buchhändler?«
»Der wohnt mit seiner Mutter zusammen.«
Lederer legte den Kopf leicht schief, so als wäre er schwerhörig. »Heißt?«
»Er ist fünfundvierzig.«
Lederer runzelte fragend die Stirn. Gisela setzte zu einer Erklärung an, aber dann ließ sie es bleiben.

»Das sehen Sie dann schon. Wo wollen Sie zuerst hin?«
Lederer schaute nachdenklich auf die Banknote, steckte sie in seine Manteltasche. »Zum Lehrer.«
Gisela öffnete die Bürotür und ließ Lederer den Vortritt. Schorsch war immer noch am Telefon.
»Wie kommen Sie eigentlich drauf, dass die Tote eine Prostituierte war?«, fragte Gisela Lederer.
»Der eingebrannte Name über ihrer Brust, so kennzeichnen rumänische Zuhälter ihr Eigentum.«
Gisela spürte, wie sich die Härchen auf ihren Unterarmen vor Entsetzen aufrichteten und sich ihre Kopfhaut zusammenzog.
»Sie kaufen die jungen Dinger von ihren Eltern, da sind die zwölf, dreizehn ...« Gisela hob die Hand, um ihm Einhalt zu gebieten. Sie wollte nicht mehr hören, sie hatte Angst vor den Bildern, die Lederers Bericht hervorrufen würde. Er selbst schien absolut unempfindlich. Nur der Anflug von Traurigkeit in seinen Augen ließ Gisela erahnen, dass es ihm ebenfalls naheging.

Werner Siebert saß im Lehrerzimmer am offenen Fenster, in die Aufsätze seiner Schüler und Schülerinnen aus der Klasse 5a vertieft. Mit einem roten Kugelschreiber strich er Rechtschreibfehler an, unterkringelte schlechten Ausdruck und markierte grammatikalischen Unsinn. Hin und wieder huschte ein Lächeln über sein faltiges Gesicht, wenn er eine Textpassage las, die ihn positiv überraschte. Am Seitenrand notierte er dann *Toll* oder *Sehr gut*. Werner Siebert war seit knapp vierzig Jahren Hauptschullehrer, und in dieser Zeit hatte er so viel Durchschnittliches und Unterdurchschnittliches erlebt und gelesen, dass er sich über jeden guten Satz freute wie über eine Blume im Asphalt. Die Schönheit der Sprache zu erhalten und weiterzugeben war ihm von jeher höchstes Anliegen. Er machte gerade aus einem ß ein ss, als eine Frauenstimme neben ihm flüsterte.

»Herr Siebert?«

Werner Siebert schaute auf, blinzelte kurz ungehalten. Über die Ränder seiner Lesebrille hinweg sah er einen verwegen aussehenden Typen im Ledermantel und eine uniformierte Blondine vor sich stehen. »Ja?«

Gisela kannte Werner Siebert nur flüchtig, man sah sich ab und zu auf der Straße oder bei verschiedenen Festivitäten, mehr nicht. Sie hatte nur Gutes über den Mann gehört, an dem alles zu groß und zu lang geraten schien. Der Kopf, die Hände, der Mund, alles wirkte überdimensioniert, und wie er so dasaß, auf dem Stuhl, der etwas zu klein war für seine Gestalt, sah er aus wie ein Riese. Ein Rübezahl, der nichts in diesem nüchternen Lehrerzimmer verloren hatte, sondern mit den wildwuchernden weißen Haaren als Eremit in den Wald gehörte. Zu diesem Bild passte sein abgetragener brauner Cordanzug, der wie aus Baumrinde gemacht schien.

»Entschuldigen Sie die Störung«, Gisela linste zu den anderen Lehrerinnen und Lehrern im Zimmer, die dem Vorgang nur wenig Beachtung schenkten, »aber könnten wir Sie unter vier Augen sprechen?«

»Sechs«, war die Antwort. Auf Giselas verwunderten Blick hin schob Werner Siebert die Brille auf die Stirn, nickte zu Lederer. »Der junge Mann wird bei dem Gespräch sicher auch dabei sein, oder?«

»Ja, natürlich. Das ist Kriminalhauptkommissar Lederer von der Mordkommission in Straubing.«

Werner Sieberts Augenbrauen rutschten hoch. »Mordkommission? Und was wollen Sie da von meiner Wenigkeit?«

Lederer beugte sich vor, seine Stimme kaum lauter als das leise Rauschen des Frühlingswindes. »Wir bräuchten eine Aussage von Ihnen.«

Werner Siebert stemmte sich hoch. »Na, mein lieber Herr Gesangsverein, Mord, das sind ja schöne Aussichten«, dröhnte sein sonorer Bass durch den Raum. Alle Augen richteten sich auf ihn, was er natürlich beabsichtigt hatte. Ihm war eine Befragung durch die Polizei alles andere als unangenehm, vielmehr war es eine befreiende Unterbrechung des ewig gleichen Alltagstrotts. »Gehen wir in die Küche, da können Sie mich bei einer schönen Tasse Tee gerne ins Verhör nehmen.« Mit einer weit ausholenden Geste bat der Riese die beiden Polizisten in die Küche, ein kleiner Nebenraum mit billiger Küchenzeile, Kühlschrank, einem Wasserkocher, einer Kaffeemaschine und einem gestapelten Turm aus drei Bierkästen. Die meisten Flaschen im obersten Kasten waren leer, es roch nach Bier und überreifen Bananen. Auf einem Teller mit Croissantkrümeln fraßen sich zwei Fliegen satt. Werner Siebert schaute Gisela abschätzend aus zusammengekniffenen Augen an. Er brummte nachdenklich, wiegte den Kopf. »Ingwertee.«

»Kaffee. Tee trink ich nur, wenn ich krank bin.« Werner Siebert brummte erneut, diesmal missmutig. Er wandte sich Lederer zu. Der kam dem Riesen zuvor.

»Danke, für mich nichts.«

Werner Siebert befüllte den Wasserkocher. »Also, bitte, stellen Sie Ihre Fragen. Sie haben genau fünfzehn Minuten, dann ist meine Pause vorbei.« Er schaltete den

Kocher ein, holte zwei Tassen aus einem Hängeschrank über der Spüle.

»Erkennen Sie diese Schrift?« Lederer hielt ihm den Beutel mit dem Fünfziger vors Gesicht. Der Riese schob die Lesebrille von der Stirn auf die Nase, musterte das Zitat kurz. »Theodor Körner.«

Brille wieder hoch. Kaffee aus der Glaskanne in eine der Tassen. »Milch? Zucker?«, fragte er, ohne sich zu Gisela umzudrehen.

»Schwarz.« Werner Siebert reichte ihr die Tasse, zog eine altertümliche Blechdose zu sich, in der Teebeutel lagerten, und suchte nach einer bestimmten Sorte. Gisela wunderte sich darüber, dass er jeglichen Augenkontakt vermied. Als hätte er etwas zu verbergen.

»Ich hab vorhin gesehen, wie Sie die Arbeiten korrigiert haben.« Gisela ließ Werner Siebert nicht aus den Augen, lauerte auf eine Reaktion, die ihr mehr sagte als jedes Wort. »Sie haben eine erstaunlich feine Schrift.« Der Wasserkocher sprudelte kurz, schaltete sich dann automatisch ab. Der Riese fand den richtigen Teebeutel. »Die Kalligraphie ist ein Hobby von mir, da bleibt es nicht aus, dass man etwas davon auch in den Beruf einbringt.« Teebeutel in die Tasse, Wasser drüber. Immer noch kein Augenkontakt. Gisela und Lederer wechselten einen kurzen Blick. Auch dem Hauptkommissar stieß das merkwürdige Verhalten des Lehrers auf.

»Sie haben nicht zufällig diese Worte geschrieben?«, hakte er nach. Werner Siebert stellte den Wasserkocher zurück. Er stützte sich auf der Arbeitsplatte ab, atmete tief durch, drehte sich um. In seine Gesichtsfarbe hatte sich etwas Grau gemischt, als hätte er den ganzen Tag Zementsäcke geschleppt.

»Ich … ich hab es vor kurzem erst gehört, deswegen war ich so überrascht, dass Sie …«, er deutete fahrig auf den Beutel in Lederers Hand, »dass es mir schon wieder begegnet.«

»Wo haben Sie es gehört?«, fragte Gisela.

»Von meiner Tochter.«

Lederer zückte das Foto des toten Schneewittchens. Gisela fragte sich, was er noch in seinen Manteltaschen herumschleppte.

»Ist das Ihre Tochter?«

Ein kurzer Blick, der Schock über das Abbild des Todes, ein Kopfschütteln. »Nein.«

»Und Sie kennen diese Frau auch nicht?«, bohrte Lederer weiter.

Wieder ein Kopfschütteln. Lederer steckte das Foto weg.

»In welchem Zusammenhang hat Ihre Tochter dieses Zitat denn gebraucht?« Gisela hatte Werner Siebert die ganze Zeit nicht aus den Augen gelassen. Seiner Reaktion nach zu schließen kannte er Schneewittchen tatsächlich nicht.

»Sie ist Montag letzter Woche dreißig geworden, und ich war eingeladen, sie wohnt in Frankfurt mit ihrem Freund. Sie hat ihn Silvester kennengelernt, die beiden sind Seelenverwandte, das merkt man sofort.« Ein Lächeln bei der Erinnerung. »Irgendwann, sie war schon etwas beschwipst, hat sie mich umarmt und mir dieses Zitat ins Ohr geflüstert und wie glücklich sie sei. Sie hatte schon nicht mehr geglaubt, dass es so jemanden wie ihn gebe.«

Die Wärme in seinen Worten bei dem Gedanken an seine Tochter berührte Gisela, während Lederer enttäuscht war, dass sich das Gespräch ermittlungstechnisch als Sackgasse erwies.

»Die Liebe ist ein seltsames Spiel«, schloss der Riese ab.
»Connie Francis«, kam Lederer Gisela zuvor. Er nickte dem Riesen zu. »Danke für Ihre Zeit.« Lederer verließ die Küche. Gisela schüttelte Werner Siebert die Hand. »Wiederschaun.«
»Wiederschaun.«
Gisela war schon in der Tür, drehte sich noch einmal um. »Diese Handschrift, kam Ihnen die bekannt vor?«
Werner Siebert runzelte fragend die Stirn.
»Ich meine, vielleicht ein Kollege?«
»Nein. Auf mich wirkte die Schrift sehr weiblich.«

Lederer hatte in sein Navi die Adresse von Hans Köhler eingegeben, die weibliche Samtstimme lotste ihn zielsicher ins Zentrum von Niedernussdorf.
»Das war sehr unsensibel«, rotzte Gisela heraus. Lederer sah sie erstaunt an. »Ihm einfach das Bild unter die Nase zu halten. Das ist ja schon für Leute wie uns ein Schock.«
»Für mich nicht.«
»Jaja, hab ich vergessen, Sie sind ein ganz harter Hund, haben im Leben schon alles gesehen. Aber der Typ ist Lehrer, der lebt in einer anderen Welt.«
»Tut mir leid, aber jetzt lebt der in derselben Welt wie ich. Es geht nicht, dass man jeden betüddelt und verschont. Die Realität ist nun mal grausam.«
»Man muss es ja nicht schlimmer machen, als es schon ist«, brummte sie.
Lederer seufzte. »Würde es Sie glücklich machen, wenn ich bei der nächsten Befragung etwas sensibler wäre?«
»Glücklich nicht, aber ich wär angenehm überrascht.«
Ein kleiner Brunnen markierte den winzigen Marktplatz

in dem Dreitausendseelendorf, wo sich die Leute begegneten, wenn sie einkauften oder von der Kirche kamen. Jeden Samstag war hier Bauernmarkt. Für die spärliche Jugend war es Versammlungsort, um in Cliquenstärke in die größeren Städte wie Passau, Straubing oder Landshut aufzubrechen, dorthin, wo das Leben tobte. In Niedernussdorf wurden um zwanzig Uhr, pünktlich zu Beginn der Tagesschau, die Bürgersteige hochgeklappt. Daran hatte sich seit Erfindung des Fernsehens nichts geändert. Jetzt saßen Beppo, Olli und Seppl, der kurzbeinige Rauhhaardackel, auf dem Marktplatz und ließen sich die Brotzeit schmecken, die Ollis Mutter jeden Schultag einpackte. Olli klappte die Brote auf, einmal bekam er die Hälfte mit der Butter und Beppo die ohne, dann umgekehrt. Seppl bekam den Belag, Salami und Gelbwurst.
Olli hasste Wurst, aber seine Mutter war in diesem Punkt schwer erziehbar. Wurst war wegen des Eisens und anderer mineralischer Spurenelemente lebensnotwendig für die gesunde körperliche Entwicklung ihres Sohnes, so ihre Meinung. Olli jedoch hatte mal einen Bericht in der Sendung mit der Maus gesehen, in dem erklärt wurde, was in so eine Wurst alles reinkam. Seitdem war er Halbvegetarier. Ab und zu ein Schnitzel, das war das Maximum an toten Tieren, sonst hielt er sich an Käse und Kartoffeln in Form von Pommes. Das reichte zum Wachsen.
Sympathy for the Devil aus der 450-Watt-Stereoanlage in Lederers silbern glitzerndem Sportcoupé suchte und fand die Aufmerksamkeit der Niedernussdorfer, die an diesem Vormittag rund um den Marktplatz zugegen waren. Lederer parkte mit Schwung vor der Buchhandlung Köhler, die Musik erstarb, die elektrischen Fenster surrten

nach oben, die Seitenspiegel legten sich wie folgsame Hundeohren an die Karosserie an. Lederer entstieg dem Wagen wie ein junger Gott und registrierte zufrieden die bewundernden Blicke der Dörfler. Jedenfalls Beppo und Olli hatten große Augen. Lederer zwinkerte ihnen zu, zielte mit seinen Zeigefingern wie mit Pistolen auf die Jungs.

»Der schon wieder, da muss was passiert sein«, meinte Beppo.

»Diesmal haben wir Gott sei Dank nichts damit zu tun.« Gisela schaute zu den Jungs. »Habt ihr keine Schule?«

»Deutsch ist ausgefallen. Der Siebert ist krank«, antwortete Olli, ohne rot zu werden. Beppo nickte bekräftigend. Gisela sparte sich weitere Worte. Sie hatte Wichtigeres zu tun, als zwei Schulschwänzer zu ermahnen.

Köhlers Buchhandlung machte auf modern. Die Regale waren ikeaweiß und feinsäuberlich beschriftet, die Kuschelsessel in der Sitzecke aus allergiefreundlichem Polsterstoff, und die Lampen an der Decke waren mit Glühmaterial versehen, das das Tageslicht imitierte. Energiesparend. Genau diesen penibel aufgeräumten Eindruck machte auch Johann Köhler. Dreiteiliger Anzug, blank polierte schwarze Schuhe, manikürte Fingernägel, Seitenscheitel wie mit der Axt gezogen, die Gesichtshaut straff und glatt, so gut wie keine Tränensäcke, die Augen lebendig und klar. Kurz und gut, ein feuchter Schwiegermuttertraum.

»Schwul, oder?«, flüsterte Lederer Gisela zu, als er Köhler aus dem hinteren Teil des Ladens auf sie zutänzeln sah.

»Nur weil er gepflegt ausschaut, muss der nicht gleich schwul sein«, flüsterte Gisela schnell zurück.

»Ah, Polizeihauptmeisterin Wegmeyer, was für eine angenehme Überraschung.« Seine Augen fuhren Lederer von oben bis unten ab. »Oder deutet Ihr Besuch auf etwas Unangenehmes hin?«
Der Laden war leer, so dass Gisela sich nicht zurückhalten musste.
»Wir haben einen Mord aufzuklären.«
»Oh, mein Gott, das ist nicht Ihr Ernst?«
»Leider.« Sie schaute zu Lederer, der den Beutel mit dem Geldschein aus seiner Manteltasche zog, ihn Köhler hinhalten wollte, sich aber im letzten Moment bremste.
»Herr Köhler, ich möchte Sie darauf hinweisen, dass das Leben bisweilen hart und grausam sein kann.« Er strengte sich wirklich an, Samt und Seide in seine Stimme und seine Augen zu legen. »Das kann natürlich zu körperlichen und seelischen Erschütterungen führen, die ich absolut nachvollziehen kann. Niemand muss sich deswegen schämen.«
Köhlers Kopf zuckte nervös von Lederer zu Gisela und wieder zurück. Er versuchte ein Lächeln. »Ist was mit meiner Mutter? Ist sie umgebracht worden?« Seine Hand legte sich unwillkürlich über den Mund, Tränen traten ihm in die Augen.
»Nein, nein, um Gottes willen, mit Ihrer Mutter ist alles in Ordnung. Ich mein, ich weiß nicht, ob mit ihr alles in Ordnung ist, weil, wir sind in einer anderen Sache hier.« Sie nickte Lederer auffordernd zu. Er sollte Köhler den Fünfziger zeigen, bevor der zu heulen anfing. Lederer hielt den Geldschein hoch, Zitat nach vorne. Köhler glotzte drauf, seine Augen wassergefüllt.
»Ich … ich kann das nicht lesen.«

»Zwinkern Sie ein paarmal, dann drückt's das Wasser raus.« Gisela machte es dem Buchhändler vor.
Er zwickte die Augen fest zusammen, dass die Tränen die Wangen hinunterrannen.
»Geht's jetzt?«, sagte Gisela.
Köhler nickte. Seine Augen richteten sich erneut auf den Fünfziger. Sie huschten von links nach rechts am Zitat entlang. Noch einmal. Und noch einmal. Er richtete sich auf, versuchte Haltung zu bewahren. »Das … das ist von Theodor Körner. Aus dem Trauerspiel Zriny. Von 1812.« Er fuhr sich mit der Hand über die Stirn, drehte sich um, suchte die Regalreihen ab. »Ich sollte hier irgendwo noch eine Ausgabe haben. Kein Original, natürlich.« Er huschte weg von Gisela und Lederer. Die beiden wechselten einen kurzen Blick. Köhler versuchte, seine Erschütterung zu verbergen, das Zitat ging ihm offensichtlich nahe.
»Herr Köhler, Sie können uns nichts vormachen, Sie haben das geschrieben, oder?« Lederer setzte Köhler nach, bedrängte ihn körperlich. Im Rücken des Buchhändlers ein Regal, daneben die sperrigen Sessel der Sitzecke, vor ihm der finster dreinblickende Hauptkommissar der Mordkommission.
»Nein, das … ich würde so etwas nie auf einen Geldschein schreiben. Das wäre profan.«
»Käuflicher Sex ist auch profan. Die Frau, die umgebracht wurde, war eine rumänische Prostituierte.«
Lederer zückte das Foto der Toten. Köhler wandte schnell den Blick ab. Er würgte.
»Und Ihre Reaktion lässt darauf schließen, dass Sie sowohl den Geldschein mit dem Zitat als auch die Frau wiedererkannt haben.«

»Nein, ich hab die Frau noch nie gesehen.«
»Noch nie gesehen? Das können Sie sagen, obwohl Sie das Foto gar nicht richtig angeschaut haben?«
Gisela verdrehte die Augen. So konnte man mit einem Menschen nicht umgehen. »Herr Kollege …«
Lederers Hand schoss in die Höhe, begleitet von einem stahlharten Blick, der Gisela zum Verstummen brachte.
»Bitte lassen Sie mich.« Leder wandte sich wieder an Köhler.
»Schauen Sie sich das Foto an, und dann sagen Sie mir ins Gesicht, dass Sie diese Frau nie in Ihrem Leben gesehen haben.«
Köhler drehte den Kopf vorsichtig Richtung Foto, wieder würgte er, dann krallte er seine Hand in Lederers Mantel. Das kam so überraschend, dass beide taumelten und in einen Sessel der Sitzecke plumpsten. Köhler war kalkweiß, Schweiß stand ihm im Gesicht, Schmerzen verzerrten es zu einer unheimlichen Fratze. Dann rutschte er auf den Boden. Gisela sprang erschrocken hinzu.
»Herr Köhler!«
Der Buchhändler reagierte nicht auf Giselas Zuruf. Er stöhnte, rollte sich von links nach rechts, eine Hand in die Weste seines Anzugs gekrallt. Gisela wusste, was los war, Köhler hatte einen Herzinfarkt. So war ihre Mutter vor fünf Jahren gestorben, beim Abendessen. Damals hatte Gisela nicht gewusst, was zu tun war. Diesmal schon. Sie packte Köhler unter den Achseln.
»Er muss in die stabile Seitenlage«, sagte Lederer.
»Wir müssen den auf einen Stuhl setzen.«
Sie zerrte mit ganzer Kraft den hyperventilierenden Mann zu einem der Sessel. »Das Blut muss in die Beine sacken.«

Lederer half ihr.
»Rufen Sie den Notarzt, ich mach das schon.«
Lederer zog sein Handy aus der Tasche.
Gisela öffnete Köhlers Hemdknöpfe. »Es dauert nicht lange, gleich kommt Hilfe.«
Der Mann krümmte sich im Sessel, lief Gefahr, vornüberzufallen. Gisela stützte ihn mit einer Hand. »Ich bin da, ich bin da. Hören Sie mich? Herr Köhler?«
Köhler nickte schwach, er zwang seine Augenlider nach oben. Gisela legte eine Hand auf seine. »Das ist gut, alles wird gut.« Seine Atmung beruhigte sich, der Körper entspannte sich. Er blinzelte ein paarmal. Gisela tupfte ihm mit ihrem Jackenärmel den Schweiß vom Gesicht.
»Es … es geht schon wieder«, raunte Köhler mit schwacher Stimme. Er wollte sich im Sessel in eine bequemere Position stemmen, ließ es aber sofort wieder, sein Gesicht schmerzverzerrt.
Gisela legte ihre Hand auf seine Schulter. »Der Arzt wird gleich da sein, so lange bleiben Sie ganz ruhig sitzen, ja?«
Eine halbe Stunde später war Köhler so weit ärztlich versorgt, dass er ins nächstgelegene Krankenhaus gebracht werden konnte. Gisela hatte seine Mutter verständigt, eine rüstige Rentnerin, die mit ihrem Elektrofahrrad angekommen war. Bei ihrem Anblick hatte Gisela sofort gewusst, dass sie sich um Köhler keine Sorgen mehr machen musste. Das dominante Muttertier hatte zunächst die Sanitäter zusammengeschissen, weil ihr Sohn ohne wärmende Decke im Krankenwagen lag, danach hatte der Notarzt seine Abreibung bekommen, weil er noch vor Ort Fragen an Gisela und Lederer gestellt hatte, die er für seinen Befund brauchte. Köhlers Mutter riet ihm, das im Krankenhaus zu machen, denn wenn ihrem Jun-

gen etwas passierte, würde sie ihn und den Freistaat auf Körperverletzung und Schadensersatz in Millionenhöhe verklagen. Um ihren Worten Nachdruck zu verleihen, hatte sie jedem der Umstehenden eine Visitenkarte in die Hand gedrückt. Darauf stand ihr Name, Adresse und Telefonnummer, überstrahlt von dem goldenen Schriftzug *Rechtsanwältin emer.* Ergänzend erwähnte sie, dass sie im Gemeinderat tätig sei und dementsprechend Beziehungen nach ganz oben in München hatte. Mit der Frau war nicht zu spaßen.

Mit Gisela allerdings auch nicht. Nachdem sich die Aufregung gelegt hatte und der Marktplatz von Niedernussdorf wieder zur Ruhe gekommen war, faltete die Polizeihauptmeisterin den Herrn Hauptkommissar zusammen. Um allzu große Öffentlichkeit zu vermeiden, zogen sich die beiden in Lederers Limousine zurück.

»Was bilden Sie sich eigentlich ein, wer Sie sind, hm? Dieser arme Mann steht in seinem Laden, hofft wahrscheinlich, dass heute mehr Kundschaft kommt wie gestern, und dann latschen Sie ihm auf die Füße und verpassen ihm einen Schwinger, dass es ihn aus den Schuhen hebt. Sie sind wohl auf'm Schrottplatz aufgewachsen, was?«

»Ich bin nun mal kein so sensibler und keimfreier Typ wie Sie. Wenn's nach Ihnen ging, müssten wir alle Verdächtigen im Wollwaschgang waschen, aber das bringt einen nirgendwohin.«

»Das war kein Verdächtiger, das war, wenn überhaupt, ein Zeuge. Kennen Sie das Wort überhaupt? Wissen Sie eigentlich, was das bedeutet?«

»Jetzt werden Sie bloß nicht frech, natürlich weiß ich, was das bedeutet.«

»Ich mein nicht das Wort Zeuge, ich mein, die Probleme, die Sie uns mit Ihrem Verhalten einfahren können. Diese Frau hat das ernst gemeint mit dem Verklagen, und wissen Sie, wer das ausbadet? Sie nicht, weil Sie sitzen in Straubing, und so eine kleine Anzeige wegen Körperverletzung, das juckt doch so eine dickfellige Sau wie Sie nicht, das versickert irgendwann, und dann geht das Leben bei der Mordkommission weiter wie bisher. Da ein bisschen rumschießen, dort einen Typen zusammenschlagen, geht halt ein bisschen rauher zu bei Ihnen. Aber ich, ich sitz hier in Niedernussdorf mit den ganzen Leuten«, sie deutete auf die Passanten, von denen einige neugierig in den Wagen glotzten. »Bei mir versickert gar nichts, ich renn denen jeden Tag übern Weg, und die vergessen so einen Vorfall nicht. Ich wette, die zerreißen sich jetzt schon das Maul.«

»Na und? Haben Sie Angst, dass Sie beim Metzger länger anstehen müssen oder dass der Friseur Sie verschneidet? Wir sind Polizisten, es ist nicht unsere Aufgabe, beliebt zu sein. Wenn man uns mag, dann machen wir was falsch.«

Gisela konnte nicht glauben, was sie da hörte.

»Die Leute müssen Angst vor uns haben, nur so wirkt Abschreckung auf Dauer.«

»Sie sind ja ein noch größerer Volldepp, wie ich gemeint hab.«

»Das Leben ist kein Bibelkreis. Wer nach einem Schlag die andere Wange hinhält, muss damit rechnen, dass er ein paar Zähne verliert.«

»Sie verlieren gleich ein paar, und da brauchen Sie mir gar nicht erst eine Wange hinhalten.«

»Schön, aber ich muss Sie warnen, ich hab den schwar-

zen Gürtel im San Shou mit Schwerpunkt Nahkampf in engen Räumen, wie zum Beispiel einem Auto.«
Lederers Handkanten schnellten hoch, ein schriller Adlerschrei kam aus seinem Mund. Eine Spur von Aggressivität blitzte in seinen Augen auf. Gisela stutzte kurz. Dann fing sie an zu lachen, ein Lachen so tief und herzhaft, wie sie es schon seit Monaten nicht mehr zuwege gebracht hatte. Seit vierzehn Monaten, um genau zu sein. Damals hatte sie ihr Dauerverlobter Ludwig anlässlich ihres fünfzigsten Geburtstages zu einem Tandemfallschirmsprung überredet. Er hatte eigentlich unten stehen und warten wollen, bis sie mit ihrem Flugbegleiter sicher gelandet war. Zu seinem Pech hatte Ludwig das Kleingedruckte auf dem Gutschein nicht gelesen. Darin hieß es, dass der Sprung für zwei Personen gelte. Ludwig hatte nicht im Traum daran gedacht, sich in viertausend Metern Höhe aus einer kleinen Sportmaschine zu stürzen, um mit über zweihundert Stundenkilometern der Erde entgegenzurasen. Aber genau das hatte Gisela mit schmollender Miene von ihm verlangt, sonst sei ihr Geburtstag kein richtiger Geburtstag. Ludwig hatte die gesamten fünf Minuten im freien Fall wie am Spieß geschrien und gebetet, was bei Gisela zu einem hysterischen Lachanfall geführt hatte, verstärkt durch das von dem Sprung ausgelöste Hochgefühl.
Und jetzt dieser präpotente Hauptkommissar mit seiner Ninjapose! Gisela schüttelte sich vor Lachen, die Tränen kullerten ihr über die Wangen. Lederer ließ konsterniert die Handkanten sinken. Mühsam beruhigte sich Gisela, trotzdem konnte sie ein Glucksen nicht verhindern.
»Ich … ich hab jetzt echt grad Angst gehabt«, sagte sie.

Und prustete gleich wieder los, so sehr, dass sie aus dem Auto flüchten musste.

Zur selben Zeit waren Erwin und Richie auf der Rückfahrt von Straubing, im Gepäck zwei Listen mit rumänischen Namen. Richie versuchte sich an der Aussprache, als er eine wiegende Bewegung aus dem Augenwinkel wahrnahm. Er schaute auf. Auf dem Bürgersteig schwebte ein Engel, anders konnte man die junge Frau nicht bezeichnen, die auf den einzigen Friseursalon Niedernussdorfs zusteuerte. Ihr Haar blond, lang und wallend, ihre Figur zart und ätherisch, ihr Gesicht blass und voll unendlicher Melancholie. Alles an ihr schrie: ›Beschütze mich!‹

»Halt mal an.«

Erwin war überrascht. »Wieso?«

Richies Kopf war um fast hundertachtzig Grad gedreht, um den Engel nicht aus den Augen zu lassen.

»Hast du's nicht gehört? Sie hat gerufen: ›Beschütze mich!‹«

Im Seitenspiegel erhaschte Erwin einen kurzen Blick auf den Engel, bevor der in dem Friseursalon verschwand.

»Und das hast du gehört?«

»Jetzt bleib schon stehen.«

Der Streifenwagen stand noch nicht, als Richie bereits raussprang.

Im Friseursalon empfing Richie eine Duftmischung aus Haarfestiger, Bleichmittel und Kaffee. Zwei ältere Damen, die Richie nur flüchtig kannte, sahen ihm über die Spiegel entgegen, als ihn die Glöckchen an der Tür ankündigten. Lilli, die korpulente und schrill gekleidete Besitzerin des kleinen Geschäfts, besah sich ein Foto, das ihr offensichtlich von dem Engel gegeben worden war.

Der Engel stand mit gespannter Miene vor Lilli und wartete auf eine Antwort. Die Friseuse schüttelte ihre pinkfarbene Punkmähne und reichte dem Engel das Foto. »Nein, kenn ich nicht.« Daraufhin wandte Lilli sich Richie zu. »Na, was ist denn mit dir? Hast dich verlaufen? Ich denk, du schneidest dir deine Haare selber?«
»Danke schön«, wisperte der Engel Richtung Lilli und wandte sich einer der Damen unter der Trockenhaube zu. Sie zeigte ihr das Foto.
»Ich wollt bloß mal reinschauen, fragen, wie's so geht.« Sein Blick klebte an dem Engel.
»Hä?«
Die Dame unter der Trockenhaube schüttelte den Kopf. Der Engel drehte sich zur anderen Dame, dabei streifte ihr Blick Richie.
»Ähm, nah am Bürger, das … das ist unser Motto«, brachte Richie kurzatmig hervor. »Ihr sollt euch sicher fühlen, wir sind da, um euch zu beschützen.«
Lilli runzelte die Stirn über Richies sinnloses Gestottere. Der ließ den Engel nicht aus den Augen. »Und wenn einer von euch Hilfe braucht, muss er nur ›Beschütz mich‹ rufen, und ich komme.«
Auch die zweite Dame schüttelte den Kopf. Der Engel bedankte sich fast lautlos und schwebte aus dem Friseurgeschäft.
»Du, jetzt, wo du's sagst«, setzte Lilli an, »da ist tatsächlich was, das mich ein bisschen beunruhigt …«
»Ja, schön, also dann, bis zum nächsten Mal.«
Richie folgte dem Engel, ohne sich zu verabschieden. Lilli war verärgert. »Von wegen, nah am Bürger.«
Dafür war Richie vor dem Geschäft nah an dem Engel.
»Verzeihung.« Der Engel drehte sich zu Richie um. Die

Augen dunkelbraun, eine volle Oberlippe, in der Nackenpartie ein centgroßes Muttermal.
»Personenkontrolle«, hauchte Richie. Diese Frau nahm ihm den Atem. Sie zog den Reißverschluss ihres kleinen Täschchens auf, das sie quer über der Schulter trug. Mit zittrigen Fingern holte sie einen Pass heraus. Richie blätterte ihn auf, der Engel hielt den Kopf gesenkt, starrte auf die Schuhspitzen ihrer abgetragenen Ballerinas.
»Ah, Sie sind Rumänin. Frau Ionela Andrei...ko...vi...ci.«
»Andreikowitschi«, verbesserte sie seine Aussprache, ohne aufzusehen.
»Äh, ja, Frau Andrei...ko...vi...tschi, ich ... also, wir, ich und mein Kollege«, er nickte zum Streifenwagen, wo Erwin hinter dem Lenkrad saß und herüberblickte, »wir sammeln gerade Rumänen ein, also, Namen von Rumänen, die zwar aus Rumänien sind, aber hier herum wohnen, verstehen Sie überhaupt, was ich sage?«
Der Engel schüttelte den Kopf. Richie holte tief Luft.
»Ich und Kollego, wir suchen Rumänen, Romanski, von hier.« Er unterstützte seine Worte mit Gebärdensprache, um sicherzustellen, dass der Engel ihn verstand. »Viel Namen, du auch Name Romanski.«
»Also, jetzt versteh ich wirklich nichts mehr«, erwiderte der Engel und schaute Richie aus großen verwirrten Augen an.
»Ah, du ... Sie reden deutsch?«
»Ich studiere in Bukarest. Deutsch und Geschichte.«
»Deutsch und Bukarest.« Richie bemühte sich, woanders hinzusehen, aber diese Augen schienen sein Innerstes aufzusaugen. »Schön.«
»Ich ... ich brauche doch kein Visum, oder?«

»Was?«

Der Engel deutete auf den Pass. Richie folgte ihrem Finger.

»Oh, nein, nein, natürlich nicht.«

Er hielt ihr den Pass hin. Sie wollte ihn nehmen, aber Richie ließ nicht los. Sein Kopf war völlig leer, sämtliche körperlichen Funktionen hatten ausgesetzt. Nur das Herz schlug kräftig und schnell auf sein Trommelfell. Ihr fragender Blick löste seine Finger endlich. Der Engel steckte den Pass zurück in die Tasche.

»Darf ich Sie bitten, mir eine Frage zu beantworten?«

Der Engel zog den Reißverschluss zu. »Sie sind Polizist, Sie müssen nicht bitten.«

»Was haben Sie da drin gewollt?« Richie deutete mit dem Daumen über seine Schulter zum Friseurgeschäft. Der Engel wich Richies Blick aus, saugte die perfekte Unterlippe zwischen die strahlend weißen Zähne ein. Richie verbog sich etwas, um ihr Gesicht zu sehen. Der Engel steckte die Hand erneut in die Handtasche und zog das Foto heraus. Richie nahm es. Darauf war ganz eindeutig Schneewittchen. Lachend, rote Bäckchen, glänzende Augen. Lebendig.

»Das ist meine Schwester.«

Lederer hatte sich nach dem Zwischenfall mit Köhler verabschiedet und war – vorgeblich – nach Straubing zurückgefahren. In Wahrheit suchte er das Krankenhaus auf, in das Köhler gebracht worden war, um seine Befragung fortzusetzen.

Gisela kehrte zum Revier zurück. Schorsch saß wie betäubt auf einem Stuhl, Schweiß auf der Stirn, die Augen gerötet, den Telefonhörer festgeklebt am Ohr. Hilfesuchend streckte er Gisela den Hörer hin. Sie nahm ihn.

»… wenn man sich anschaut, was im Osten passiert, also ich mein jetzt nicht China, sondern Sachsen-Anhalt, da wissen Sie gleich, wo wir hinsteuern …«

»Gnädige Frau, Sie können gerne mit meinem Kollegen weiterplaudern, aber dann müssen wir Ihnen das als ungerechtfertigten Polizeieinsatz in Rechnung stellen. Das kann dann durchaus in den vierstelligen Eurobereich gehen.«

Es klickte in der Leitung. Gisela gab Schorsch den Hörer zurück. »Du musst echt mal lernen, dich durchzusetzen.«

Schorsch wand sich, legte den Hörer auf. »Ich weiß, aber dann denk ich mir, die hat wahrscheinlich niemanden sonst zum Reden.«

»Dann soll sie zum Arzt gehen.«

Erwin und Richie spazierten in Begleitung von Ionela herein. Die junge Rumänin war bleich, ihre Augen gerötet, ab und zu schniefte sie und wischte ihre Nase mit einem zerfetzten Papiertaschentuch sauber.

Erwin wedelte mit den Namenslisten. »Auftrag erledigt. Und ein Lebendexemplar haben wir auch gleich mitgebracht.«

»Red nicht so«, zischte Richie Erwin an. »Die Frau Andreikovitsch ist kein Viech.«

»Andreikowitschi«, verbesserte Ionela ihren Verehrer.

»Andreikowitschi«, schleuderte Richie Erwin entgegen.

Erwin stöhnte nur kurz auf, drückte Gisela die Namenslisten in die Hand. »Frau Andreikowitschi«, schroffer Seitenblick zu Richie, »ist die Schwester von der Toten.«

Er dackelte zum Kaffeeautomaten. Ionela kullerten dicke

Tränen aus den Augen. Richie stützte sie, damit sie nicht zusammenbrach. Auf ein Kopfnicken Giselas hin führte er sie in ihr Büro. Er brachte Ionela eine Tasse Kaffee, schenkte ihr einen aufmunternden Blick und ließ die beiden Frauen alleine.

Ionela hielt die Tasse mit beiden Händen umklammert, starrte geistesabwesend in die braune Brühe. Gisela setzte sich auf ihren Chefsessel, der dabei leise knarzte, als würde ein alter Mann ausatmen. Aus der obersten Schublade ihres Schreibtisches holte sie eine Packung Papiertaschentücher und schob sie Ionela hin. Die reagierte gar nicht.

Gisela wartete, bis die junge Frau aus ihren Gedanken zurückkehrte und aufschaute. Ihre Unterlippe bebte leicht, sie schien etwas sagen zu wollen. Das Beben verstärkte sich, unterdrückte jedes Wort. Stattdessen holte sie das Foto aus ihrer Tasche, reichte es Gisela.

»Wie heißt sie?«, fragte Gisela sanft.

Ionela nahm eines der Papiertaschentücher, rotzte hinein. Die Unterlippe bebte wieder. »Danijela.« Ein Hauch von einem Wort, so dass Gisela schon nachfragen wollte. Ionela räusperte sich, ihr Oberkörper richtete sich auf. »Danijela«, wiederholte sie mit kräftigerer Stimme.

»Es tut mir sehr leid.«

Ionela nickte dankend. »Ihr … Ihr Kollege hat gesagt, sie wurde im Wald gefunden?«

»Ja.«

»Wie … was ist mit ihr passiert?« Ionela presste das Taschentuch in ihrer Faust zusammen.

Gisela wägte ihre Worte genau ab und reichte Ionela das Foto zurück. »Bevor ich in die Details gehe, müssten Sie die Frau identifizieren. Denken Sie, Sie schaffen das?«

Ionela zögerte kurz, nickte. Gisela stand auf, ging zur Tür. »Richie, bringst du Frau Andreikovici bitte zum Wagen?«
Richie schnellte in Giselas Büro, um sich der armen Ionela anzunehmen.
»Ich muss nur noch einen Anruf erledigen, dann komm ich«, sagte Gisela zu Ionela. »Schorsch, du müsstest in einer Stunde zu meinem Papa rausfahren, der braucht sein Mittagessen. Ist alles im Rohr. Ja?«
Schorsch nickte. Gisela machte die Tür zu, rief Lederer auf dem Handy an. Der hockte kaugummikauend im Wartebereich der Notaufnahme, umgeben von lädierten Männern und Frauen. Das Klingeln seines Handys brachte ihm böse Blicke ein. Nonchalant lächelte Lederer, dachte nicht eine Sekunde daran, den Raum während des Telefonats zu verlassen. »Ja, bitte?«
»Sind Sie schon zurück?«
»Dauert noch ein bisschen.«
»Wie lange?«
»Ich glaube nicht, dass Sie das was angeht.«
»Ich hab hier eine neue Entwicklung, und ich wär in einer guten Stunde in München, bei der Pathologischen.«
Lederer rutschte auf dem schwarzen Plastikstuhl unruhig hin und her. »Eine Stunde schaff ich nicht.«
Die Stationsschwester, untersetzt und in ihrem früheren Leben sicher mal Schwergewichtsringer, näherte sich mit drohender Miene dem Hauptkommissar. »Sehen Sie das Schild nicht?« Sie deutete auf ein durchgestrichenes Handysymbol, das direkt über Lederers Kopf an der Wand hing. »Das haben wir extra für die Leute hingehängt, die nicht lesen können.« Lederer deckte die

Sprechmuschel schnell mit einer Hand zu, doch es war zu spät. Gisela hatte die Stimme laut und deutlich gehört.

»Wo sind Sie denn?«

»Unterwegs.«

»Sie machen jetzt sofort das Handy aus oder gehen vor die Tür, und zwar ganz nach draußen, vor die Pforte«, giftete die Stationsschwester weiter.

»Sie sind jetzt aber nicht im Krankenhaus, oder?«, wollte Gisela wissen. Lederer fummelte mit der freien Hand in der Innentasche seines Mantels nach seinem Dienstausweis. »Ich … äh, doch, aber es ist nichts Ernstes.« Er hustete extra laut und röchelnd ins Telefon, hielt der Stationsschwester gleichzeitig seinen Ausweis unter die Nase. Die zeigte sich unbeeindruckt.

»Noch schlimmer, so was wie Sie sollte eigentlich ein Vorbild sein.« Sie deutete auf die Tür. »Raus jetzt, aber sofort.«

Gisela bekam die Anordnungen so klar und deutlich mit, als stünde sie daneben. »Was für ein Krankenhaus ist das denn?« In ihr keimte ein böser Verdacht.

»Ich … ich muss Schluss machen, ich bin jetzt dran.«

»Ist das da, wo der Köhler hingebracht worden ist?«

Ein rhythmisches Tuten in der Leitung war die Antwort. Gisela legte fluchend auf. Dieser Saukerl. So was von unkollegial. Mit dem festen Vorsatz, ihren eigenen Weg zu gehen, fuhr sie mit Ionela zum rechtsmedizinischen Institut nach München.

Richie stand noch fünf Minuten nachdem Giselas Smart um die Kurve verschwunden war, vor der Polizeistation und hörte seinem Herzen beim Jubeln zu. Es war kein Zufall, dass ihm Ionela Andreikovici über den Weg gelaufen war, das war Schicksal. Sie war nicht nur eine engelhafte Gestalt, sondern auch noch die Schwester der Toten. Hier hatte eine göttliche Macht ihre Finger im Spiel, um ihn endlich vom Nektar der Liebe kosten zu lassen, so viel war Richie klar. Und dieser Nektar schmeckte besser als das dunkle Klosterbier am Freitagabend nach einer anstrengenden Woche.

Im rechtsmedizinischen Institut in München wurden Gisela und Ionela vom zuständigen Gerichtsmediziner abgeholt, um die Identifizierung Schneewittchens vorzunehmen. Nicht nur für Ionela war es der erste Besuch im Kühlraum eines solchen Instituts, auch Gisela fühlte die Kälte des weißgekachelten Raumes in ihre Knochen kriechen. Nur das leise Summen der Neonröhren war zu hören, als der Gerichtsmediziner die Leiche aus ihrem Kühlfach holte. Gisela, die eigentlich auf einen wenig schönen Anblick vorbereitet war, war überrascht, als sie die Leiche sah. Die Augenlider geschlossen, die Haut gereinigt, glich sie einer Schlafenden. Ionela starrte wie betäubt in das gräuliche Gesicht und auf den eingebrannten Namen über der rechten Brust. Seltsamerweise fing sie nicht an zu weinen, es schien fast, als hätte sie keine Tränen mehr. Gisela stand bereit, sie zu stützen, sollte sie einen Schwächeanfall erleiden.

Ionela streckte die Hand nach dem Gesicht der Toten aus. Gisela warf dem Gerichtsmediziner einen fragenden Blick zu, ob sie das dürfe. Der Mann nickte. Ionelas Hand streichelte den Haarschopf der Toten. Zärtlich, so wie man ein Kind streichelt, damit es in Ruhe einschlafen kann und keine bösen Träume hat.

Nachdem die Formalitäten der Identifizierung erledigt waren, traten die beiden Frauen an die frische Luft, wo sie der Alltag empfing. Motorenlärm, Fahrradklingeln, Kinderlachen, Hundebellen. Sie blieben einen Moment in der Sonne stehen, die Wärme vertrieb die Kälte schneller, als sie gekommen war. Ionela hielt eine Tüte in ihrer Hand, in der die wenigen Habseligkeiten ihrer Schwester waren, die sie bei sich gehabt hatte.

»Der Name auf dem Oberkörper, Ionel, haben Sie den schon mal im Umfeld Ihrer Schwester gehört?«

Ionela schüttelte den Kopf. »Als ich es gesehen habe, dachte ich zuerst, sie hätte nach mir gerufen, und ihr Schrei wäre abgerissen worden.« Sie atmete tief durch. »Danijela hätte so was nie machen lassen, sie hatte Angst vor Schmerzen. Es muss jemand gegen ihren Willen gemacht haben.«

Sie schaute zu zwei schwangeren Frauen, die vor einem kleinen Café in der Sonne saßen.

»Fahren Sie mit zurück, oder soll ich Sie irgendwohin bringen?«, fragte Gisela. Ionela reagierte zuerst nicht, so dass Gisela ihre Frage schon wiederholen wollte.

»Ich bin froh, dass ich sie gefunden habe«, sagte Ionela. »Jetzt kann ich unseren Eltern sagen, wo sie ist.«

Ihre Stimme klang fest, doch dahinter konnte Gisela den Schmerz spüren. Wie ein leises Tinnituspfeifen lag er unter dem Satz, und möglicherweise würde dieser Ton nie mehr ganz verschwinden.

»Ich werde ihnen sagen, dass sie sich keine Sorgen mehr machen müssen. Ich werde ihnen versprechen, herauszufinden, was passiert ist. Es wird sie beruhigen.«

»Wir werden Sie natürlich sofort benachrichtigen, wenn sich neue Erkenntnisse in den Ermittlungen auftun, darauf haben Sie mein Wort. Ich bräuchte dazu nur Ihre Telefonnummer und Heimatadresse.«

Ionela schaute Gisela verwundert an. »Ich fahre nicht heim. Ich bleibe so lange in Ihrem Ort, bis diese Sache aufgeklärt ist.«
»Das ist doch vollkommen unnötig, Frau Andreikovici ...«
»Vielleicht kann ich Ihnen sogar helfen.«
»Ich ...«
»Bitte.«
Es war keine flehentliche Bitte, sondern ein entschiedener Wunsch, in der Nähe zu bleiben. Gisela schoss durch den Kopf, dass sie an Ionelas Stelle genauso handeln würde. Sie schaute der jungen Frau prüfend in die Augen, die hielt dem Blick stand. Gisela lächelte.
»Gut. Aber nur unter einer Bedingung. Sie wohnen bei mir.« Ionela war überrascht. »Ich will nicht, dass Sie Ihre eigene Tour fahren und uns ins Handwerk pfuschen.«
»Eigene Tour fahren? Ich versteh nicht.«
»Heißt, Sie überlassen der Polizei die Ermittlungen und spielen nicht Miss Marple, okay?«
Ionela nickte.
»Gut, fahren wir.« Die beiden Frauen marschierten zum Smart. »Können Sie eigentlich kochen?«, fragte Gisela.
»Können, weiß nicht, aber ich koche gerne. Warum?«
»Es kann sein, dass Sie für meinen Vater kochen müssen, falls ich wegen den Ermittlungen mal keine Zeit haben sollte.«
»Gerne. Aber ich kann nur rumänisches Essen wirklich gut.«
»Solang er sein Weißbier dazu hat, passt das schon.«

Jakob lag auf der Couch und schnarchte leise. Schorsch hockte in der Küche am Tisch und blätterte durch die LIDL-Werbung des Wochenanzeigers, der jeden Montag ausgeliefert wurde. Er schaute auf, als Gisela und Ionela hereinkamen.

Gisela warf durch die Wohnzimmertür einen kurzen Blick auf ihren Vater. »Was machst du denn noch hier?«, flüsterte sie zu Schorsch.

»Ich hab mir gedacht, ich lass ihn besser nicht alleine. Er hat immer gefragt, wann die Mama heimkommt. Das war irgendwie unheimlich«, erwiderte Schorsch ebenso leise. Seine Augen schweiften kurz zu Ionela, die sich im Hintergrund hielt. »Nicht, dass der noch losmarschiert, um sie zu suchen, und dann nicht mehr heimfindet.«

»Ganz lieb, Schorsch, aber jetzt gehst wieder an die Arbeit, ja? Sagst den anderen, in einer halben Stunde bin ich auch da.« Schorsch nahm seine Uniformjacke von der Stuhllehne.

Gisela bemerkte Ionela, die wie ein ungebetener Gast in der Tür stand, und winkte sie herein. »Kommen Sie. Das ist mein Mitarbeiter, Georg Kramer.« Schorsch schlüpfte in seine Jacke, nickte Ionela dabei zu, sie nickte zurück und trat zur Seite, damit Schorsch seinen massigen Körper ungehindert durch die Tür schieben konnte.

»Ich zeig Ihnen mal das Haus und wo Sie schlafen können.« Gisela runzelte die Stirn. »Haben Sie überhaupt was zum Anziehen dabei? Ein Nachthemd? Und was zum Waschen?«

Ionela legte die Hand auf ihre Handtasche. »Hier hab ich Zahnbürste und Zahnpasta. Ich schlafe nie mit Nachthemd, macht keiner zu Hause.«

»Und zum Wechseln? Tagsüber?«

Ionela schaute an sich hinunter. Zuckte mit den Schultern. »Kann ich waschen, wenn es anfängt zu riechen.« Sie lächelte entschuldigend.
Gisela schüttelte den Kopf. »Also, wirklich nicht, ich schau mal, ob ich noch was auf dem Dachboden hab. Ist vielleicht nicht mehr die neuste Mode, aber reinpassen könnten Sie.«
»Ist nicht nötig, wirklich nicht.«
Gisela winkte ab. »Ist ja nicht geschenkt, nur geliehen, solange Sie da sind. Das mit den Ermittlungen kann sich nämlich hinziehen. Bevor Sie schauen, sind drei Wochen um und Sie rennen immer noch mit demselben Kleid durch die Gegend.« Mit einem Kopfrucken bedeutete sie Ionela, ihr zu folgen.
Von Jakob kam ein langgezogener Seufzer, er drehte seinen Kopf etwas, schaute die Rumänin an, schloss seine Augen aber gleich wieder und schnarchte weiter.
Eine halbe Stunde später fand sich Gisela auf der Polizeistation ein, wo sie nicht nur ihre drei Mitarbeiter erwarteten, sondern auch Hauptkommissar Lederer. Gisela war nicht überrascht, ihn zu sehen, hatte sie doch auf seiner Mailbox die Nachricht hinterlassen, dass sie nach der Identifizierung der Toten in Niedernussdorf zu finden sei.
»Wo ist sie?«, schoss Lederer gleich los.
»Bei mir«, antwortete Gisela.
»Dann fahren wir jetzt da hin.« Er wollte zur Tür, aber Gisela schüttelte nur den Kopf.
»Die brauchen Sie nicht mehr auszufragen, die hat mir schon alles erzählt.«
Lederers Schnauzer zitterte, seine Augen blitzten angriffslustig. »Ich bin der ermittelnde Sachbearbeiter in

diesem Fall, Sie sind mir unterstellt und sollen mir und der Staatsanwaltschaft zuarbeiten, und wenn ich die Zeugin sprechen will, dann ist es Ihre Pflicht und Schuldigkeit, mir das zu ermöglichen.«

Gisela blieb absolut ruhig, einschüchtern ließ sie sich nicht so schnell. Von niemandem. »Ihre Zeugenbefragungen kenn ich schon. Die junge Frau wird sich erst mal erholen, dann sehen wir weiter.«

Lederer bewegte sich drohend auf Gisela zu. Seine Stimme war ganz leise, als er sprach. »Glauben Sie wirklich, Sie treffen hier die Entscheidung, wen ich wann befragen kann?«

Gisela zuckte mit keiner Wimper, auch sie senkte ihre Stimme. »Sie können sich gerne jemand anderen für die Zuarbeit hier vor Ort suchen. Dann mache ich Sie aber gleich darauf aufmerksam, dass ich der jungen Frau raten werde, vorschriftsmäßig nur ihre Personalien anzugeben und ansonsten jegliche Aussage zu verweigern.«

Lederer knirschte mit den Zähnen. »Ich könnte das als Behinderung der Ermittlungen ansehen, Frau Kollegin, und wenn ich so etwas in meinen Unterlagen vermerke, liegt es durchaus im Bereich des Möglichen, dass Ihre vorgesetzte Dienststelle Ihnen eine Abmahnung zukommen lässt.«

»Wenn Sie diesen Weg wirklich gehen wollen, dann stellen Sie sich schon mal auf einen beschwerlichen Fußmarsch ein, Herr Kollege, denn es liegt durchaus im Bereich des Möglichen, dass die Zeugenbefragung des Buchhändlers Köhler in meinen Unterlagen auftaucht und Ihre vorgesetzte Dienststelle dann unangenehme Fragen stellt.«

Schorsch, Richie und Erwin verfolgten das Duell mit

angehaltenem Atem. Jeder der drei war bereit, sich sofort auf Lederer zu stürzen, sollte der übergriffig werden oder Gisela ihnen ein Zeichen geben. Richie hatte bereits seine Hände zu Fäusten geballt und wartete nur auf den Funken für die Explosion. Lederer ahnte gar nicht, in welcher Gefahr er sich befand. Er hatte nur Augen und Ohren für Gisela, die dem um einen Kopf größeren Hauptkommissar vollkommen angstfrei gegenüberstand. Ihre ganze Haltung, ihr Blick und die Tonlage ihrer Stimme machten ihm klar, dass sie das Gesagte ernst meinte. Lederer blinzelte ein paarmal und verzog seinen Mund, als wäre ihm Gallensäure aufgestiegen.

»Haben Sie die Aussage der Frau wenigstens aufgenommen?«

»Das mach ich noch.«

»Wenn Sie schon eigenmächtig vorgehen, dann hätte ich gerne, dass Sie sich an die Vorschriften halten.«

»Ich mach das gleich jetzt. Ich hab mir Notizen gemacht.«

»Schön.« Er lächelte in die Runde, nahm Richie und Erwin ins Visier. »Von Ihnen, glaub ich, krieg ich auch noch was, oder?« Seine Augenbrauen rutschten fragend hoch.

»Wir haben noch keine Zeit gehabt, wir haben die Namenslisten besorgen müssen«, antwortete Erwin.

»Außerdem ist die Tote jetzt ja identifiziert.«

»Trotzdem würd ich gerne Ihren Bericht zu dem Einäugigen lesen. Ich liebe fantastische Literatur.«

Erwin und Richie schauten sich stirnrunzelnd an, sie waren sich nicht sicher, ob das nicht eben eine Beleidigung gewesen war.

»Morgen früh haben Sie das«, versprach Gisela.

»Nur um sicherzugehen, schick ich Ihnen nachher mein

Protokoll der Vernehmung des Buchhändlers, Herrn Köhler. Sie können das dann als Vorlage benutzen.«

»Sie haben Köhler vernommen?« Gisela schaute Lederer überrascht an.

»Ja, denken Sie, ich fahr zum Spaß ins Krankenhaus? Mir war schon klar, dass der keine echte Herzattacke haben konnte.«

»Ach ja?« Gisela spürte Unmut wie eine Schlammwolke in sich aufsteigen. »Das haben Sie gleich erkannt?«

»Natürlich. Der Arzt hat das auch bestätigt. Es war eine Panikattacke, mehr nicht. Der darf heute Abend schon wieder nach Hause.« Lederer verschränkte die Hände auf dem Rücken, schaute Gisela wie ein Oberlehrer an. »Was denken Sie, wieso hat der Mann plötzlich Panik bekommen?«

»Kann man bei der Fragerei auch was gewinnen?«, knurrte Gisela. Lederers Lächeln wurde breiter.

»Herr Köhler hat zugegeben, den fraglichen Geldschein mit dem Zitat versehen, zu einem Herz gefaltet und bei einem seiner Schäferstündchen der Toten überreicht zu haben.«

»Aha.« Mehr kam nicht über Giselas Lippen. Es ärgerte sie, dass Lederer seinen Ermittlungserfolg wie einen Maibaum ausstellte.

»Die hysterische körperliche Reaktion wurde nicht durch die Erkenntnis ausgelöst, wir würden ihn als Täter verdächtigen, sondern durch den Schock, die geliebte Frau tot zu wissen.«

Schorsch, Erwin und Richie hörten mit offenen Mündern zu, sie verstanden nur die Hälfte der verquasten Sätze.

»Wollen Sie sagen, er war in die Tote verliebt?«

»Verliebt ist etwas zu viel des Guten. Zugetan, würde ich sagen.« Das Oberlehrerhafte in seiner Stimme steigerte sich noch. »Wir kennen ja alle die Geschichten vom Freier, der eine emotionale Nähe zu der Hure seines Vertrauens entwickelt und sie aus dem Milieu zu befreien versucht, weil er glaubt, sie habe etwas Besseres verdient.«
»Also, ich kenn so eine Geschichte nicht«, warf Schorsch zögerlich ein, sein Blick suchte Unterstützung bei seinen Kollegen.
»Und wie kommt die Frau in den Wald? Hat er das auch erzählt?«, sagte Gisela.
Lederer kratzte sich mit dem Zeigefinger am Schnauzer, zögerte die Antwort etwas hinaus. »Das kann er sich auch nicht erklären. Sie muss wohl die paar Kilometer gelaufen sein.«
»Paar Kilometer?«
Lederer atmete tief ein und aus, schaute an die Decke zu der dreckigen Neonröhre, die allen eine ungesunde Gesichtsfarbe verlieh. »Tja, wie soll ich sagen …«
»Herrschaftszeiten, muss ich Ihnen jedes Wort einzeln aus der Nase ziehen«, donnerte Gisela los. Sie hatte das letzte Wort noch nicht rausgeschleudert, da wusste sie schon, dass es ein Fehler war. Das Lächeln Lederers verwandelte sich in ein triumphierendes Grinsen. Endlich hatte er sie aus der Reserve gelockt, sie emotional erschüttert. Seine Masche, nicht nur bei Befragungen, sondern generell im Umgang mit seinen Mitmenschen. Gisela hasste diese Spielchen. Ihr war der direkte, schnörkellose Weg am liebsten. Wenn man von anderen Ehrlichkeit und Offenheit erwartete, musste man ihnen auch dementsprechend begegnen.

»Offenbar gibt es in Ihrer Nachbargemeinde Grünharding ein Bordell.«

Richie atmete erleichtert aus. »Gott sei Dank.« Er fing sich den strafenden Blick Lederers ein. »Ich mein, das betrifft uns dann ja nicht, sondern die Grünhardinger. Deswegen.«

Lederer schnappte nach Luft wie ein Fisch. »Die Tote wurde in Ihrem Zuständigkeitsbereich aufgefunden, von Ihnen, wie ich Sie noch einmal erinnern möchte. Damit betrifft es Sie sehr wohl. Vielleicht sollte ich für alle Anwesenden klarstellen: Die weibliche Leiche ist durch äußere Gewalteinwirkung zu Tode gekommen, und wir werden alles tun, um die Umstände der Tat schnell und vor allem diskret«, er fasste dabei besonders Schorsch ins Auge, »aufzuklären. Das bedeutet«, er wandte sich Gisela zu, »dass jedes Vorgehen Ihrerseits mit mir abgestimmt werden muss.«

»Von mir aus.« Sie hatte überhaupt keine Lust, sich noch länger mit Lederer zu unterhalten, geschweige denn, sich mit ihm zu streiten. Sie würde tun, was sie für richtig hielt, Dienstanweisungen hin, Paragraphenreiterei her. So weit kam es noch, dass ihr jemand nach über zwanzig Dienstjahren die Welt erklärte.

»Und wie geht's jetzt weiter?«, fragte Erwin.

Lederer stemmte die Hände in die Hüften. »Sie schreiben Ihre Berichte, und ich werd mir den Betrieb mal anschauen, in dem die Tote gearbeitet hat.«

»Und da soll ein Puff sein? Also, ich kenn keinen in der Umgebung«, sagte Richie. Schaute Erwin an. »Du?« Erwin schüttelte den Kopf.

»So was ist unter 30 000 Einwohnern doch eh verboten, oder?«

Lederer starrte Schorsch wie einen seltenen Fisch an. »Es handelt sich dabei natürlich um ein illegales Bordell.«

»Ja, dann.«

Lederers Blick blieb weiter fassungslos an Schorsch kleben, dessen Naivität ihn aus dem Gleichgewicht gebracht hatte.

»Ich fahr mit«, ertönte Giselas Stimme. Sie setzte sich in Bewegung, wollte zur Tür, drehte sich mit dem Türgriff in der Hand noch einmal zu Lederer um. »Äh, natürlich nur, wenn Sie nichts dagegen haben. Abstimmungsmäßig.« Ihr sanftes Lächeln ließ den leichten Spott vollkommen zur Geltung kommen.

»Es ist nicht nötig, dass Sie mich begleiten, Frau Wegmeyer.«

»Nötig nicht, oder stört es Sie, wenn ich was von Ihnen lernen will?«

Lederer schaute Gisela einen Moment lang durchdringend an. »Wenn Sie wirklich was von mir lernen wollen, dann gestatten Sie mir, mit der Schwester der Toten zu sprechen. Ich gehe nicht davon aus, dass sie etwas mit dem Fall zu tun hat, also werde ich auch wie ein Lämmchen auftreten.«

»Das können Sie?«

»Sie würden überrascht sein, was ich alles kann. Wenn ich will.« Sein sanftes Lächeln stand dem von Gisela in nichts nach.

Grünharding war ein kleiner Ort mit knapp fünfhundert Einwohnern und lag fünf Kilometer östlich von Niedernussdorf. Auch hier gab es einen kleinen Marktplatz, der als Treffpunkt der Grünhardinger fungierte. Im Unterschied zu Niedernussdorf existierte allerdings keine eigene Polizeistation. Falls wirklich etwas passierte, waren die Kollegen aus Passau zuständig. Eine Streife fuhr alle Jubeljahre die Gegend ab, um die spärliche örtliche Jugend an die Anwesenheit von Recht und Gesetz zu erinnern sowie den älteren Bürgern das Gefühl von Sicherheit zu geben. Gab es wirklich einmal eine Schlägerei oder Ruhestörung, griffen die Grünhardinger selbst durch. Vor allem die Männer der Freiwilligen Feuerwehr taten sich in solchen Dingen hervor. Mangels Feuer und Verkehrsunfällen hatten sie dafür genügend Zeit.

Am Ortsrand Grünhardings schloss sich eine Art Gewerbegebiet an, eine große betonierte Parkplatzfläche mit drei Hallen, in denen ein Aldi, ein Billigtextiler und ein Ein-Euro-Laden Unterschlupf gefunden hatten. Bis vor acht Jahren war hier noch Ackerland gewesen, das nach dem Tod des Bauern von dessen einzigem Sohn an die Gemeinde verkauft worden war. Die wiederum hatte das Gelände drei Jahre später in besagtes Asphaltghetto umgewandelt, der dazugehörige heruntergewirtschaftete Hof ging an einen Immobilienhändler aus Landshut, der eine Kernsanierung durchführen ließ und sich einbildete, er könnte die zwölf Büroeinheiten zu lukrativen Preisen an Firmen vermieten, die in Niederbayern mit Outsourcing Geld sparen wollten. Diese Firmen gingen allerdings lieber gleich nach Tschechien, so dass der renovierte Hof monatelang leer gestanden hatte, bevor ihn ein junger rumänischer Bauunternehmer völlig überteuert erstand. Jetzt residierte in dem Hof der Salon Paradies, ein luxuriöser Kosmetiksalon, nebst Wellnessbereich mit Massageräumen und Farblichtkabinen.

Vor dem Eingang plätscherte ein pseudoklassizistischer Springbrunnen vor sich hin, im Vorraum, hinter der Automatiktür, nahm ein riesiges Aquarium mit tropischen Zierfischen den Platz eines Kastenwagens ein. Aus unsichtbaren Lautsprechern rieselte Ambiente-Musik auf die Besucher herunter. Gisela und Lederer traten an die Rezeption, wo eine krötenartige Alte mit getönter Brille hockte, den Telefonhörer zwischen Doppelkinn und Schulter geklemmt, während sie gleichzeitig auf die Tastatur ihres iMacs einhackte.

»Ich hätte noch um vierzehn Uhr einen Termin frei ... bei Angela.« Die Kröte erklärte ihrer Gesprächspartnerin den Unterschied zwischen Brazilian Waxing und dem Hollywood Cut. Gisela hörte einen leicht osteuropäischen Akzent heraus. Die Fingernägel der Alten waren künstlich lang, auf dem kleinen klebte ein Strasstattoo. Die Haare waren ebenfalls verlängert, der Haaransatz schimmerte gräulich durch. Am postmodernen Edelstahlkleiderständer hinter der Kröte hing ein taillierter Designermantel aus dünnem schwarzem Leder.

Gisela schaute sich in dem eleganten Foyer um. Zwei moderne Ledersofas mit Zeitschriftenständer und Internetterminal im Wartebereich, große Kunstdrucke an den beigen Wänden sowie mehrere Zwergpalmen, die an den Blattspitzen bräunlich verfärbt waren, was auf Wassermangel schließen ließ. Eine Milchglastür glitt zur Seite, zwei Frauen tauchten auf. Die eine war etwa zwanzig, zaundürr und hatte lange wasserstoffgebleichte Haare. Unter ihrem weißen Kosmetikkittel wölbte sich ein mächtiger Busen. Silikon, schoss es Gisela sofort durch den Kopf. Ganz anders ihre Begleiterin: untersetzt, das Gesicht derb wie die Kleidung, die Deichmann-

Schuhe an den Spitzen abgewetzt und mit abgelaufenen Absätzen. Im krassen Gegensatz dazu standen die weißen eckigen Fingernägel, die gut zwei Zentimeter über die Fingerkuppen hinausragten. Die Derbe traute sich kaum, ihre Kunstlederhandtasche damit anzufassen.

»Wiedersehen, Frau Breiter, bis nächstes Mal«, flötete die Silikonblondine zum Abschied. »Und wenn eines abfällt, kommen Sie vorbei, mach ich wieder ran.«

Die Derbe spürte den prüfenden Blick Giselas, lief rot an und vermied den Augenkontakt. Sie murmelte ein paar Worte zum Abschied und quietschte auf ihren Gummisohlen ins Freie. Die Silikonblondine schenkte Lederer einen kurzen Blick und verschwand mit wiegenden Schritten durch die Milchglastür wieder in die Unergründlichkeit der hinteren Räume. Lederer stierte ihrem Hintern nach, bis sich die Milchglastür geschlossen hatte. Gisela konnte direkt hören, wie das Testosteron in Lederers Blutbahn rauschte und die Synapsen britzelten.

»Bitte?«, wandte sich ihnen die Kröte zu. Sie hatte das Gespräch beendet und den Hörer aufgelegt. Hinter den getönten Brillengläsern waren ihre Augen nur undeutlich auszumachen. Sie schaute Lederer an, für Gisela hatte sie nur einen dürftigen Seitenblick übrig.

»Ähm, ich bin Hauptkommissar Lederer von der Mordkommission Straubing«, polterte Lederer los, zeigte seinen Dienstausweis. »Ich ... wir ermitteln in einem Todesfall, der sich nicht weit von hier ereignet hat. Wir haben die berechtigte Vermutung, dass die Tote hier bei Ihnen gearbeitet hat.« Er legte das Foto von Danijela auf den Tresen. »Das ist Danijela Andreikovici. Können Sie das bestätigen?«

Die Kröte starrte mehrere Sekunden auf das Foto. »Das

ist Danijela, ja.« Sie hob den Kopf. »Wie … wie ist sie umgekommen?«

»Darüber dürfen wir leider nichts sagen. Seit wann hat sie bei Ihnen gearbeitet?«

»Seit ein paar Wochen. Aber ich kannte sie nicht sehr gut.«

»In dem Fall würden wir gern mit Danijelas Kolleginnen sprechen.«

»Wozu?«

»Das gehört zu unserem Beruf.«

Die Haltung der Kröte straffte sich, hinter den getönten Brillengläsern blitzte es kurz auf.

»Verdächtigen Sie etwa eine von ihnen?«

»Nein.«

»Dann sind die Mädchen auch nicht verpflichtet, sich ausfragen zu lassen«, erwiderte die Kröte souverän.

Lederer klappte den Mund überrascht zu.

»Verpflichtet nicht, aber es muss doch auch in ihrem Interesse liegen, dass die Umstände des Todes geklärt werden. Schließlich hat sie hier gearbeitet, Sie hatten wahrscheinlich jeden Tag mit ihr zu tun, oder?«

Der Kopf der Kröte ruckte herum.

»Die Mädchen hier haben nicht gerne mit der Polizei zu tun«, sagte sie.

»Den meisten Leuten geht es so …«, setzte Gisela an. Lederer grätschte dazwischen.

»Und warum nicht?«, zischte er. »Haben die Damen etwas zu verbergen?«

»Die Damen haben in der Vergangenheit schlechte Erfahrungen mit der Polizei gemacht«, zischte die Kröte zurück. »Das soll nicht noch einmal vorkommen.«

»Na schön, dann werde ich die Personalien aller hier

arbeitenden Damen aufnehmen, das zumindest steht mir zu. Und mit Ihnen fange ich an.«
Insgesamt arbeiteten fünf Damen im Alter von neunzehn bis einundzwanzig im Paradies. Alle stammten aus Rumänien, alle hatten eine gültige Arbeitserlaubnis, und in der Datenbank der Polizei gab es keinerlei Einträge, die auf eine Verbindung der jungen Frauen zum Rotlichtmilieu schließen ließen. Die Kröte, ebenfalls Rumänin, war offiziell die Geschäftsführerin der Schönheitsfarm und konnte ein Diplom als ausgebildete Masseurin und Kosmetikerin vorweisen. Sie lebte seit über dreißig Jahren in Deutschland, war kurzzeitig mit einem Autohändler aus Freising verheiratet gewesen und hatte mit einem kleineren Kosmetiksalon in Landshut vor einiger Zeit eine Privatinsolvenz hingelegt.

»Die muss doch jemanden haben, der sie finanziert«, wunderte sich Gisela, nachdem Lederer die Daten der Kröte ausgedruckt hatte. Er hatte seinen Dienstlaptop an Giselas LAN-Dose angeschlossen, denn der war zehnmal schneller als der veraltete PC in Giselas Büro. Mittlerweile war es Abend geworden, Giselas Männer waren längst im Feierabend.
»Wenn es sich bei dieser Beautyfarm um ein Bordell handelt, dann steckt da ziemlich sicher ein Finanzier aus dem Milieu dahinter. Aber solange wir keine handfesten Indizien dafür finden, können wir da nicht weiterstochern.«
»Der Herr Köhler hat doch mit der Adresse ein Indiz geliefert.«
»Schon. Er wird offiziell jedoch abstreiten, jemals in dem

Etablissement gewesen zu sein. Das war sozusagen eine Information in einem Gespräch unter Männern. Gegenüber der Staatsanwältin könnte ich nicht einmal begründen, wieso wir zu der Beautyfarm gefahren sind.«

Gisela bezweifelte, dass es nur ein Gespräch unter Männern war, das den Buchhändler zur Herausgabe der Adresse verleitet hatte. Lederer hatte sicher die Daumenschrauben angelegt, um mehr über die Beziehung zwischen Köhler und der Toten zu erfahren. Vermutlich hatte er die dominante Mutter Köhlers als Druckmittel eingesetzt. Wenn die erfahren würde, was der Herr Sohn hinter ihrem Rücken machte, wäre der Teufel los. Überdies würde sich die Geschichte rasend schnell in Niedernussdorf herumsprechen, und alle würden Köhler mit verstohlenen Blicken mustern und hinter seinem Rücken tuscheln. Das Ansehen war die wichtigste Währung für einen Dorfbewohner, noch dazu, wenn man Geschäftsmann war und die Mutter im Gemeinderat saß, wo es genug politische Gegner gab, die der Alten ohne weiteres an den Karren fahren würden.

»Ich würd jetzt gerne mit Ihrer rumänischen Freundin sprechen«, sagte Lederer. »Vielleicht hat die Informationen für uns, die wir anderswo nicht kriegen.« Er hob beide Hände, als wolle er Gisela beweisen, wie sauber die Innenflächen seien. »Ich geb schon nicht den bösen Bullen.«

»Das möcht ich Ihnen auch raten, sonst stutz ich Ihnen ganz schnell die Hörner.«

Während Gisela Lederer mit zu sich nach Hause nahm, saßen Erwin und Richie im Wirtshaus Zum Wilden Bock am Stammtisch und gönnten sich ein paar Helle. Nach

der vierten Halben verfiel Richie in einen dämmrigen Zustand, in dem seine Gedanken um Ionela kreisten. War er grundsätzlich schon wenig redselig, öffnete er nun seinen Mund nur, um das Bier in die richtigen Bahnen zu lenken. Erwin hingegen vertrug bei weitem nicht so viel wie sein Kollege, und nach dem vierten Glas waren die Stammtischbrüder, der Wirt, die Bedienung und alle anderen Gäste über den gegenwärtigen Stand der Ermittlungen auf dem Laufenden. Fritz, der klapprige Postbote mit dem Silberblick und den abstehenden Ohren, war schockiert, dass das Böse Einzug in die Idylle von Niedernussdorf gehalten hatte. Was wiederum die Diskussion auslöste, ob das Böse nicht schon immer in und um Niedernussdorf gewohnt hatte. Wie war das mit dem Erbstreit auf dem Gruberhof gewesen, wo der alte Gruber seinen Bruder mit einer Mistgabel fast erstochen hätte, oder der Vorfall mit der alten Mathilda, von deren Ableben der Rentenversicherung keinerlei Bericht abgegeben worden war, um weiter die Rente zu kassieren. Die Familie hatte die Leiche zuerst an die Schweine verfüttern wollen, sie dann doch verbrannt, damit keiner draufkam, was gespielt wurde. Offiziell war die alte Mathilda verreist gewesen.
Die Schauergeschichten über das Böse uferten mit steigendem Alkoholpegel aus, bis sich alle irgendwann einig waren, dass der Teufel persönlich Schneewittchen so zugerichtet hatte. Dem Pfarrer war das zu viel des Guten, und man verständigte sich ihm zuliebe darauf, dass, wenn schon nicht der Teufel, zumindest ein Auswärtiger im Spiel gewesen sein musste.

Die Niedernussdorfer ahnten nicht, wie treffsicher ihre Vermutung war. Ionela saß Lederer in Giselas Küche gegenüber und erzählte von ihrer kleinen Schwester Danijela, von dem großen Traum, so viel Geld zu besitzen, dass man den Eltern ein Haus kaufen könne, und von den Männern, die die Diskotheken und Clubs Bukarests nach solchen Mädchen durchkämmten. Vor einem halben Jahr war Danijela am Morgen nicht mehr in ihrem Zimmer gewesen. Ionela hatte alle Freundinnen und Freunde abgeklappert, keiner hatte sagen können, wo sie war. Zuletzt war sie in einer Nobeldisko gesehen worden, in der die Oligarchen Rumäniens berüchtigte Partys feierten. Minderjährige Schönheiten waren sich nicht zu schade, nackt auf den Tischen zu tanzen oder in dunklen Nischen die reichen Männer zu verwöhnen, um in den Genuss von Champagner oder ein paar Euros zu kommen. Für ein paar Stunden gehörten sie dazu. Manchmal auch für ein paar Tage. Spätestens dann wurden die Mädchen durch neue Partygirls ersetzt, und so manche folgte den falschen Versprechungen falscher Freunde, im westlichen Ausland liege das Geld auf der Straße. Ionela und ihre Eltern hatten drei Monate vergeblich darauf gewartet, dass die Polizei eine Spur von Danijela fand. Kurz vor Pfingsten erreichte die Familie eine Postkarte. Sie war von Danijela, und sie schrieb in dürftigen Worten, dass es ihr gutgehe und sich niemand um sie sorgen müsse. Weder die Eltern noch Ionela waren erleichtert, die Polizei hingegen entfernte Danijela daraufhin aus ihrer Vermisstenliste. Schließlich war sie volljährig, und es gab ein Lebenszeichen.
So einfach machte es sich Ionela nicht. Sie hatte sich sofort unbezahlten Urlaub genommen und war vor zwei

Wochen in das Dorf gefahren, in dem die Postkarte abgeschickt worden war. Grünharding. Jeden Friseursalon in der Umgebung hatte sie abgegrast, um Danijela zu finden. Die junge Frau war in Bukarest in Ausbildung zur Friseuse gewesen, es war Ionelas einzige Hoffnung, sie ausfindig zu machen.

Ionelas charmantes Deutsch, ihr melancholischer Blick und die sanfte Geste, mit der sie ihre Haare aus dem Gesicht hinter die Ohren strich, bezauberten Lederer auf eigentümliche Weise. Selbst wenn er gewollt hätte, bei Ionela wäre er nie mit brachialer Polizeigewalt vorgegangen, sondern immer behutsam und verständnisvoll. Sie weckte mit ihrer Art einen Beschützerinstinkt, den Lederer schon lange nicht mehr empfunden hatte. Gisela spürte sofort die veränderte Grundhaltung Lederers, und als sie den Glanz in seinen Augen sah, wusste sie, was Sache war.

Ionela tat es gut, ihr Herz auszuschütten, ihre Tränen versiegten allmählich. Kurz vor Mitternacht war sie sogar in der Lage, über Lederers kleine Anekdote zu lachen, in der er von den beiden Hasen erzählte, die er als Junge hatte. Seine Eltern waren der Meinung gewesen, dass es sich um zwei Männchen handelte, was sich nach wenigen Wochen als eklatante Fehleinschätzung herausgestellt hatte. Gisela fand die Geschichte wenig witzig und fühlte sich in ihrer Vermutung bestätigt, dass Lederer keinen Humor hatte. Schließlich wies sie Ionela das kleine Gästezimmer unter dem Dach zu und genehmigte sich mit Lederer noch einen Absacker.

»Schlauer sind wir jetzt aber auch nicht, was das Paradies anbelangt«, meinte Gisela nachdenklich.

»Wir bräuchten die Namen der Freier Danijelas. Einer

von denen wird sicher reden, und wenn einer umfällt, fallen die anderen auch um. Mit dem Verdacht der Zwangsprostitution würde die Staatsanwältin beim Richter einen Durchsuchungsbeschluss erwirken können.«

»Tja, mehr als den Köhler haben wir nicht, oder?«

»Leider.«

Beide kippten den selbstgebrannten Bärwurz auf Ex weg. Der scharfe Schnaps zog Lederers Lungenflügel zusammen, so dass er tief Luft einsaugen musste, um nicht zu husten.

»Was, wenn eines von den Mädchen aussagt?«, fragte Gisela. »Ich mein, wenn wir eine von diesen Kosmetikerinnen dazu kriegen, aus dem Nähkästchen zu plaudern?«

»Das wär wunderbar«, quetschte der Hauptkommissar heraus. »Mehr als ein Traum wird das leider nicht werden, fürchte ich.«

Gisela goss sich das Stamperl noch mal voll. Sie hielt Lederer die Flasche hin, er schüttelte den Kopf, legte die flache Hand über sein Stamperl.

»Wir schleusen einfach einen Maulwurf ein«, sagte Gisela. Die Idee gefiel ihr. »Er macht einen Termin im Paradies aus, und sobald die Dame tätig wird, haben wir sie. Was meinen Sie?«

»Also, ich kann das nicht machen, mich kennt die nette Dame am Empfang ja jetzt. Und meine Kollegen – die sind alle verheiratet oder schwul.«

»Dann nehmen wir einen von meinen Kollegen.« Entschlossen leerte Gisela ihr Stamperl. »Die sind alle ungebunden und moralisch gefestigt.«

Lederer starrte sie entgeistert an. »Das meinen Sie nicht ernst, oder?«

Gisela runzelte die Stirn. »Doch. Wieso?«
Lederer räusperte sich. »Liebe Frau Wegmeyer, die Qualitäten Ihrer Mitarbeiter als Polizisten sind mehr als fragwürdig, ich will mir gar nicht vorstellen, wie die als ... Männer sind.«
Gisela stützte sich mit den Ellbogen auf den Tisch, fixierte Lederer. »Ich sag Ihnen mal was, meine Männer sind echte Männer, nicht so weichgespülte Abziehbilder, wie Sie sie vielleicht kennen. Der Richie war Drummer in einer Schülerrockband, was der alles mitgenommen hat, das glauben Sie gar nicht. Der Erwin, der schaut zwar nicht so aus, aber der hat's faustdick hinter den Ohren. Der hat eine Art, dass die Mädels glauben, er ist geheimnisvoll, dabei redet der halt nur nicht gern. Das bindet der seinen Verehrerinnen natürlich nicht auf die Nase, weil er weiß, dann geht da nix mehr.«
»Und der Dicke?«
»Der Schorsch?« Gisela senkte die Stimme. »Der war schon mal verheiratet. Mit einer Schwedin. Die war Seiltänzerin bei einem Wanderzirkus. Außerdem Großmeisterin im Tantra, von der hat der einiges über Chakras gelernt, das kann ich Ihnen sagen.«
»Die sind nicht mehr verheiratet?«
»Drei Wochen nach der Hochzeit waren sie wieder geschieden. Er wollte, dass sie bleibt, sie wollte, dass er mit ihr geht. Es war ein tränenreicher Abschied.«
Gisela versank für einen Moment in den Erinnerungen. Lederer machte ein schnalzendes Geräusch mit der Zunge, seine Miene war skeptisch. »Ich weiß nicht.«
»Einen Versuch wär es wert, oder?«
Lederer stemmte sich hoch. »Ich denk drüber nach.«
Gisela brachte Lederer zum Auto. Er fuhr los, krachte

beinahe in einen Audi, der auf den Hof raste. Die beiden Männer hinter den Lenkrädern erdolchten einander mit finsteren Blicken.

Gisela fiel ihrem Verlobten Ludwig um den Hals, kaum dass der ausgestiegen war, und knutschte ihn mit einer Leidenschaft, die ihm die Luft raubte. Sie hatte ihn erst einen Tag später von seinem Weiterbildungsseminar zurückerwartet. Außerdem sah er in seinem dunkelblauen Versicherungsvertreteranzug einfach sexy aus.

»Was wollte denn der Hansl da?«, fragte Ludwig, als Gisela seine Lippen wieder freigab.

»Wir sind an einem Mordfall dran.«

Ludwig, der so aussah, als hätte er Sodbrennen, legte den Kopf leicht schief.

»Und da müsst ihr miteinander schnapseln?«

Gisela grinste. »Bist eifersüchtig?«

»Auf das Hemd? Ha! Ich hab nur geglaubt, im Dienst darfst du nichts trinken.«

»Bist ja doch eifersüchtig.« Nach acht Jahren kannte sie ihren Ludwig nur zu gut. Die Eifersucht verlieh seiner Stimme und seinem Gesicht eine Knorrigkeit, die Gisela über alles liebte. Sie presste ihr heißes Gesicht an Ludwigs Wange und flüsterte ihm ins Ohr, wie sehr sie ihn vermisst hatte. Statt einer Antwort küsste Ludwig seine Gisela leidenschaftlich, die Sterne blitzten auf, und die Eifersucht war wie weggeblasen.

Ionela war am nächsten Morgen die Zweite in der Küche. Jakob hockte auf der Eckbank und malte mit Buntstiften die Kästchen eines Kreuzworträtsels aus.

»Guten Morgen«, sagte Ionela. Jakob schaute nicht auf,

mit Grün füllte er zwei Kästchen. Ionela wandte sich der Kaffeemaschine zu.

»Wie geht's deinem Rücken?«

Ionela drehte sich zu Jakob um. Der Alte schaute sie mit großen Augen an.

»Äh, ich hab keine Beschwerden, danke.«

»Vielleicht hat der Arzt doch recht und wir sollten mal Urlaub machen.« Er nahm einen Blaustift, senkte seinen Kopf wieder über das Kreuzworträtsel. »Wir fahren an den Gardasee. Ich ruf den Luigi an, der soll uns das Hochzeitszimmer herrichten.«

Jakob lebte immer häufiger in der Vergangenheit. Die Pfefferminzbonbons, die Gisela über das Internet bestellt hatte, lutschte er fleißig und mit Genuss, die Hühner fütterte er zweimal täglich ohne Probleme, und von seinem täglichen Spaziergang, der ihn eine Stunde lang auf einem Rundweg um Niedernussdorf führte, kehrte er pünktlich zurück. Und doch musste Gisela jeden Augenblick damit rechnen, dass er zu solchen Tätigkeiten nicht mehr fähig sein würde. Jedenfalls nicht ohne Aufsicht. Ionela bot an, sich um Jakob zu kümmern, solange sie bei Gisela wohnte, und Ludwig versprach, sich unter seinen Kollegen nach einem guten Pflegeheim umzuhören.

Gisela kam mit schwerem Herzen bei der Dienststelle an. Vor der Tür wartete bereits Lederer.

»Ich hab mir Ihren Vorschlag letzte Nacht durch den Kopf gehen lassen und für akzeptabel befunden«, sagte er.

»Sehr gnädig.«

»Gestatten Sie mir aber, dass ich Ihre Kollegen persönlich instruiere.«

Gisela räusperte sich, setzte zu einem Einwand an, ließ es jedoch bleiben, als Lederer fortfuhr. »Ich lehne mich mit dieser unkonventionellen Vorgehensweise ziemlich aus dem Fenster, und deshalb möchte ich sicherstellen, dass jeder en détail weiß, wie er zu agieren hat.«

»Gut. Dann sollten Sie zuallererst eine einfachere Sprache finden, damit auch ja sichergestellt ist, dass meine Männer Sie verstehen.«

Lederers Schnauzbart zuckte kurz in Einklang mit seinem linken Augenlid. »Ich denke, Ihre Belehrungen sind überflüssig, Frau Wegmeyer. Bisher hat meine Ausdrucksweise noch nie Verständnisprobleme hervorgerufen.«

Die verwirrten Gesichter von Erwin, Richie und Schorsch belegten die alte Redensart, dass es für alles ein erstes Mal gab.

»Was meinen Sie da jetzt genau damit?«, wagte Erwin nachzuhaken.

»Sie arbeiten mir offiziell als verdeckte Ermittler zu, ein Status, der sicherstellt, dass alle Hinweise und Beweise für die Existenz eines illegalen Bordells vor Gericht verwendet werden dürfen.«

»Ohne mich«, brummte Richie. »Ich geh doch nicht ins Puff.«

»Sie werden das Etablissement nicht als Privatperson aufsuchen, sondern in Ihrer Eigenschaft als Staatsdiener. Ich erwarte natürlich, dass es zwischen Ihnen und der zugeteilten Dame keinen intimeren körperlichen Kontakt gibt.«

»Es geht doch nur darum, dass wir dem Paradies nachweisen können, dass es da mehr als nur Nägellackiererei und Nackenmassagen gibt«, unterstützte Gisela Lederers

Argumentation. »Keiner von euch muss sich da hingeben.«
Schorsch hob kurz die Hand wie in der Grundschule.
»Ja, aber wenn die erst massieren und es schaut ganz legal aus und dann wird die plötzlich intim?«
»Ich denke, es wird erst zu eindeutig sexuellen Handlungen kommen, wenn das im Vorfeld der Behandlung finanziell geregelt ist«, meinte Lederer.
»Ohne mich«, bekräftigte Richie mit stierem Blick.
»Jetzt geh, Richie, grad du mit deiner animalischen Ausstrahlung«, grinste Erwin. »Dir machen sie's auch ohne finanzielle Regelung.«
Richie schenkte Erwin einen drohenden Blick aus schmalen Augen. »Pass auf, oder es scheppert.«
»Zwei gehen auch, oder?«, fragte Gisela Lederer. Der schwenkte seinen Blick über Schorsch und Erwin in ihrer ganzen Pracht.
»Muss ich wirklich?« Schorsch schaute ganz verdruckst zu Gisela.
»Also, allein geh ich nicht«, protestierte Erwin sofort. »Da würd ich mir saublöd vorkommen, als wär das ein Aprilscherz, und am Schluss lacht jeder über mich. ›Ja, Erwin, geh mal schnell Informationen aus den Nutten rausficken. Hahaha.‹« Er schüttelte bekräftigend den Kopf. »Nein, entweder wir alle oder gar keiner.«
»Mein Gott, du immer mit deinem Minderwertigkeitskomplex«, stöhnte Richie.
»Dann geh halt du, du verliebter Depp«, giftete Erwin zurück. »Meinst du wirklich, du hast bei der Rumänentussi eine Chance? Die schaut so was wie dich doch nicht mal mit dem Arsch an.«
Richie fehlten die Worte, und wenn es so weit kam,

flogen die Fäuste. Lederer musste fassungslos mit ansehen, wie Polizeiobermeister Richard Hafenrichter sich auf seinen Kollegen Polizeiobermeister Erwin Huber stürzte und ihm eine saftige Ohrfeige verpasste. Erwin saugte kurz die Luft ein, duckte sich unter der zweiten Ohrfeige weg und versetzte Richie gleichzeitig einen Leberhaken. Richie jaulte auf, die Leber war aufgrund ihrer hohen Beanspruchung im Laufe der Jahre sein empfindlichstes Organ geworden. Er krümmte sich, die Augen vor Schmerz zusammengekniffen.

»Glangt's?«, keuchte Erwin.

Die Antwort kam postwendend. Richie rammte seinen gesenkten Kopf in Erwins Magen. Beide taumelten, stolperten, fielen über einen Bürostuhl und krachten auf den Boden. Die zwei Polizisten umklammerten sich wie Catcher, und sie keuchten und ächzten auch wie solche.

Gisela machte ein paar Schritte vorwärts. »Es reicht!«, brüllte sie. Erwin und Richie rangelten weiter. Gisela packte Richie am Kragen, zog ihn mit aller Kraft von Erwin weg. »Sag einmal, sind wir hier im Kindergarten?«

Erwin rappelte sich auf, brachte seine Uniform in Ordnung. Ein Auge dabei wachsam auf Richie gerichtet, der mit blutunterlaufenen Augen auf die Gelegenheit wartete, sich erneut auf Erwin zu stürzen. Gisela wusste das, und sie wusste auch, was dagegen zu tun war. Richie empfing eine schallende Ohrfeige, die ihn aus seiner angriffslustigen Haltung wieder in die Senkrechte brachte.

Gisela deutete auf ihr Büro. »Du gehst jetzt da rüber und bleibst da, bis wir hier fertig sind.«

Der mörderische Glanz verschwand aus Richies Augen.

Er trollte sich, schloss die Bürotür hinter sich. Gisela schaute zu Erwin. »Dass du auch immer deine Klappe aufreißen musst. Um was geht's denn da überhaupt?«
»Mei, der steht halt auf diese Dingsbumswitschi.«
»Ah, und da musst du noch reinbohren.«
»War doch bloß Spaß«, maulte Erwin.
Gisela seufzte über die Unbelehrbarkeit ihrer Männer. Sie drehte sich zu Lederer um. Der stand regungslos da, sein Blick hatte etwas Verlorenes, als hätte er gerade eine außerkörperliche Erfahrung gemacht. Gisela hatte keine Lust, sich von ihm irgendwelche überflüssigen Kommentare anzuhören, deshalb wandte sie sich an Erwin und Schorsch.
»Also, ihr zwei, ihr macht das mit dem verdeckten Ermitteln.« Der scharfe Ton ihrer Stimme ließ die beiden Männer ihren Blick senken.
»Aber ich geh mit dem nicht gemeinsam da hin, damit das klar ist«, sagte Erwin. »Also, flotter Dreier oder so, das kannst du gleich vergessen, eher kündig ich und geh zur Müllabfuhr.«
»Seit wann bist du denn so gschamig?«, stichelte Schorsch.
»Ich hab bloß keine Lust, dich nackt zu sehen, du …«, erwiderte Erwin, bevor Giselas Stimme schneidend dazwischenfuhr.
»Ist jetzt Ruhe!« Sie schaute zu Lederer, dessen verlorener Blick einen trüben Glanz bekommen hatte.
»So, ich denk, das wär geklärt«, sagte Gisela. »Wollen Sie noch was sagen?«
Lederer brachte ein winziges Kopfschütteln zustande.

Ionela und Jakob saßen auf einer Parkbank im Schatten einer alten Eiche, ganz oben auf dem Klosterberg. Von hier hatte man einen herrlichen Blick über das flache Land mit den unzähligen Feldern, die hauptsächlich im Gold des Hafers schimmerten.

»Da oben hab ich dich zum ersten Mal gesehen«, sagte Jakob. Er deutete mit seinem knotigen Zeigefinger auf die Klosterschule. »Da, bei dem kleinen Fenster.«

Ionela folgte dem Finger. Die Klosterschule war ein mehrstöckiges Gebäude mit vielen großen Fenstern. Eines davon, unter dem Dach, an der Ecke, war nur halb so groß und wirkte verschämt ob seiner unterentwickelten Maße.

»Ich bin hier gesessen, und du hast dir am Fenster die Haare gemacht.« Ein Lächeln zu Ionela. »Du hast gesehen, dass ich zu dir geschaut hab, und dann hast du mir gewunken.«

Jakob nahm sanft Ionelas Hand. Sein Blick glitt wieder hoch zu dem Fenster, in dem sich der blaue Himmel spiegelte. Ionela betrachtete lange Jakobs Profil, behielt ihre Hand in seiner. Sie erinnerte sich daran, was Gisela am Morgen zu ihr gesagt hatte.

»Es sah so romantisch aus, du unter dem Baum. Ich spürte sofort im Herzen, dass wir zueinander gehören.«

Danach schwiegen sie, bis sie wieder am Wegmeyerhof waren. Die ganze Zeit über hatte Jakob Ionelas Hand gehalten. Er war glücklich.

Schorsch stand in dem einzigen Telefonhäuschen Niedernussdorfs, den Hörer ans Ohr gepresst, auf der Oberlippe Schweiß. Er merkte gar nicht, dass vor dem magentafarbenen Glaskasten der Postbote Fritz und dessen Frau Doris, die örtliche Krankenschwester, stehen geblieben waren und sich wunderten, was ein Polizist in einem Telefonhäuschen machte, wenn er doch ein Diensttelefon und ein Handy hatte. Schorsch starrte auf den Zettel in seiner zitternden Hand. Darauf stand die Telefonnummer des Paradieses und der Name Jana. Am anderen Ende tutete es noch eine Zeitlang, schließlich meldete sich die Kreidestimme der Kröte.

»Beautyfarm Paradies, guten Tag.«

Schorschs Lippen bewegten sich lautlos. Er räusperte sich, nahm neuen Anlauf, seine Stimmbänder versagten erneut ihren Dienst.

»Hallo?«, tönte die Kröte aus dem Hörer.

Schorsch pumpte Luft in seine Lunge und stieß sie zusammen mit einem Satz wie einen Pistolenschuss heraus. »Grüß Gott, ich möchte gerne einen Termin bei Jana, es geht um eine Massage, die ist mir da als sehr toll empfohlen worden.«

»Sehr gerne. Waren Sie schon mal bei uns?«

Schorsch schüttelte den Kopf. »Äh, nein, es … es ist mein erstes Mal.«

»Welche Art von Massage hätten Sie denn gerne?«

Schorsch schloss die Augen, würgte den steinernen Kloß in seinem Hals hinunter. »Die Sorglosmassage, bitte. Das … das ist mir auch empfohlen worden.«

»Gerne. Und wann würden Sie vorbeikommen?«

»Äh, also abends wär gut, so acht.«

»Tut mir leid, da hat Jana schon einen Termin. Würde es auch um neun Uhr passen?«

Schorsch nickte. »Ja«, krächzte er.

»Schön, dann sehen wir uns heute um 21 Uhr. Wiederhören.« Klick.

»Wiederhören«, wisperte Schorsch und hängte den Hörer ein. Die Anspannung fiel von ihm ab, Erleichterung machte sich wie ein frischer Frühlingswind in seinem Körper breit. Er war so froh, dass die Kröte nicht nach seinem Namen gefragt hatte. Köhler hatte Lederer zwar erzählt, dass Anonymität im Paradies großgeschrieben wurde, trotzdem hatte Schorsch sich sicherheitshalber ein Pseudonym zurechtgelegt. Er stieß die Tür des Telefonhäuschens mit Schwung auf und erstarrte. Nicht nur Postbote Fritz nebst Frau standen vor ihm, sondern auch Schorschs Vater, der Metzger Franz Kramer. Die Blicke der drei wollten wissen, mit wem er telefoniert hatte.

»Das … das war dienstlich«, stammelte er.

»Was genau?«, bohrte Franz nach.

»Mei, das darf ich doch nicht sagen, Papa.«

Franz Kramer trat einen Schritt auf seinen Sohn zu. Er neigte seinen Kopf, als hätte er sich verhört. »Du bist in erster Linie mein Bub, und wenn ich dich was frag, dann gibst gefälligst eine Antwort.«

Schorsch wand sich wie im Würgegriff einer Python.

»Es geht um die Tote im Wald.«

»Und?«

Schorsch lugte zu Fritz und Doris, die mit spitzen Ohren lauschten. Wenn er jetzt etwas erzählte, wüsste es bald das ganze Dorf.

»Schorsch, ich warn dich, wenn du nicht gleich was sagst, dann kannst heut Abend alleine kochen. Für dich wird die Mama dann nix machen, darauf kannst du dich verlassen.«

»Schadet ihm eh nicht, wenn er mal nichts zum Essen kriegt«, trat Fritz nach. Ein böser Blick von Doris ließ ihn die Achseln zucken. »Ist doch wahr.«

»So redet man nicht über einen Fettleibigen, schon gar

nicht, wenn er vor einem steht. Du bist echt unsensibel, das gibt's nicht.« Ihr Blick richtete sich wieder auf Schorsch. »Weißt, es interessiert uns schon, was die Polizei unternimmt, nachdem so was Grauenvolles passiert ist. Das musst du doch verstehen, Schorsch. Ich für meinen Teil hab echt Angst, ohne Begleitung aus dem Haus zu gehen. Mich würd das kolossal beruhigen, wenn ich wüsste, was von eurer Seite aus unternommen wird.«

Das Flehen in ihren Augen und in ihrer Stimme umgarnten Schorsch wie der Gesang einer Sirene. »Mei, Schwester Doris, wir ermitteln halt in eine bestimmte Richtung, und dazu muss ich halt so telefonieren, dass meine Identität gewahrt bleibt. Mit wem, darf ich echt nicht sagen. Das würd nur das Leben Unschuldiger gefährden. Ehrlich.«

Er klimperte treuherzig mit den Wimpern und betete, dass sein Vater sich mit der Antwort zufriedengab. Der schaute Schorsch forschend in die Augen und brummte missmutig. »Wir sprechen uns heut Abend.«

»Also, heut Abend, das ist ganz schlecht. Wir … wir haben da noch eine dienstliche Besprechung. Da muss ich leider hin.«

Er zog bedauernd die Schultern hoch, schaute in die Runde und hob die Hand zum Abschied. Bevor irgendjemand dumm nachfragen konnte, verzog er sich.

Jana war zwanzig, hatte endlos lange Beine, einen vollen Busen und einen leichten Silberblick, bei dem sich Schorsch nie sicher war, ob sie ihn gerade ansah oder nicht. Nachdem er sich rechtzeitig im Paradies eingefunden hatte, hatte die Kröte auf ein Knöpfchen gedrückt, und keine Minute später war die blonde Jana vor ihm gestanden. Verwirrte ihn schon ihr Körper, so sorgte die samtige Stimme endgültig für einen Kurzschluss in seinem Gehirn. Stotternd begrüßte er sie und folgte ihrem wackelnden Gesäß wie ein besoffener Bernhardiner hinter die Milchglastür in das Innerste der Beautyfarm. Der Gang führte um einen Pool, der durch kleine Fenster im Mauerwerk zu sehen war. Türen gingen links und rechts ab, auf manchen stand in goldenen Buchstaben, was sich dahinter verbarg. Lichtoase, Salzgrotte, Thermalbereich. Auf der Tür, die Jana öffnete, stand die Nummer 5.

»Bitte schön«, schnurrte sie.

Schorsch zog seinen Bauch so weit wie möglich ein und schob sich an ihr vorbei in das Zimmer. Aus den Augenwinkeln glaubte er Erwin zu sehen, der mit einer kleinen Rothaarigen hinter einer Tür am anderen Ende des Gangs verschwand. Hatte der Sauhund zur selben Zeit wie er einen Termin bekommen. Ob er ihn auch gesehen hatte? Der Gedanke, dass Erwin sich in diesem Moment wie er der Lust hingeben würde, rief in Schorsch das Bild eines Wettvögelns wach. Wer käme zuerst aus dem Zimmer? Hinter welcher Tür würde lauter gestöhnt? Wer würde in dieser Nacht der ungekrönte König des Pay-Sex werden?

Schorsch spürte, wie jegliche Aufregung verflog. Selbst als Jana die Tür schloss und sich aufreizend vor ihn hinstellte, spürte er nur ein säuerliches Gurgeln in seinem Magen. Wie gerne wäre er jetzt Mäuschen in Erwins Liebeskammer. Jana wackelte zu der rot bezogenen Shiatsu-Matte, die in der Mitte des kleinen rechteckigen Raumes lag. An den hellblauen Wänden hingen Fotodrucke von Sonnenuntergängen, Stränden, Palmen und einer Riesenmeeresschildkröte. Aus unsichtbaren Lautsprechern in der Decke rieselte Meeresrauschen. In einer Ecke stand eine zweisitzige Couch, in der gegenüberliegenden Ecke ein Paravent.

»Wie lange wollen Sie?« Jana schaute ihn mit einem Lächeln an.

Schorsch spürte, wie das ganze Blut aus seinem Kopf in den Magen schoss. »Äh, was … was gibt's denn so?«

»Es gibt eine halbe Stunde, eine dreiviertel Stunde und eine ganze Stunde.«

»Hm, die … ich … ich hab jetzt gar nicht gefragt, was das kostet. Brauch ich da ein Rezept?«

Auf Janas glänzenden Lippen wurde das Licht der Halogenstrahler reflektiert, die in die Decke eingelassen waren. »Wir sind von den Krankenkassen nicht anerkannt. Alles, was Sie sich hier gönnen, müssen Sie aus eigener Tasche zahlen. Eine Stunde kostet hundertzwanzig Euro.«

Das Blut schoss aus seinem Magen zwischen die Beine. Schorsch musste sich krampfhaft an seine Aufgabe erinnern. Lederer hatte ihm über Gisela einschärfen lassen, dass alleine das Angebot, sexuelle Handlungen vorzunehmen, schon ausreichen würde, um das Paradies als Bordell einzustufen.

»Entschuldigen Sie, wenn ich noch mal nachfrage, aber was passiert denn bei der Sorglosmassage alles?«

»Lassen Sie sich überraschen.«

»Überraschen? Ich … ich würd gern mehr wissen, ich hab schon als Kind keine Überraschungen gemocht, weil da mein Herz echt immer zu flattern anfängt und ich schon mal umgekippt bin, Weihnachten, also ich …«

Jana legte ihm ihren manikürten Zeigefinger auf die Lippen.
»Tut mir leid, aber die Sorglosmassage ist ein Geheimnis, das jede von uns Masseusen auf ihre Weise enthüllt.«
Sie beugte sich vor, Schorsch stieg ihr betörendes Parfüm in die Nase. »Ich kann Ihnen nur versprechen, dass Sie nicht enttäuscht sein werden. Wie lange?«
Schorschs Mund war auf einen Schlag trocken, er glaubte, es stauben zu sehen, als er sprach. »Eine Stunde, bitte.«
Jana deutete auf den Paravent.
»Dort können Sie sich ausziehen.«
»Ganz?«
»Wäre gut. Sie finden auch ein Handtuch, das können Sie sich um die Hüfte wickeln.«
Hinter dem Paravent gab es ein schmales Fenster sowie einen Klappstuhl aus Teakholz, auf den sich Schorsch erst mal setzte. Er hatte noch nicht bezahlt, und es war bislang zu keinen sexuellen Handlungen gekommen. Was, wenn Jana sexuelle Handlungen vornahm, ohne dass er bezahlen musste? Das galt dann wohl nicht als bordellmäßige Handlung. Das war pures Privatvergnügen. Und vielleicht massierte sie ihn ja wirklich nur. Schorsch schlüpfte aus seinen Klamotten und trat wenig später hinter dem Paravent hervor. Mit einer Hand hielt er krampfhaft das Handtuch fest, das nur mit Müh und Not um seine Hüfte ging.
Jana hatte inzwischen die Massagematte vorbereitet und ein Räucherstäbchen angezündet. Der Duft von warmen Rosen umfing Schorsch und vernebelte ihm die Sinne. Wie betäubt ließ er sich von Jana an der Hand nehmen und zur Shiatsu-Matte führen.

»Uh, Sie haben ja ganz feuchte Hände.«
»Ich … ich bin etwas aufgeregt.«
Jana bedeutete Schorsch, sich auf die Matte zu legen.
»Lassen Sie sich vollkommen gehen, atmen Sie den Duft des Raumes ein, hören Sie die Musik, spüren Sie, wie Ihre Seele sich von den Fesseln des Alltags befreit.«
Janas samtene Worte erreichten bei Schorsch genau das Gegenteil, er wurde nur noch verspannter, und die einzige Wärme, die er in seinem Körper spürte, breitete sich zwischen seinen Beinen aus und drückte gegen seinen Bauch. Nur gut, dass er auf demselben lag. Er drehte seinen Kopf zur Seite, sein Blick fiel auf die Meeresschildkröte, die ihn zu mustern schien. Schorsch starrte zurück, während Jana warmes Öl auf seinen Rücken tröpfelte.
Die sanften Harfenklänge, das leise Meeresrauschen und die weisen Augen der Meeresschildkröte lullten Schorsch allmählich ein. Janas Hände taten ihr Übriges. Stark und doch einfühlsam spürte sie die verspannten Stellen auf, drückte und walkte, knetete und kreiste, bis sich wohlige Wärme in Schorsch breitmachte. Seine Augen fielen ihm zu, er gab sich vollkommen hin.
»Bitte umdrehen.«
Schorsch riss die Augen auf. Die Meeresschildkröte starrte immer noch. Und lächelte spöttisch.
»Was?«, rang sich Schorsch ab.
»Der Rücken ist nur die halbe Massage.«
Schorsch konzentrierte sich auf sein Geschlechtsteil, versuchte sich einen Verkehrsunfall auszumalen, bei dem ein Wagen auf der Autobahn gegen die Leitplanke prallte und sich überschlug.
»Sie wollen doch die Komplettmassage, oder?«

Das Auto schlitterte über die zweispurige Fahrbahn, ein weiterer Wagen konnte nicht ausweichen, prallte in das Unfallfahrzeug. Nachfolgende Autos fuhren auf, es wurden immer mehr, eine Bilderbuchmassenkarambolage, rhythmisch bumsten die Fahrzeuge aufeinander, verkeilten sich zu einem einzigen Blechkörper.
»Sie haben noch eine Dreiviertelstunde, mein Herr.«
Schorsch drehte sich schwerfällig auf den Rücken, hielt die Augen geschlossen. Er spürte, dass sich das Handtuch zu einem Frotteezelt aufgebaut hatte. Das warme Öl und die sanften Hände nahmen ihre Arbeit auf Schorschs Oberkörper auf. Schorsch presste seine Augen fest zu, ein Beichtstuhl tauchte vor seinem inneren Auge auf, darin saß eine Nonne, die ihren Habit hochgezogen hatte und einen Blick auf halterlose Strümpfe freigab.
»O Gott, o Gott, o Gott«, stöhnte Schorsch.
»Was? Stimmt etwas nicht?« Schorsch spürte, wie Jana ihre Hände von seinem Körper nahm. Er öffnete die Augen, schaute in das fragende Gesicht Janas.
»Ich will alles«, hörte er sich krächzen.
Jana runzelte die Stirn.
»Alles? Was meinen Sie? Sie haben doch schon die Sorglosmassage. Mehr gibt es nicht.«
Schorsch spürte, wie das Handtuchzelt zusammenfiel. Die ganze Wärme jagte blitzschnell von seiner Körpermitte in sein Gesicht und ließ es rot anlaufen.
»Ähm, ich … ich dachte … also …«
Jana schien entrüstet. Schorsch drehte seinen Kopf beschämt weg, schaute in die Augen der Meeresschildkröte.
»Wenn Sie einen dieser Bären kaufen, würde ich mich sehr freuen.«

Schorsch sah zu, wie Jana aus einem kunstvoll geschnitzten Basaltkästchen einen Schlüsselanhänger hervorholte. An dem Ring schaukelte ein kleiner Filzbär, etwa zwei Zentimeter groß, und glotzte Schorsch mit seinen grünen Glasaugen an. Jana lächelte lieb. Schorsch fühlte sich verpflichtet, seinen Patzer wiedergutzumachen.
»Ja, der ist süß. Wie viel soll der denn kosten?«
»Fünfzig Euro.«
Schorsch blieb die Spucke weg. Jana beugte sich vor.
»Ich würde mich sehr, sehr freuen.« Sie ließ den Bären über das Handtuch zu Schorsch Bauchnabel spazieren, ihre Augen glänzten und versprachen das Paradies.

Gisela lag mit offenen Augen im Bett und lauschte dem Vogelgezwitscher und dem Gackern der Hühner. Die Sonne war noch nicht aufgegangen, aber die Nacht hatte bereits dem Morgengrauen Platz gemacht. Es war kurz vor fünf Uhr.
Ludwigs Arm lag auf ihrem Bauch, sie streichelte ihn versonnen. Sie liebte es, vor Sonnenaufgang neben Ludwig aufzuwachen, seine Wärme zu spüren und ihren Gedanken freien Lauf zu lassen. Sie dachte an ihren Vater, der Ionela für seine Frau hielt und einen innigen Kontakt zu ihr aufgebaut hatte. Die Rumänin war wie ein Engel, lautlos schien sie durch das Haus zu schweben, machte sich nützlich, ohne dass es einer Aufforderung bedurfte, wusch, putzte und kochte. Zuerst war es für Gisela ungewohnt gewesen, Hilfe im Haushalt zu haben, aber schließlich hatte sie Ionela die Zubereitung des Abendessens überlassen, und zum ersten Mal seit vielen Jahren hatte sie die Muße, neben ihrem Vater zu

sitzen und mit ihm gemeinsam dem Sprecher im Radio zuzuhören. Als Ludwig dann noch mit einer Flasche Rotwein dazukam, fühlte Gisela sich wie an Weihnachten. Eine unendliche Fröhlichkeit erfüllte sie im tiefsten Inneren, denn jeden Einzelnen am Tisch hatte sie gern, und es machte Freude, mit ihnen den Abend zu teilen. Sie war glücklich in Ludwigs Umarmung eingeschlafen.

Es rumpelte draußen unter dem Fenster. Gisela hielt den Atem an, lauschte. Da, schon wieder. Etwas wurde über den Kiesboden geschleift, sie konnte Schritte hören. Vorsichtig schob sie Ludwigs Arm zur Seite, rollte sich aus dem Bett und lugte durchs Fenster in den Hof. Sie sah das Ende einer Leiter um die Ecke wackeln. Das war die Leiter aus dem Schuppen.

Gisela schlüpfte in ihre Flipflops, huschte die Treppe hinunter ins Erdgeschoss, schnappte sich in der Küche eine gusseiserne Bratpfanne und eilte hinaus in den Hof. Geräuschlos balancierte sie auf der Graniteinfassung ihres Blumenbeetes, das sich über die gesamte Breite des Hauses zog, zur Stirnseite. Die Bratpfanne fest im Griff, linste sie um die Ecke. Die Leiter lehnte an der Wand, oben stand Richie und klopfte sachte gegen die geschlossenen Fensterläden des Gästezimmers.

»Frau Andreikovski, machen Sie doch bitte auf. Ich möchte Ihnen etwas überreichen«, wisperte Richie durch die Holzlamellen. In der Hand hielt er einen prächtigen Feldblumenstrauß. »Ich hab die ganze Nacht nur an Sie denken können, wenn Sie mir nicht aufmachen, werd ich nie wieder schlafen können.« Richie lehnte seine Stirn gegen die Fensterläden.

»Hast du überhaupt kein Hirn mehr?«, raunte Gisela in

die Höhe. Richie schaute zu ihr hinab. »Komm sofort runter da, du Aushilfsromeo. Die schläft bestimmt noch.« Richie richtete seinen trägen Blick noch einmal auf die Fensterläden. Nichts. Seufzend machte er sich an den Abstieg. Mit belämmerter Miene stand er vor Gisela, streckte ihr den Strauß entgegen.

»Gibst du ihr den? Mit schönen Grüßen.«

Richie wankte etwas, auch seine Aussprache war nicht ganz gerade. Gisela meinte, die Bierfahne wie eine kleine stinkende Wolke sehen zu können.

»Hast du die ganze Nacht durchgesoffen?«, sagte sie.

»Schon.« Richie klopfte sich mit der Faust auf den Brustkorb. »Anders hätt ich die Sehnsucht da drin gar nicht betäuben können.«

»Warum wolltest du sie denn betäuben? Ist doch was Schönes.«

»Aber nicht, wenn sie unerwidert bleibt. Und das wollt ich rausfinden.«

»Kannst ja, aber nicht um fünf in der Früh. Und heut bleibst daheim, ich will nicht, dass der Lederer dich so im Büro sieht. Du stinkst ja wie's ganze Hofbräuhaus.«

In Richies Blick lag eine Verzweiflung, die Gisela das ganze Ausmaß des Herzensleides spüren ließ.

»Aber sag ihr ganz liebe Grüße von mir. Machst du das?«

Gisela nickte. »Freilich. Und ich geb dir auch Bescheid, was sie dazu gesagt hat.« Sie schaute auf die Blumen, an einigen hingen noch die Wurzeln. »Schön sind die.«

»Sind aus dem Garten von der Schwester Doris.«

Richie legte den Zeigefinger verschwörerisch auf seine Lippen. Mit einem leisen Lächeln und einem letzten Blick hoch zu den Fensterläden trollte er sich.

Lederer interessierte es keinen Deut, dass Richie bei der Morgenbesprechung nicht anwesend war. Ihm brannte es unter den Nägeln zu erfahren, was Erwin und Schorsch letzte Nacht herausgefunden hatten. Gespannt lehnte er an der Schreibtischkante in Giselas Büro. Erwin und Schorsch hockten auf den Besucherstühlen mit den abgewetzten grünen Lederpolstern. Sie schauten sich an, keiner wollte den Anfang machen. Gisela stand mit ihrer Kaffeetasse am Fenster, auch sie neugierig, was bei der verdeckten Ermittlung herausgekommen war. Lederer richtete sich schließlich an Schorsch.

»Jetzt erzählen Sie schon«, forderte er mit bohrendem Blick.

Schorsch nahm noch schnell einen tiefen Schluck aus seiner Tasse.

»Da ... da gibt's nicht viel zu erzählen.« Er zuckte verlegen mit den Achseln.

»Na, hat man Ihnen nun Geschlechtsverkehr angeboten oder nicht?«

»Mmmh.«

»Ist es etwa auch dazu gekommen?« Lederers Gesicht färbte sich rot.

»Ja, schon.«

Erwin schaute Schorsch erstaunt an. »Echt?«, sagte er.

»Ja. Wieso? Du nicht?«

»Nein. Mich hat sie nur massiert.«

»Hat sie dir keinen Bären angeboten?«

»Einen Bären? Was für einen Bären?«, fragte Gisela.

Schorsch kramte aus seiner Hosentasche den Schlüsselanhänger, hielt ihn hoch. Der kleine Bär beschrieb einen Halbkreis, als wollte er sich den Anwesenden vorstellen.

»Können Sie mir das näher erklären, Herr Kollege?«, sagte Lederer mit mühsam beherrschter Stimme.
»Also, die Jana, die hat sich nicht für den ... den, Sie wissen schon, bezahlen lassen, das hat sie aus reinem Vergnügen gemacht.«
Erwins Augen wurden mit jedem Wort größer. Schorsch vermied es, in seine Richtung zu schauen. Genauso unangenehm war es ihm, Lederer ins Gesicht zu blicken. Schorsch richtete sich ausschließlich an Gisela.
»So wie ich das sehe, ist das wirklich nur eine Massagepraxis«, endete er.
»Wie viel hat der Bär denn gekostet?«, fragte Lederer.
»Fünfzig Euro.«
»Und du Depp glaubst wirklich, die hat dich zum Vergnügen gefickt?«, ätzte Erwin. »Du bist ja noch blöder, wie ich gedacht hab.«
»Hier drinnen ist niemand blöd, und ich mag das gar nicht, wenn du deinen Kollegen beleidigst«, ließ sich Gisela scharf vernehmen.
»Wo er recht hat, hat er recht«, meinte Lederer.
Gisela stellte ihre Tasse hart auf dem Schreibtisch ab.
»Schorsch, was hast du dir gedacht, als dir die Dame den Bären für fünfzig Euro verkauft hat?«
Schorsch biss sich auf die Unterlippe.
»Na ja, zuerst, dass das aber schon teuer ist für so ein kleines Stoffviech, dann, dass die ja ganz schön dran verdient, und dann, dass das ziemlich schlau ist, weil, ich kauf einen Schlüsselanhänger und nicht ihre Dienste, und als ich das gedacht hab, wollt ich nicht mehr länger drüber nachdenken.«
Er zuckte hilflos mit den Achseln, drehte den Bären verlegen zwischen seinen Fingern. Dabei fiel dem Tierchen

ein Glasauge raus. Er wagte nicht, sich danach zu bücken, ganz so, als könnte jede Bewegung weiteren Spott nach sich ziehen. Gisela empfand in diesem Augenblick tiefes Mitgefühl mit Schorsch. Zu oft hatte sie miterlebt, wie die Dorfbewohner sich über ihn lustig machten. Er war in den Augen aller ein dickes Muttersöhnchen, unfähig und dumm. Auch wenn meist nur hinter Schorschs Rücken gelästert wurde, war er doch sensibel genug, es mitzubekommen. Die Niedernussdorfer, einschließlich seiner Kollegen auf der Dienststelle, konnten in ihrem Umgangston grausam sein wie Kinder. Das rührte an Giselas Gerechtigkeitssinn, und so hatte sie für Schorsch im Laufe der jahrelangen Zusammenarbeit mütterliche Gefühle entwickelt, die er dankbar annahm. Er fühlte sich in Giselas Nähe heimischer als zu Hause bei seinen Metzgerseltern.

Erwin schüttelte den Kopf, ein verächtliches Schnauben kam aus seiner Nase. Lederer starrte kurz auf das Glasauge auf dem Boden, dann hob er den Kopf.

»Kurz und gut, diese Jana hatte für fünfzig Euro Geschlechtsverkehr mit Ihnen.«

»Kann man so sagen«, hauchte Schorsch.

»Dann kann man wohl auch sagen, dass das eine gesetzeswidrige Andienung körperlicher Gefälligkeiten war.«

»Rein juristisch aber nicht«, schaltete sich Gisela ein. »Rein juristisch hat sie ihm nur einen Schlüsselanhänger verkauft.«

»Schon möglich, aber immerhin wissen wir jetzt, dass in diesem Betrieb illegale Handlungen vorgenommen werden«, presste Lederer zwischen den Zähnen hervor.

»Hat die Dame irgendetwas von Danijela erzählt?«, fragte Gisela. Schorsch schüttelte den Kopf.

»Ah, aber meine«, sagte Erwin triumphierend. »Ich hab sie gefragt, ob sie die Tote kennt, die man im Wald gefunden hat. Weil die doch auch Rumänin ist.«
»Aha.« Das war alles, was Lederer herausbrachte.
»Sie hat nur gemeint, eine Danijela kennt sie nicht. Hab ich natürlich nicht geglaubt und direkt nachgehakt, ob die nicht auch hier gearbeitet hat, weil ich doch einen Bekannten hab, der mal ihre Dienste genutzt hat.«
Erwin strahlte, es fühlte sich gut an, wichtige Informationen mitzuteilen. Die fassungslose Miene Lederers irritierte ihn allerdings etwas.
»Du hast aber nicht gesagt, dass du von der Polizei bist, oder?« Gisela betete, dass sie ein Nein zu hören bekäme.
»Natürlich nicht. Ich bin ja nicht ganz blöd. Ich hab gesagt, ich bin Journalist und schreib über den Fall.«
»Hat sie was dazu gesagt?« Lederers Schnauzbart zuckte und zitterte wie ein witternder Jagdhund.
»Ja. Dass sie mir nicht glaubt. Dann hat sie aufgehört zu massieren und mich gebeten zu gehen.«
»Und du bist gegangen?«, fragte Gisela.
»Logisch. Ich hab sogar die Hälfte von meiner Kohle wieder zurückgekriegt.«
»Bravo«, murmelte Lederer. »Halten wir also fest, dass der Einsatz rundum ein Fehlschlag war.«
»Das seh ich nicht so«, sagte Erwin. Er machte eine kleine Pause, um die folgenden Worte voll zur Geltung kommen zu lassen. »Ich hab den Einäugigen gesehen.«
Lederer runzelte verständnislos die Stirn.
»Der aus dem Wald?«, fragte Schorsch.
Erwin nickte. »Als ich durchs Foyer bin, da stand der bei der Alten an der Rezeption.«
»Bist du dir sicher?« Gisela schaute Erwin scharf an.

Manchmal neigte er zu Übertreibungen, doch diesmal hielt er ihrem Blick nicht nur stand, sondern legte seine flache Hand aufs Herz und schwor.

»Über was haben die beiden geredet?«, hakte Lederer nach.

»Keine Ahnung, die haben Rumänisch gesprochen. Zumindest glaub ich, dass es Rumänisch war. Viel hab ich nicht mitbekommen, weil, ich bin dann raus.«

»Das ist alles?« Lederer klang leicht enttäuscht. Erwin zeigte seine gelben Zähne.

»Nicht ganz.« Er bedachte Schorsch mit einem triumphierenden Seitenblick. Der Dicke verschränkte seine Arme, tat so, als würde ihn kein Wort von dem interessieren, was Erwin erzählte. Seine Galle lief jedoch auf Hochtouren.

»Ich hab draußen gewartet, bis der Einäugige rausgekommen ist«, setzte Erwin seine Erzählung fort. »Er ist in ein Cabrio eingestiegen und losgefahren.«

»Und Sie hinterher?«, drängelte Lederer.

»Ich hinterher«, bestätigte Erwin. »Mit Abstand natürlich. Ich wollt ja nicht auffallen.«

»Abstand, aha.« Schorsch konnte sich einen süffisanten Kommentar nicht verkneifen. »Um die Uhrzeit wart ihr sicher die zwei Einzigen auf der Straße, und dann du mit deiner Geländemaschin, da glaubst du wirklich, der hat dich nicht bemerkt?«

»Vielleicht lassen Sie Ihren Kollegen in Ruhe berichten, bevor Sie sich zu voreiligen Mutmaßungen hinreißen lassen«, raunzte Lederer Schorsch an. Er nickte Erwin auffordernd zu, der es sich nicht nehmen ließ, seine Hände hinter dem Kopf zu verschränken, um seine momentane Sonderstellung zu unterstreichen.

»Nach fünf Minuten ist er abgebogen und kurze Zeit später durch einen Weiler, mei, ich denk, das waren so sechs, sieben Häuser. Beim letzten ist er dann in den Hof reingefahren. Leck mich am Arsch, hab ich mir gedacht, der hat Geld.« Er schaute zu Gisela. »Das war so ein Riesenbauernhof, aber total luxusrenoviert, weißt schon, so wie dem Seehofer seiner.«
»Ah, der, wo alles mit Solar läuft?«, fragte Gisela.
»Genau. Da siehst vom Dach nichts mehr, weil alles mit den greislichen Platten zugepflastert ist.«
»Dabei könnte man die Platten doch auch irgendwo im Garten aufstellen, wo sie nicht so auffallen«, sagte Schorsch, der unbedingt mitreden wollte.
»Könnten Sie diese ästhetischen Grundsatzdiskussionen bitte auf später verschieben? Danke!«, bellte Lederer.
»Also, ich halt ein paar Meter vor dem Hof, steig aus und spazier so unauffällig dran vorbei und versuch, durch die Fenster was zu sehen. Aber da waren überall die Jalousien unten. Keine Chance. Ich bin dann heimgefahren, weil, man muss halt wissen, wann man aufhören muss.«
»Hast du dir das Kennzeichen gemerkt?«, fragte Gisela.
»Nein.«
Lederer ließ ein fassungsloses Stöhnen hören. Schorsch schnaubte ebenso fassungslos durch die Nase, schüttelte den Kopf über so viel Dummheit.
»Ich hab's mir aufgeschrieben. Und die Adresse.« Erwin kramte aus seiner Gesäßtasche einen abgerissenen Fetzen Papier, reichte ihn Lederer und watschte Schorsch mit einem vernichtenden Blick ab.
»So, ich brauch jetzt auch einen Kaffee«, meinte Erwin und stand auf. »War echt eine kurze und aufregende

Nacht.« Mit stolzgeschwellter Brust marschierte Erwin zur Kaffeemaschine, die leise vor sich hin blubberte.
Fünf Minuten später hatte Giselas Computer die Daten des Fahrzeughalters ausgespuckt. Vlad Tomanovici, geboren in Rumänien, seit fünf Jahren wohnhaft in eben jenem Weiler mit dem schönen Namen Paradies, der zu Gründharding gehörte. Als Beruf war Reiseunternehmer eingetragen. Vorstrafen gab es keine, dafür raubte der Vorname seines einzigen Kindes und Mitunternehmers Gisela den Atem. Vlads Sohn hieß Ionel.

Ionela spazierte über die Hauptstraße Niedernussdorfs. So mancher Mann schaute ihrem wiegenden Gang mehr oder weniger lang hinterher. Je nachdem, ob die geliebte Gattin in der Nähe war oder nicht. Ionelas Weg führte zum Ortskern, zu einem zweistöckigen Mietshaus in der Nähe der Kirche. Dort unter dem Dach wohnte Polizeiobermeister Richard Hafenrichter in einer ordentlichen Dreizimmerwohnung, die ganz im Stil der siebziger Jahre eingerichtet war. Überall spürte man Richies Vergangenheit als Schlagzeuger einer Heavy-Metal-Band, mit der er bis Anfang der Achtziger jedes Wochenende auf einer anderen Festivität gerockt hatte. Die *Men with Balls* waren lokale Berühmtheiten mit ihren eigenen Groupies, die ihnen treu zu jedem Konzert folgten.
Das Klingeln an der Wohnungstür drang erst nach dem fünften Mal in Richies Gehirnwindungen ein. Er lag komatös auf der cordbezogenen Couch, weiter hatte er es nach seiner Rückkehr von Giselas Hof nicht geschafft. Stöhnend rappelte er sich auf, seine verquollenen Augen

waren schmale Schlitze, die Haare standen wild ab. Er öffnete die Tür, und der Anblick Ionelas in ihrem Sommerkleid elektrisierte jede Faser und jeden Knochen in seinem geräderten Körper. Sie lächelte, dass ihm ganz warm im Brustkorb wurde.

»Danke für die Blumen.«

»Bitte«, krächzte Richie.

Seine trockene Kehle machte ihm bewusst, dass er wahrscheinlich genauso aussah, wie er sich anhörte.

»Moment«, schob er nach, drückte die Tür zu, huschte mit einem Seitenschritt zu seiner Lederjacke, die an einer bunt bemalten Schneiderpuppe hing, holte aus der Seitentasche seine verspiegelte Sonnenbrille, hielt sie sich vors Gesicht und überprüfte sein Aussehen. Was er sah, war erschreckend.

»Komme gleich!«, schrie er und eilte in das kleine Bad, hielt seine Hände unter den Wasserstrahl und presste die Haare so gut es ging an den Kopf. Alibert auf, Mundwasser raus, ab in den Rachen, gurgeln, ausspucken. Deoroller. Er nahm sich nicht die Zeit, sein Hemd hochzuschieben, sondern rollerte direkt über den Stoff unter seinen Achseln. Mit flinken Fingern nahm er eine Tube Gesichtscreme, drückte einen Batzen in seine Handfläche und verrieb ihn im Gesicht. Kräftig tätschelte er ein paarmal seine Wangen, so dass sie leicht rosa wurden, presste noch ein letztes Mal ein paar Haarschiebel in Position und rannte zurück zur Wohnungstür. Er hauchte kurz gegen die flache Hand, um seinen Atem zu überprüfen, schnüffelte unter den Achseln und öffnete die Tür mit einem freundlichen Lächeln.

Der Engel stand immer noch da.

»Wow«, war alles, was Richie rausbrachte.

»Ich … ich wollte Sie nicht aufwecken, aber Frau Wegmeyer meinte, Sie hätten heute Ihren freien Tag.«

»Nein, nein, Sie haben mich nicht aufgeweckt, ich hab nur … meditiert.«

»Sie meditieren?«

»Ja. Jeden Tag. Das … das hält mich im Gleichgewicht.«

»Das hätte ich von Ihnen gar nicht gedacht.«

»Ich werd oft unterschätzt.« Richie wollte das unerquickliche Thema schnell beenden. »Sollen wir einen Kaffee trinken gehen?«

Ionela schaute unschlüssig auf ihre Uhr. Richie spürte, wie sich das Fenster der Gelegenheit langsam schloss.

»Nur eine Tasse«, sagte er schnell. »Ich muss dann auch wieder zurück. Noch ein Gedicht schreiben. Für meine Mutter.«

Ionela war baff.

»Die ist zwar schon tot, aber ich … ich führ so 'ne Art Tagebuch, das ist, als würd sie noch leben und ich könnt mit ihr reden.« Richie konnte gar nicht so schnell denken, wie die Wörter aus ihm heraussprudelten. Staunend hörte er sich selbst zu und krümmte sich innerlich wegen der lausigen Aufschneiderei.

»Ich hol nur schnell Geld.« Er schlüpfte zurück in die Wohnung, lehnte sich an die Wand.

»Richie, halt einfach dein Maul, einfach die Klappe halten«, schalt er sich selbst leise. »Sie ist gekommen, weil du mit den Blumen ihr Herz geöffnet hast, du musst nichts machen, das läuft von alleine.«

Er nickte bekräftigend und beschloss, Ionela reden zu lassen und sich aufs Zuhören zu beschränken.

Das ging so lange gut, bis Erwin in seiner Mittagspause in die kleine Bäckerei am Marktbrunnen kam. Er bat um drei Butterbrezen, und während er wartete, erspähte er Richie und Ionela im Café, das durch einen Durchgang zu erreichen war. Natürlich setzte er sich ungefragt zu den beiden an den Tisch, schließlich war Richie sein bester Freund, und Sensibilität war nie Erwins Stärke gewesen.

Ionela, die gerade von ihrer Kindheit in ihrem Heimatdorf Arad erzählt hatte, lächelte höflich. Richie fühlte, wie die zarten Bande zu Ionela rissig wurden. Er erkundigte sich bei seinem Kollegen, wie es in der Arbeit ausschaue, in der Hoffnung, dass Erwin auf diese Floskel mit einem »Geht schon« antworten, vielleicht noch ein bisschen auf den Straubinger schimpfen und dann auf die Wache zurückkehren würde. Weit gefehlt. Stolz berichtete Erwin im Detail von seinen Ermittlungsergebnissen und den Fakten über Vlad Tomanovici und dessen Sohn. Mit unmissverständlicher Geste und rollenden Augen versuchte Richie, Erwin zu verstehen zu geben, dass er verschwinden sollte, was ihm zwanzig Minuten später endlich gelang.

Richie sammelte sich, versuchte den Gesprächsfaden wieder aufzunehmen und mehr über Ionela zu erfahren. Die junge Rumänin ließ ihn charmant abblitzen, sie habe schon genug geredet, jetzt sei Richie dran. Er solle etwas über seine Kindheit erzählen. Richie gab sich redlich Mühe, Bilder aus längst vergangenen Tagen hervorzurufen. Das erforderte so viel Konzentration, dass er gar nicht bemerkte, wie geistesabwesend Ionela war. Sie hörte Richie nur mit einem Ohr zu, ihre Gedanken kreisten ständig um den Namen Tomanovici.

Ionel Tomanovici war ein hochgewachsener Dreißigjähriger mit dichtem schwarzem Haar, das ihm immer wieder in die Augen fiel, so dass er die Strähnen mit einer lässigen Handbewegung aus dem Gesicht streifen musste. Seine hohen Wangenknochen gaben ihm einen Hauch von Adel, gepaart mit einer Prise Abenteuerlust, die von seinem wilden Blick, hauptsächlich aber von der langen Narbe an seinem Hals herrührte. Auch wenn ein ständiger Dreitagebart sie zum Teil verdeckte, der leicht erhabene Streifen zog sich wie ein heller Pinselstrich vom linken Ohr zum Kehlkopf hinab.

Ionel war stolz auf dieses Erinnerungsmal aus seiner Jugendzeit. Drei Jungs hatten ihn damals angegriffen, weil er einem von ihnen die Freundin ausgespannt hatte. Einer der Angreifer hatte mit einem Schnappmesser versucht, ihm die Kehle durchzuschneiden. Ionel war unbewaffnet, doch zum Glück hatte sein Vater ihm gezeigt, wie man sich in einem Straßenkampf zu verhalten hatte. Er hatte ihm Schläge, Tritte und Tricks beigebracht, die Ionel bis heute beherrschte. Vor allem hatte er ihm eingebleut, kein Mitleid mit dem Gegner zu haben. Er sollte in sich das Raubtier spüren, das Fleisch für die Herde schlug. Wer nachdachte und menschlich reagierte, würde leichte Beute sein und sterben. Ionel wollte keine Beute sein, weder damals noch heute. Nachdem er seinem Angreifer das Messer entwunden und wild um sich gestochen hatte, waren die drei Jungs geflohen. Die berauschende Wirkung des Adrenalins in seinem Blut hatte Ionel nie vergessen. Das Schnappmesser erinnerte ihn täglich daran, denn er trug es ständig in einer speziellen Vorrichtung an der Innenseite seines rechten Stiefels. Maßgeschneiderte Stiefel, so wie auch seine Anzüge maßgeschneidert waren. Eine goldene Armbanduhr und ein Edelsportwagen taten ihr Übriges, das Raubtier hinter den Statussymbolen der zivilisierten Gesellschaft zu verstecken. Nur in seinen schwarzen Augen konnte man das mitleidlose Tier noch erkennen, wenn das Adrenalin wieder durch seinen Körper jagte.

In Grünharding war er bekannt und angesehen. Man wusste, dass er und sein Vater eine Schönheitsfarm betrieben, von der manche munkelten, es sei ein Puff. Genaues wusste man jedoch nicht, und solange der Dorffrieden nicht gestört wurde, war es den Grünhardingern egal. Viel wichtiger war, dass die Tomanovicis Geld in die Kasse spülten. Der Bau der Schönheitsfarm und die Renovierung des Bauernhofes hatten den lokalen Handwerksbetrieben monatelang lukrative Aufträge verschafft. Auch die einzige Wirtschaft im Ort konnte sich nicht beschweren, denn Vater und Sohn kamen so gut wie jeden Abend zum Essen, und nicht selten schmissen die beiden eine Lokalrunde, was zu guter Letzt einen anständigen dreistelligen Betrag ausmachte. Da sah man gerne drüber hinweg, dass die beiden Fremde waren und sich oft in ihrer Landessprache unterhielten.

Auch an diesem Abend saßen Vlad und Ionel bei einem deftigen Schweinebraten mit Kartoffelknödeln zusammen und unterhielten sich auf Rumänisch über die neuen Mädchen, die demnächst von einem Schlepper ins Paradies gebracht werden sollten. Um sie herum hockten ältere Männer beim Schafkopf, der Stammtisch war am Diskutieren über die politische Führung Bayerns, an einem länglichen Tisch schnapselten der Trainer und die Spieler der Altherrenmannschaft und besprachen die Taktik für das kommende Spitzenspiel.

Es waren nur zwei Frauen anwesend. Die eine war Rosi, die korpulente Bedienung mit der Warze auf der Nase, die auf jede Zote der Mannsbilder mit einem dummen Spruch antwortete, der die Gaststube bisweilen mit brüllendem Gelächter erfüllte.
Die zweite Frau saß still in einer Ecke, nippte ab und zu an einem großen Glas Mineralwasser und las in einem Buch. Ihr Blick galt aber weniger den Buchstaben als den Tomanovicis. Ionela hatte Jakob vor einer Stunde zu Bett gebracht und war dann mit Giselas Mofa sofort zu dem Bauernhof im Paradies gedüst, um einen Blick auf Vlad und Ionel zu werfen. Sie wollte wissen, wie die Männer aussahen, die möglicherweise ihre Schwester auf dem Gewissen hatten. Kurz nach Sonnenuntergang waren Vater und Sohn aus dem Haus gekommen, in Ionels Sportwagen gestiegen und zur Wirtschaft gefahren. Ionela war ihnen gefolgt, und nun saß sie hier und stellte sich fortwährend vor, wie Ionel seinen Namen in die Haut Danijelas eingebrannt hatte. Sie konnte förmlich den Schmerz spüren, das verbrannte Fleisch riechen, Danijela schreien hören. Diese Drecksau mit dem hübschen Gesicht hatte wahrscheinlich noch gelächelt, so wie er jetzt in ihre Richtung lächelte.
Ionela stockte der Atem. Schnell senkte sie den Blick in das Buch, ein Gedichtband aus Giselas Bestand. Ihre Augen huschten über die Seite, sie hoffte, Ionel davon zu überzeugen, dass sie läse. Sie zählte bis zehn, wollte den Kopf heben, zählte weiter bis zwanzig. Schaute er noch zu ihr?
Rosi machte wieder einen derben Spruch, der die Männer vor Lachen durchschüttelte. Jetzt war eine gute Gelegenheit aufzuschauen, das Lachen würde sie be-

schützen, niemand würde auf sie achten, jeder würde sich auf Rosi konzentrieren, die sich ein Wortgefecht mit dem juvenilen Fußballtrainer lieferte.

Ionela hob den Blick. Ionel schaute ihr direkt in die Augen. Er lächelte. Ionela starrte ihn regungslos an. Er schien das als Aufforderung zu deuten, sich zu erheben und zu ihr zu kommen. Panik schoss wie Eiswasser durch Ionelas Brust. Sie klappte das Buch zu, kramte in ihrer Handtasche nach dem Portemonnaie, winkte Rosi.

Ionel stand vor ihr. »Entschuldigen Sie, kennen wir uns?«

Ionela schaute ihn nicht an. »Ich glaube nicht.«

Sie winkte Rosi noch einmal, die ihr zunickte, die leeren Gläser vom Tisch der Fußballer einsammelte.

Ionel setzte sich, verbog sich, um in Ionelas Gesicht sehen zu können. »Diese Augen, wie Sterne, ich bin mir sicher, dass wir uns schon mal irgendwo gesehen haben. Solche Augen vergisst man nicht.«

»Ich bin nicht von hier, ich bin nur auf der Durchreise.«

Ionel runzelte die Stirn. »Was für ein Akzent ist das? Slowenien?«

Rosi brachte die leeren Gläser zum Tresen, teilte dem Wirt die neue Bestellung mit. Ionelas Blick folgte ihr, sie drückte dabei das Portemonnaie fest mit beiden Händen, als wollte sie es auswringen.

»Ungarn?«, hakte Ionel nach.

Ionela ignorierte ihn.

»Rumänien?«

Ionela blinzelte nervös. »Tschechien«, sagte sie.

Endlich steuerte Rosi auf ihren Tisch zu.

»Passen Sie bei dem bloß auf, das ist ein ganz gefährlicher Hundling. Der ist hinter jedem Weiberrock her«, sagte Rosi.

Ionel machte ein betont unschuldiges Gesicht.
»Jaja, du weißt schon, was ich mein«, grinste Rosi in seine Richtung.
»Wie viel macht das?«, fragte Ionela.
»Drei zwanzig«, sagte Rosi. Ionela kramte in ihrem Portemonnaie das Kleingeld durch.
»Ich verehre euch Frauen nur, das ist alles«, verteidigte sich Ionel. »Ihr seid Geschöpfe, in denen Gott sich jeden Tag zeigt.«
»Ja, dann müsstest du mich mal morgens früh um sechs sehen. Da würdest du dann denken, dass mich der Teufel gemacht hat«, parierte Rosi trocken.
Ionela streckte Rosi einen Fünfeuroschein hin. »Stimmt schon.« Sie konnte Ionels Koketterie nicht länger ertragen. Hatte er ihre Schwester auch so eingewickelt?
Rosi nahm den Geldschein, Ionela packte das Buch in ihre Handtasche, stand auf.
»Siehst, wirkt nicht bei jeder«, sagte Rosi zu Ionel. »Schönen Abend noch«, verabschiedete sie Ionela.
»Danke, Ihnen auch«, erwiderte sie. Sie konnte nicht anders, sie musste Ionel anschauen. War er enttäuscht, dass sie einem Flirt auswich? Würde er immer noch unverschämt grinsen? Noch einen letzten Spruch wagen, um sie zu beeindrucken?
Ionels Blick war nachdenklich. Seine dunklen Augen waren nicht auf ihr Gesicht gerichtet, sondern auf die Handtasche. Für einen Augenblick war Ionela verwirrt, bis die Erkenntnis ihre Kopfhaut kribbeln ließ. Danijela hatte die gleiche Tasche besessen, Ionela hatte sie ihr zum achtzehnten Geburtstag geschenkt, weil die jüngere Schwester sie immer darum beneidet hatte. Um das Band zwischen ihnen zu bekräftigen, waren in beide

Ledertaschen die Initialen ihrer Vornamen eingebrannt worden. D und I.
Ionela schlang die Handtasche schnell über ihre Schulter und flüchtete aus dem Wirtshaus.
Mit raschen Schritten eilte sie zu dem Mofa, das neben zwei Fahrrädern abgestellt war. Ionela steckte den Schlüssel mit zitternden Fingern ins Lenkradschloss, sperrte auf. Hinter sich hörte sie die Wirtshaustür quietschen. Sie setzte sich auf den Sattel, trat in die Pedale, der kleine Motor sprang sofort an. Sie schob das Mofa mit einem Ruck nach vorne, der Ständer klappte scheppernd ein. Mit ein paar kräftigen Schritten rollte sie rückwärts, um zu wenden. Ionel machte einen kleinen Sprung zur Seite, sonst hätte sie ihn gerammt. Mit seinen Händen umklammerte er Ionelas Handgelenke. Seine Augen suchten ihren Blick.
»Du bist Danijelas Schwester, stimmt's? Die gleichen Augen.«
»Lassen Sie bitte los.«
»Was suchst du hier, hm?«
Er beugte sich so weit vor, dass es Ionela vorkam, als würde er sie beschnüffeln, um ihre Angst zu riechen. Und Ionela hatte Angst. Sie wollte es nicht zeigen, sie wusste, dass Angst sie in den Augen dieses Tieres zu einem Spielball machte. Sie spürte tief in ihrem Innern einen heißen Knoten wachsen. Sie dachte an Danijela, sie dachte daran, wie sie mit Ionel getanzt, geflirtet, geschlafen hatte, wie er sie verprügelt, misshandelt, gebrandmarkt hatte. Der Knoten vermischte sich mit Gallenflüssigkeit, ihr ganzer Leib schien zu glühen. Sie roch seinen Bieratem, sein würzig-herbes Parfüm verätzte ihr die Nasenschleimhäute, seine feurigen Augen brannten

ihr Löcher ins Gesicht. Der Knoten wurde zu groß für ihren Körper, sie spürte die Hitze wie Lava aufsteigen. Sie erbrach sich auf Ionels maßgeschneidertem Anzug. Er machte einen erschrockenen Hüpfer zurück, ließ Ionela los. Reaktionsschnell drehte sie den Gashebel bis zum Anschlag zurück, das Mofa machte einen Satz an Ionel vorbei und düste mit kreischendem Motor auf die Straße. Er schaute ihr verdutzt nach, überwand diesen Moment jedoch rasch und prägte sich das Kennzeichen des Mofas ein, bevor es um die Ecke verschwand. Ein wölfisches Lächeln verzog Ionels Gesicht. Er hatte einen guten Kontakt in der Versicherungsbranche, der bestimmt den Halter des Mofas ausfindig machen konnte.
Als Ionela das Ortsschild Grünhardings hinter sich gelassen hatte, bog sie hinter ein Bushäuschen ein, stellte den Motor ab und lugte mit großen Augen die Straße entlang, ob die Lichter eines Wagens auftauchten. Aber es kam kein Auto. Nichts Beängstigendes war zu sehen oder hören. Die laue Luft umfing sie wie eine schützende Decke, die Zikaden sangen ein beruhigendes Lied, und Glühwürmchen schwirrten geschäftig herum. Ionelas Herzschlag verlangsamte sich allmählich, und sie schmeckte den bitteren Geschmack der Galle auf ihrer Zunge. Sie spuckte ein paarmal ins Gras, wischte sich den Mund mit dem Ärmel ihres Kleides ab und machte sich auf die Rückfahrt zu Giselas Hof.

Gisela lag mit Ludwig in einer Hängematte auf dem Balkon. Wegen der warmen Nacht hatten beide nur ihre Unterwäsche an. Ludwig zog genüsslich an einer Zigarette, sein Kopf ruhte auf Giselas Schulter. Ein Flugzeug schmuggelte sich als blinkender Lichtpunkt an den funkelnden Sternen vorbei.

»Sollen wir nicht mal heiraten?«, meinte Ludwig mit seiner tiefen Stimme unvermittelt.

Gisela wandte ihre Augen überrascht vom Nachthimmel ab, hatte aber nur den Haarkranz im Blick, der Ludwigs Kopf umrahmte wie ein flauschiges Hufeisen.

»Wieso das?«, sagte sie.

»Weil ich keine andere mehr mag.«

»Das kannst doch jetzt noch gar nicht sagen. Wer weiß, welche Frauen dir die nächsten Jahre über den Weg laufen.«

Ihre Finger fuhren zärtlich durch seine Haare. Ludwig schaute auf die Glut seiner Zigarette.

»Die können mir den Buckel runterrutschen«, sagte er. Wie zur Bekräftigung inhalierte er ein letztes Mal und drückte die Kippe aus.

»Hast du nicht das Gefühl, es passt?« Er verdrehte seinen Kopf, um ihr ins Gesicht zu schauen.

»Schon lang«, sagte Gisela und drückte ihm ein Küsschen auf die Stirn. Mit einem seligen Lächeln legte Ludwig seinen Kopf an Giselas Brust. Beide hielten sich schweigend umarmt. Motorknattern näherte sich.

»Ah, da kommt unser Gast wieder«, sagte sie. Sie sah das Scheinwerferlicht näher kommen.

»Magst die nicht anstellen? Als Pflegekraft?«, fragte Ludwig. »Die hat einen super Umgang mit dem Jakob. Seitdem die da ist, da hab ich das Gefühl, er ist ausgeglichener.«

»Das liegt nur daran, dass er meint, sie ist meine Mama.«

»Jede Medizin ist recht, wenn's ihm nur bessergeht, oder?«

Gisela spürte einen Anflug von Trauer, als sie über ihren Vater nachdachte. Wer wusste, wann sich dieser Zustand wieder verschlechtern würde, wann er so verwirrt sein würde, dass er niemanden mehr erkannte.

»Und du bist auch ausgeglichener«, sagte Ludwig.

Gisela musste ihm recht geben. Ionelas Hilfe war eine ungeheure Erleichterung für sie. Wie oft war sie in Gedanken bei ihrem Vater, vor allem, wenn sie in der Arbeit war und er alleine zu Hause. Abends war sie dann wie gerädert, trotzdem musste sie noch die Hühner machen, den Obstgarten pflegen oder im Winter Schnee schaufeln. Ludwig, der zwar nicht bei ihr wohnte, aber so oft wie möglich bei ihr war, half nach Leibeskräften aus, aber Gisela spürte die Verantwortung für das Haus und ihren Vater wie eine zu enge Jacke. Ionela hatte ihr wieder Luft zum Atmen gegeben. Wenigstens für einige Zeit.

Diese Nacht schlief Gisela wie ein Stein. Am nächsten Morgen wurde sie von den Sonnenstrahlen und den Vögeln geweckt. Ludwigs Nähe zauberte ein Lächeln auf ihr Gesicht. Für ein paar Minuten genoss sie seine Wärme, dann stand sie auf, um die Hühner zu füttern. Auf dem Weg zum Stall erhaschte sie kurz einen Blick auf einen Sportwagen, der in fünfzig Meter Entfernung in der Einbuchtung zum Waldweg stand. So einen Wagen sah man in Niedernussdorf sehr selten. Die Polizistin machte sich eine mentale Aktennotiz, ohne länger darüber nachzudenken. Ihr geschultes Unterbewusstsein nahm alles auf, was auch nur einen Hauch neben der Normalität ihres Lebens lag. Dazu gehörte auch Lederers Limousine, die bereits vor der Polizeiwache stand, als Gisela dort eintraf.

Sie fragte sich, wieso der Herr Kollege nicht ein Zimmer im Wilden Bock nahm, wenn er eh jeden Tag vor ihr auf der Matte stand. Wie frisch gebügelt stieg Lederer aus seinem Wagen. Mit einem breiten »Guten Morgen, Frau Kollegin« begrüßte er sie.

»Wenn Sie so gut drauf sind, dann haben Sie sich bestimmt wieder was Schönes ausgedacht, oder?«, fragte Gisela.

»Wir lernen uns langsam besser kennen, was?« Das Blinzeln in seinem rechten Auge schob Gisela auf die Sonne, die ihm golden ins Gesicht fiel. An eine andere Möglichkeit wollte sie gar nicht denken.

»Brauchen Sie für diesen sicher glorreichen Einfall wieder meine Männer?«

Sie sperrte den Eingang zur Wache auf, Lederer folgte ihr hinein.

»Ich will Ihre Männer nicht überstrapazieren«, gab er trocken zur Antwort. »Wir beide, das reicht.«

Misstrauisch beäugte Gisela Lederer, während sie das Telefon von der Nachtschaltung auf Tag umstellte. Nachts bimmelte es in der Notrufzentrale Straubing, tags in der Wache.

»Wir zwei?«, fragte sie nach. Nicht, dass sie sich verhört hatte.

»Wir zwei«, bestätigte Lederer.

Sein Schnauzbart zuckte angewidert über die abgestandene Luft. Er riss ein Fenster auf. »Wir knöpfen uns heut noch mal den Buchhändler vor.«

»Sollen wir ihn diesmal richtig foltern? Damit er uns alles sagt?«

Lederer schoss einen vorwurfsvollen Blick in Giselas Richtung.

»Bin ich wirklich so schlimm?«
»Sie übertreiben's manchmal ein bisschen.«
»Frau Kollegin, in meinen Augen ist eine Hypersensibilisierung angesichts der sozialen Umstände in diesem Land angemessener als eine Vogel-Strauß-Politik. Besonders in unserem Beruf.«
»Das heißt, jeder ist erst einmal ein Verbrecher, bis er seine Unschuld bewiesen hat.«
»Drehen Sie mir doch nicht das Wort im Munde um, Herrgottnochmal!«, fuhr Lederer auf. »Es geht darum, unsere Bürger und Bürgerinnen vor Schaden zu bewahren, der im Idealfall durch hohe Aufmerksamkeit und Pflichtschuldigkeit unsererseits abgewendet werden kann. Dazu gehört eben, dass man lieber etwas misstrauischer als zu vertrauensselig ist.«
Gisela schaute Lederer prüfend an, vor ihrem geistigen Auge sah sie ihn als kleinen Jungen in der Grundschule, der schon damals lieber Sheriff als Gangster war, den niemand wegen seiner Rechthaberei leiden konnte und der ständig um sein Pausenbrot oder Taschengeld gebracht wurde.
»Ich glaub, bei Ihnen ist das keine Berufskrankheit, sondern das kommt von den schlechten Erfahrungen.«
Lederer glotzte verdutzt, seine Augenlider flatterten irritiert.
»Sie haben bestimmt schon als Kind keinem getraut. Die Eigenschaft haben Sie nicht erst, seitdem Sie bei der Polizei sind«, ergänzte Gisela. »Haben Sie das oft von Ihren Eltern gehört? Dass man niemandem trauen darf?«
In ihren Worten schwang weniger Frage denn Gewissheit mit. Gisela hatte in jahrzehntelanger Beobachtung festgestellt, wie schnell die Offenheit von Kindern durch

das Mantra falscher Ratschläge zu einer verschlossenen Tür wurde.

»Ich denk nicht, dass Sie sich ein Urteil über mich, geschweige denn meine Eltern erlauben können, Frau Kollegin«, sagte Lederer spitz. »Wer ich privat bin, hat mit meiner Arbeit und diesem Fall im Besonderen nichts zu tun, gar nichts.«

Gisela zuckte mit den Schultern.

»Wenn Sie's sagen.«

Sie suchten Köhler in dessen Einfamilienhaus am Rande des Neubaugebietes auf. Der Buchhändler wollte sich noch eine Woche Ruhe gönnen, bevor er wieder in den Laden zurückkehrte. Er hatte vor, den ganzen Tag im Garten unter dem riesigen orangefarbenen Sonnenschirm zu liegen und sein Lieblingsbuch »Krieg und Frieden« noch einmal in Ruhe zu lesen. In der Urfassung von 1867, die sich in wesentlichen Handlungsteilen von der Erstausgabe 1869 unterschied. Seine Mutter schwirrte wie eine besorgte Glucke um ihn herum, brühte ihm frischen Tee auf, sobald die Kanne leer war, kochte ihm eine Kartoffelsuppe mit Speck und kleinen gerösteten Toastbrotwürfeln, und sobald er einmal die Augen schloss, um die Worte Tolstois in seinem Herzen blühen zu lassen, nahm sie ihm vorsichtig die Lesebrille ab und kippte den Sonnenschirm in die beste Position, damit er schön im Schatten lag. Das Leben war herrlich.

Seine Mutter räumte gerade leise den leeren Suppenteller weg, als die beiden Polizisten am Gartenzaun auftauchten. Die alte Dame legte schnell einen Finger an die Lippen, zog die Augenbrauen böse zusammen, um jegliches Wort im Ansatz zu ersticken.

»Grüß Gott, wir müssten Ihren Sohn noch mal spre-

chen«, drang Lederers Stimme in den Garten ein. Absichtlich etwas lauter, wie Gisela feststellte. Dieser Kerl würde sich nie ändern.
Köhlers Mutter warf einen kurzen Blick auf ihren Sohn, der jedoch weiter vor sich hin döste. Mit dem Teller in der Hand huschte sie zum Gartenzaun.
»Was wollen Sie denn noch?«, zischte sie Lederer und Gisela an.
»Ihr Sohn muss seine Aussage noch mal wiederholen«, zischte Lederer zurück.
»Gar nichts muss er. Ich hab bereits mit Ihrem Chef telefoniert, er wird Ermittlungen wegen Ihres groben Verhaltens gegenüber meinem Sohn einleiten. Und damit seine Gesundheit nicht noch einmal unter Ihren Methoden leidet, möchte ich Sie bitten, sich zu entfernen. Und zwar schnellstmöglich.«
Die alte Dame sprach in einem ruhigen Ton, der schon fast beiläufig klang, aber darunter hörte man den Schleifstein die Messer wetzen.
»Von solchen Ermittlungen weiß ich nichts«, platzte Lederer heraus. Gisela sah eine Zornesader an seiner Schläfe dick werden und fragte sich, ob es möglich war, dass sie platzte.
»Und solange mein Chef mir keinerlei Anweisungen gibt, mich in mein Büro zu setzen und die Füße hochzulegen, so lange tret ich jedem auf die Zehen, der es meiner Meinung nach verdient hat. Und Ihr Sohn hat es verdient, er hat mich nämlich angelogen, und in einem Mordfall zu lügen kann eine verdammt unangenehme Sache werden. Das müssten Sie als ehemalige Rechtsanwältin doch am besten wissen, oder?«
Köhlers Mutter zeigte sich unbeeindruckt von Lederers

Worten. Sie trat ganz dicht an den Zaun, öffnete den Mund und entblößte ihre tadellosen Zähne. Es sah aus, als wolle sie dem Straubinger die Nase abbeißen.
»Er meint das nicht so«, schob Gisela sich rasch dazwischen, bevor die alte Dame weiter Gift verspritzen konnte.
»Doch, genau so hab ich's gemeint«, ließ sich Lederer wütend vernehmen. Gisela drehte sich zu ihm um.
»Mir langt's. Entweder Sie benehmen sich jetzt, oder Sie dürfen ab sofort auf meine Mitarbeit verzichten. Ich hab echt keinen Bock mehr, dass Sie uns das Leben schwerer machen, als es sein muss. Wir sollen hier einen Mord aufklären, da kann man wohl verlangen, dass man's Hirn einsetzt.«
Gisela war lauter und lauter geworden und fing sich von Lederer einen finsteren Blick ein, aber er kniff die Lippen zusammen und schwieg.
»Kann ich Ihnen helfen?«, kam es von der Liege. Alle schauten zu Köhler, der sich aufgerichtet hatte und ausgiebig gähnte.
»Na toll, das haben Sie wirklich gut gemacht«, raunzte die alte Dame Gisela an. »Wenn er wieder umkippt, dann sind Sie die Nächste auf meiner Liste.«
Sie machte auf dem Absatz kehrt und marschierte ins Haus. Im Vorbeigehen flüsterte sie ihrem Sohne zu, er müsse keinerlei Aussage machen, wenn er nicht wolle. Köhler jedoch hatte nichts zu verbergen. Er lud die beiden Ermittlungsbeamten auf die Terrasse ein, und bei einem Tässchen Roibuschtee stand er Rede und Antwort, wobei er sich immer wieder versicherte, dass seine Mutter nicht lauschte. Ihr hatte er erzählt, dass die Polizei ihn vernommen hatte, weil die Tote bei ihm ein Buch gekauft hatte.

Gisela stellte die Fragen, während Lederer mit verschränkten Armen auf einem Gartenstuhl aus Teakholz saß und versuchte, einen unbeteiligten Eindruck zu machen. Gisela wusste, dass er ganz genau zuhörte, auch wenn er die Blumenmuster der Polsterauflagen zu studieren schien. Es war ihr egal, sollte er schmollen, ihre Aufmerksamkeit galt Köhler. Er wiederholte seine Aussage über die sogenannte Sorglosmassage, die bei Danijela das Schlüsselwort gewesen sei, ihre Liebesdienste anzubieten. Er schränkte allerdings ein, dass er ihre Dienste nicht im Paradies in Anspruch genommen hatte, sondern in einem Beherbergungsbetrieb an einer Autobahnraststätte fünfzig Kilometer entfernt.
Lederer schnappte nach Luft angesichts dieser neuen Tatsache. »Warum haben Sie mir das denn nicht schon im Krankenhaus gesagt? Ich hab Sie doch explizit nach so einer Situation gefragt.«
»Na ja, liegen Sie mal mit einem Herzinfarkt auf der Intensivstation und plaudern in aller Ruhe mit einem Hauptkommissar über den Tod einer jungen Frau, die Ihnen in gewisser Weise nahestand«, jammerte Köhler. »Das Chaos in meinem Kopf zu der Zeit können Sie gar nicht nachvollziehen, wenn ich das mal so unverblümt sagen darf.«
»Also, wie kann ich mir dann den Ablauf so eines Rendezvous genau vorstellen?«, fragte Gisela nach.
Köhler stellte noch einmal sicher, dass seine Mutter wirklich in der Küche war und sich der Zubereitung eines Apfelstrudels widmete, bevor er mit seiner Schilderung begann.
Kurz nach Eröffnung der Schönheitsfarm sprach sich in gewissen Foren im Internet herum, dass die Damen

nicht nur für Massagen zur Verfügung standen. Jede von ihnen hatte eine eigene Homepage, wo auch der Twittername angegeben war, unter dem man Kontakt mit der Auserwählten aufnehmen konnte. Zuerst wurde ein Termin für eine Massage vereinbart, bei dem Näheres besprochen wurde. Dieser Termin diente höchstwahrscheinlich dazu, die Männer auf verdeckte Ermittlungstätigkeit abzuklopfen. Erst wenn die Dame sicher war, keinen Zivilpolizisten auf der Matte zu haben, kam es zu weiteren Verhandlungen bezüglich der Liebesdienste. Diese wurden meist außerhalb der Räume des Paradieses erbracht, offensichtlich, um den Betreiber vor strafrechtlichen Konsequenzen zu schützen.

Zum Leidwesen Lederers, dem es nicht darum ging, die Mädchen zu bestrafen, sondern die Hintermänner. Solange die nicht konkret mit der illegalen Prostitution in Verbindung gebracht werden konnten, handelten die Mädchen auf eigene Rechnung und jegliche Ermittlungsarbeit war umsonst.

Gisela dagegen ging es nicht um die Hintermänner, sondern um den Mord an Danijela. Sie wollte sich nicht mit Homepage, Twitteraccount und dem ganzen digitalen Brimborium beschäftigen, sie wollte am liebsten direkt zu Vlad Tomanovici fahren, um ihn in die Mangel zu nehmen. Lederer nahm das belustigt zur Kenntnis, bisher stand er ja im Ruf, brachial vorzugehen.

»Das ist in dem Fall ganz was anderes«, verteidigte sich Gisela. »Es gibt einen starken Anfangsverdacht gegen diese Tomanovicis, da darf man schon mal ein bisschen gröber werden. Ich mein, Samthandschuhe sind die bestimmt nicht gewohnt.«

»Es entspricht aber nicht der rechtsstaatlichen Vorgehensweise«, hielt Lederer ihr entgegen.
»Aber es ist rechtsstaatlich, Zeugen«, sie wies auf Köhler, »gesundheitlich zu gefährden?«
»Ich will damit nur sagen, dass jeglicher Druck, der sich nicht alleine verbal äußert, die Beweislage vor Gericht zu Ungunsten der Staatsanwaltschaft verschieben würde.«
»Auf Deutsch?«, sagte Gisela.
»Er will sagen, dass jegliche Aussage der Beschuldigten in der Strafsache nutzlos wird, wenn sie unter Druck erbracht wurde«, erläuterte Köhler.
»Danke«, sagte Lederer.
»Gerne«, antwortete Köhler.
»Also, wie machen wir jetzt weiter?«, wollte Gisela wissen. Sie schaute dabei beide Männer an, denn die verstanden sich plötzlich wunderbar. Tatsächlich wechselten Lederer und Köhler einen kurzen Blick, als wollten sie sich gegenseitig den Vortritt lassen. Lederer ergriff das Wort.
»Wir werden diejenigen ausfindig machen, die regelmäßig zu Gast bei den Damen im Paradies sind. Möglicherweise hat der eine oder andere eine Aussage bezüglich der Hintermänner zu machen, die uns dienlich sein kann. Wir machen einen öffentlichen Aufruf.«
»Das können Sie gleich vergessen«, kam es von der Terrassentür. Köhler zuckte bei der Stimme seiner Mutter zusammen. Sie strich ihrem Sohn über die dünnen Haare. »Da wird keiner eine Aussage machen. Hier kennt jeder jeden, wenn rauskommt, was die Männer in diesem Schönheitssalon getrieben haben, dann können die wegziehen. Das ist wie Lepra, das wird nicht mehr gut.«

Ihre Augen waren voller Verständnis auf ihren Sohn gerichtet. »In einem Dorf ist es besser, wenn das niemand mitbekommt.«
»Dann brauchen Sie jemanden, der die Twitteraccounts der Damen hacken kann«, sagte Köhler.
»Hacken, aha.« Gisela schaute Lederer an. »Können Sie das?«
»Wir … ich denke, da wird sich in meinen Reihen sicher ein Spezialist finden lassen.«
»Da brauchen Sie gar nicht suchen, ich hab da in meinen Reihen absolute Cracks«, sagte Gisela. Sie glaubte ein leises Zähneknirschen Lederers zu hören.
»Wenn's ums Internet und das ganze Drumherum geht, sind das die Richtigen. Ist auch besser, wenn das jemand von hier macht, wir wollen doch nicht, dass so was Illegales auf Ihre Abteilung zurückfällt, oder?«

Beppo und Olli dösten mit vierundzwanzig anderen Kindern im Deutschunterricht von Werner Siebert vor sich hin. Der war ganz verzückt von Erich Kästners Kindheitserinnerungen, die er seiner Klasse mit geschulter Stimme vorlas. Vieles erinnerte Werner Siebert an seine eigene Kindheit, und ihm war, als würde er sich selbst in den Seiten des Buches wiederfinden.
Das forsche Klopfen an der Tür riss ihn aus seiner Selbstversunkenheit. Mit ungehaltener Stimme rief er: »Herein.« Sein Missmut wuchs noch, als Frau Meierhofer, die dicke Sekretärin, Gisela und Lederer ankündigte. Die beiden Polizisten entschuldigten sich für die Störung, sie bräuchten nur den Beppo Holzmann und den Oliver Schreiber.

Den beiden Jungs rutschte das Herz tiefer als bis zur Hosentasche. Werner Siebert winkte sie nach vorne. Ihm war es egal, ob Beppo und Olli in der Klasse saßen und zuhörten, Hauptsache, er konnte in seiner Lektüre fortfahren.

Ionela bügelte in der Stube, während Jakob vor der Haustür auf der Bank saß und gedankenverloren in die Ferne starrte. Den jungen Mann, der vorsichtig den Hof betrat, nahm er nur am Rande wahr. Ionel trat mit einem freundlichen Lächeln näher.

»Entschuldigen Sie, wohnt hier eine Frau Wegmeyer?«

Jakob starrte Ionel ohne ein Wort an, schließlich schwenkte sein Blick wieder zum Horizont, wo das Kloster zu sehen war. Sein linkes Bein wippte unruhig.

»Nicht mit fremden Leuten sprechen«, murmelte Jakob vor sich hin. »Nicht mit fremden Leuten sprechen.«

Ionel deutete auf die offene Haustür.

»Ist sie da?«

»Nicht mit fremden Leuten sprechen. Nicht mit fremden Leuten sprechen.«

Ionel verstand, dass es keinen Sinn hatte, ein weiteres Wort an diesen Wirrkopf zu verschwenden. Er betrat das Haus leise wie ein Panther.

Ionela nahm ihn erst wahr, als Ionel schon in der Tür der Stube stand und an den Türstock klopfte. Für einen Moment stockte ihr der Atem, ein kurzer Schwindel erfasste sie, die Hand mit dem Bügeleisen schien wie gelähmt. Die alten Dielen ächzten, als Ionel auf Ionela zukam.

»Ich mag es gar nicht, wenn Mädchen ohne Abschiedsworte verschwinden. Du hättest mir wenigstens deinen Namen sagen sollen.«

Er blieb auf der einen Seite des Bügelbrettes stehen, schaute Ionela ruhig in die Augen. Ihre Lippen zitterten, sie spürte wieder den Knoten, der sich in ihrem Magen zusammenballte.

Ionel machte eine rasche Handbewegung, Ionela zuckte zusammen, trat unwillkürlich einen Schritt zurück. Ionel nahm das Bügeleisen, stellte es auf die Metallplatte am Fußende des Brettes. In dem Hemd war der braune Abdruck des Bügeleisens.

»Wir wollen doch nicht, dass das schöne Haus abbrennt, oder?«, schnurrte er im sanftesten Plauderton, als wäre er Gast bei einem Kaffeekränzchen. Er schob das Bügelbrett vor sich her auf Ionela zu, die wie eine Maus in der Falle saß.

»Was wollen Sie von mir?«, fragte sie.

»Die Frage ist wohl eher, was willst du von mir?« Ionel schaute sie fragend an und nahm das heiße Bügeleisen wie eine Waffe in die Hand. Ionela versuchte, die Angst in ihren Eingeweiden nicht in die Augen steigen zu lassen. Ihr Mund war trocken, sie konnte die Hitze des Bügeleisens riechen.

»Ich …«, setzte sie an.

»Lüg mich nicht an«, sagte Ionel, »es würde dir nicht gut bekommen.«

»So wie es meiner Schwester nicht gut bekommen ist?« Der Zorn drängte die Angst zurück. Ihre schmalen Hände ballten sich zu weißen Fäusten. »Was hast du mit ihr gemacht? Hast du sie verprügelt, weil sie dir widersprochen hat?«

Glutweiße Hitze erfüllte Ionelas Körper. Ihr Gehirn rief

immerzu, den Mund zu halten, aber die Wut war stärker als die Vernunft. »Du hast so lange zugeschlagen, bis sie sich nicht mehr bewegte, was? Hat es dir Spaß gemacht?«

Ionel schob das Bügelbrett zur Seite und machte einen großen Schritt auf Ionela zu. Sein Blick war ruhig und kalt. Ionela konnte seinen abgestandenen Atem riechen. Wie würde er sie umbringen? Mit dem Bügeleisen? Oder mit den Händen? Ihre Nasenflügel zitterten, als sie sich auf den Tod vorbereitete.

»Ich weiß nicht, wovon du redest«, flüsterte Ionel. Seine Lippen näherten sich Ionelas Ohr. Sie spürte den Hauch seiner Stimme. Das Bügeleisen musste ganz nah an ihrem Unterarm sein, denn ein sengender Schmerz zog sich von dort den Arm bis zum Genick hoch. »Wer behauptet denn so was?«

Ionela atmete durch den offenen Mund, sie ertrug seinen widerlichen Atem nicht. Noch einmal flüsterte Ionel sanft in ihr Ohr. »Wer?«

Jakob tauchte in der Tür auf. Unschlüssig blieb er stehen, so als wüsste er nicht, ob er den intimen Moment zwischen den beiden stören dürfe. Ionel bemerkte Jakob nicht. Er drückte das heiße Bügeleisen fester auf Ionelas Unterarm. Sie zuckte zurück, ein leiser Schmerzensschrei entfuhr ihr. Sie schloss die Augen, biss die Zähne zusammen.

»Morgen komm ich wieder, dann will ich wissen, was über mich und Danijela erzählt wird. Ich hoffe für dich, dass du mir was zu erzählen hast.«

Ionel rückte von Ionela ab, stellte das Bügeleisen auf die Metallablage und wandte sich der Tür zu. Die Rumänin öffnete die Augen. Jakob war nicht mehr da. Sie atmete

schnell und flach, als hätte sich ein Blauwal von ihrer Brust gerollt.
Nach einer Weile nahm sie ein Schluchzen und leises Jammern wahr. Ionela folgte den Tönen in die Küche. Giselas Vater saß auf der Küchenbank, zusammengerollt wie ein kleines Kind, die Knie mit beiden Armen umfasst, und heulte. Ionela schob sich neben ihn auf die Bank, nahm ihn in die Arme, wiegte ihn. Der alte Mann lehnte seinen Kopf an ihre Schulter und weinte hemmungslos. Ionela spürte das Beben seines Körpers. Durch das Fenster sah sie den Wagen Ionels wegfahren.

Beppos Finger knackten, als er einen nach dem anderen streckte. Das trockene Geräusch ging Gisela und Lederer durch und durch. Olli stellte zwei volle Gläser Leitungswasser auf Giselas Schreibtisch und setzte sich auf einen Stuhl neben Beppo. Beide schauten konzentriert auf den Monitor vor sich.
Lederer blickte nervös zu Gisela. »Ich denke, wir sollten in diesem Moment nicht im Raum sein.«
»Wieso nicht?«, fragte Gisela verwundert. »Haben Sie Angst, dass man rausfindet, was wir hier machen?«
»Da können Sie ganz beruhigt sein, wir richten erst ein VPN ein, dann kriegt keiner mit, von wo der Angriff kommt«, sagte Olli.
»Angriff?« Lederers Schnauzer zuckte kurz links-rechts.
»Wir versuchen mit einer ›brute force attack‹ das Passwort zu der Facebook-Seite von dieser Danijela rauszukriegen.«
»Ich dachte, ihr wollt in den Twitteraccount?« Jetzt war Gisela so verwirrt wie Lederer.

»Die meisten, die bei Twitter sind, haben auch einen Facebook-Account. Bei Twitter kriegen Sie aber nicht die Daten, die Sie brauchen. Da muss ja keiner seinen echten Namen angeben«, sagte Beppo.
»Bei Facebook schon«, ergänzte Olli und grinste. »Zumindest hätten die das gern.« Die beiden Jungs kicherten verschwörerisch. Gisela fühlte sich plötzlich sehr alt.
»Ich bräucht jetzt einen Kaffee«, sagte Gisela in Lederers Richtung. Er verstand die Aufforderung sofort.
»Ja, gute Idee.« Er wandte sich an Beppo, der bereits fleißig auf der Tastatur herumhackte. »Ihr ruft uns, wenn ihr so weit seid, ja?«
Beppo und Olli nickten synchron, ihre ganze Aufmerksamkeit galt dem Monitor. Olli zeigte auf einen Link.
»Nimm den, die haben immer die neuesten Hashlisten.«
Gisela und Lederer machten, dass sie wegkamen.
Eine knappe Stunde später überreichten Beppo und Olli der Polizeihauptmeisterin einen Ausdruck mit Namen, allesamt Männer, die in den letzten drei Monaten über Facebook einen Sorglostermin mit Danijela ausgemacht hatten. Von den knapp dreißig Männern kannte Gisela über die Hälfte, alles Einwohner Niedernussdorfs. Von dem einen oder anderen hätte sie nie gedacht, dass er professionelle Unterstützung in Sachen Sex bräuchte. Niemand außer Lederer und sie durfte diese Liste jemals zu Gesicht bekommen.
»Ihr vergesst gleich wieder, was ihr hier gemacht habt, gell?«, sagte sie zu den beiden Jungs.
»Einfach so ist schwierig, aber mit ein bisserl Diridari geht da schon was«, sagte Beppo.
Erwartungsvoll schaute er Gisela an. Die kramte aus

ihrer Handtasche ihr Portemonnaie heraus und drückte Beppo einen Zehner in die Hand. Lederer sah schnell weg, er wollte nicht Zeuge einer kompromittierenden Situation sein, die ihn möglicherweise einen Dienstgrad kosten konnte, wenn es zu internen Ermittlungen käme. Zum Glück waren Erwin und Richie auf Streife, und Schorsch war von Gisela zur eingehenden Überprüfung der Tomanovicis zum Bürgermeister Grünhardings geschickt worden.

»Haben Sie keine zwei Fünfer?«, fragte Beppo.

»Jetzt aber ab«, drohte Gisela mit halb erhobener Hand. Die beiden Jungs gaben Fersengeld. Gisela warf noch einmal einen Blick auf die Liste.

»Zefix, da heißt es echt diskret sein.« Sie schaute Lederer skeptisch an.

Der hob beide Hände. »Ich werd mich zurückhalten. Versprochen.«

Postbote Fritz stand auf der alphabetischen Liste ganz oben. Er wurde von Gisela und Lederer im Neubaugebiet abgefangen, wo er Briefe und Werbeprospekte verteilte. Manche der Häuser waren noch unverputzt oder hatten Behelfstüren.

»Servus, Fritz«, eröffnete Gisela die Befragung. Lederer nickte dem Postboten freundlich zu.

»Servus, Gisela«, sagte Fritz. Seine kleinen Augen huschten zwischen Gisela und Lederer hin und her.

»Können wir irgendwohin gehen, wo wir ungestört sind?«, fragte Gisela. Fritz runzelte die Stirn. Er schaute sich um, kein Mensch war zu sehen.

»Sind wir doch, oder?«

»Manchmal haben die Wände Ohren«, ließ sich Lederer vernehmen.
Gisela schenkte ihm einen leicht vorwurfsvollen Blick. Sie wollte ihn damit an sein Versprechen erinnern. Lederers Augenbrauen rutschten entschuldigend nach oben.
»Es ist halt sehr pikant, was wir von dir wollen«, sagte Gisela zu Fritz. Sie erkannte an dem Flackern in seinen Augen, dass er ahnte, worum es gehen würde.
»Wer weiß noch davon?«, platzte er heraus.
»Nur wir zwei«, sagte Gisela und deutete auf sich und Lederer. »Und das bleibt auch unter uns. Zwecks Datenschutz, weißt schon.«
»Wenn die Doris das erfährt, dann kann ich gleich einpacken.« Er pustete sich das schlechte Gewissen von der Seele. »Aber wenn man in so einer Position ist wie ich«, er schaute versonnen zum Horizont, »dann ist es schwer, seiner Verantwortung voll und ganz gerecht zu werden.«
Gisela runzelte die Stirn. »Was meinst du jetzt genau?«
Fritz wandte seinen Blick erstaunt Gisela zu.
»Na, dass ich ab und zu einen Brief öffne, wenn er von einer Kreditkartengesellschaft kommt. Ich …« Er klappte den Mund zu. »Deswegen seid ihr gar nicht da, oder?«
Gisela schüttelte den Kopf.
»Wir kommen wegen der Sorglosmassage.«
Fritz' Lippen pressten sich noch fester zusammen. Gespieltes Erstaunen rutschte in seine Augen. Er zog in einer Unschuldsgeste seine Schultern bis zu den Ohren hoch, schob die Unterlippe vor. Gisela ließ sich davon nicht beeindrucken.
»Dein Name taucht in Zusammenhang mit der toten Frau im Wald auf.«

»Aha.« Mehr brachte Fritz nicht heraus.
»Wir wollen nun gerne wissen, ob sie mit dir jemals über eine Bedrohung geredet hat.«
Fritz glotzte Gisela an. »Spinnst du?«
Für einen Moment war Gisela sprachlos. Sie kannte Fritz nur als freundlichen Postboten, der sich gerne mal Zeit für einen Ratsch nahm und der seine Frau Doris bei ihren karitativen Aktionen für das Niedernussdorfer Pflegeheim unterstützte. Er war sogar einmal als Seppl aufgetreten, um zusammen mit Doris, die den Kasperl gegeben hatte, die Alten und Kranken zum Lachen zu bringen. Und jetzt diese Ablehnung in Stimme und Haltung. Gisela war perplex, und in ihr breitete sich die Gewissheit aus, dass Fritz Angst vor einem Mordverdacht hatte.
»Du sollst nur als Zeuge aussagen, Fritz, nicht als Verdächtiger.«
»Ich muss aber nicht, oder?«
»Nein, müssen musst du nicht, täten aber solltest du. Ein Mensch ist gewaltsam umgekommen, denkst du nicht, dass es deine Pflicht ist, an der Aufklärung mitzuwirken?«
»Nein, wieso? Ich kenn die Dame ja gar nicht.«
Fritz schob sein gelbes Fahrrad mit einem Ruck nach vorne, das Gestänge mit den kleinen Stützrädern klappte scheppernd nach oben. Fritz stapfte zum nächsten Häuserblock.
»Soll ich?«, fragte Lederer.
Gisela schüttelte den Kopf. Sie marschierte mit großen Schritten Fritz hinterher, der Briefe und Werbeprospekte aus seiner Tasche holte. Gisela spürte die Hitze in ihre Wangen schießen.

»Du bist vielleicht so ein scheinheiliger Feigling«, polterte sie.
Fritz tat, als würde er sie weder sehen noch hören. Er verteilte seine Post seelenruhig auf die Briefkästen. Giselas wachsender Ärger brachte ihr Gesicht zum Glühen.
»Immer tust so, als wär dir das Wohl der anderen ganz wichtig, und wenn's dann wirklich drauf ankommt, ziehst den Schwanz ein. Das ist so was von ekelhaft, das glaubst du gar nicht.«
Fritz schmiss den letzten Brief ein, steuerte auf sein Fahrrad zu. Gisela blieb stehen, erhob die Stimme, so dass sie weithin durch die Siedlung schallte.
»Und das mit dem Datenschutz, das ist für dich dann ja hinfällig, wenn du mit der Toten eh nix zu tun hast!«
Fritz riss seinen Kopf herum.
»Schrei halt noch lauter«, zischte er.
»Noch lauter?«, schrie Gisela. »Damit's die in Grünharding auch hören?«
Fritz stellte schnell sein Fahrrad ab, eilte auf Gisela zu.
»Gisela, jetzt spinn dich aus, du hängst mich ja voll hin.«
»Erzählst du mir was, oder nicht?«, fragte Gisela mit gesenkter Stimme und eindringlichem Blick.
Fritz schaute nervös zu Lederer, der sich im Hintergrund hielt, aber dennoch nah genug war, um alles mithören zu können. Fritz leckte sich die Lippen wie eine Eidechse.
»Versprich mir, dass die Doris davon nix erfährt«, raunte Fritz.
»Ich versprech gar nix. Ich kann dir nur sagen, dass wir deine Aussage vertraulich behandeln.«
Obwohl niemand auf der Straße war, schob sich Fritz ganz nah an Gisela heran. Lederer gesellte sich dazu.

»Ich lieb meine Frau wirklich, ich mein, du kennst sie, die ist echt ein Schatz. Die ist immer da, wenn man was braucht, eine Sozialere wie sie findest so schnell nirgends.«

»Aber sie ist dir zu langweilig«, sagte Gisela trocken.

»Wie kommst denn da drauf?«, sagte Fritz erschrocken.

»Mei, man braucht euch nur anschauen, wenn ihr gemeinsam auftretet. Viel ist da nimmer zwischen euch.«

»Das hast du gemerkt?«

»Das merkt jeder.«

»Oha.«

»Ja, mei.«

Bedrückt starrte Fritz auf seine gut gedämpften Postbotenschuhe.

»Und deshalb sind Sie zu dieser Danijela, weil die nicht so langweilig war?«, drängelte Lederer.

»Schon.« Fritz zuckte mit den Schultern, schaute Gisela verschämt an.

Sie fragte nicht nach, sie wusste, er würde von sich aus die Stille füllen wollen. Sie hoffte nur, dass Lederer den Mund hielt. Für einen Moment hörte man nur einen Traktor in der Ferne und das Hupen eines Autos. Lederer schwieg, und Fritz redete. Er erzählte von den Träumen, die die junge Rumänin noch hatte, von den Reisen, die sie noch machen wollte, von dem Haus, das sie für ihre Mutter und ihre Schwester kaufen wollte, von dem Mann, den sie später heiraten wollte, und von dem Sohn, den sie haben wollte. Fritz fühlte sich davon so tief berührt, dass er weinen musste. Er sah die Realität, und er wusste, dass Danijela nicht die Chance haben würde, auch nur einen ihrer Träume je zu verwirklichen. Es sei denn, er half ihr.

»Sie wollten ihr helfen?«, fragte Lederer verdutzt.
»Ja.«
»Und wie?«, fragte Gisela.
Fritz presste die Kiefer so fest zusammen, dass Gisela die Zähne knirschen hörte. Sein flackernder Blick huschte kurz zu Lederer. Der hakte sich sofort mit einem bösen Blick ein.
»Jede Aussageverweigerung kann als Tatverschleierung in einem brutalen Mordfall gewertet werden.«
»Das wär kein Spaß, das kann ich dir gleich sagen«, stieß Gisela ins selbe Horn. Fritz' Ohren färbten sich glutrot.
»Ich … ich hab halt manchmal die Briefe von den Kreditkartenfirmen aufgemacht, wenn einer eine neue Karte gekriegt hat. Dann hab ich mir die Nummern notiert. Und dann hab ich online ab und zu ein paar Euro auf das Sparkonto meiner Oma überwiesen. Aber nur von Leuten, die's eh nicht merken, wenn mal fünfzig Euro fehlen. Also vom Ignaz zum Beispiel. Der bescheißt das Finanzamt eh, wo's geht, dem schadet es nicht, wenn der ein bisschen was für einen guten Zweck spendet.«
»Das ist Betrug, mein lieber Herr Postbote, und kein Kavaliersdelikt.« Lederer blitzte Fritz aus seinen stählernen Augen missbilligend an.
»Da ist aber dann eine andere Abteilung zuständig, nicht Sie, oder?«, fragte Gisela. Ihr Blick bat ihn, den Postboten nicht mit weiteren Äußerungen einzuschüchtern. Lederer klappte tatsächlich den Mund zu.
»Und mit dem Geld wolltest du ihr was genau ermöglichen?« Gisela schaute Fritz fragend an.
»Na, dass sie sich rauskauft. Dass sie wieder heimkann.«
»Rauskaufen, aha. Und wie viel hätt das gekostet?«
»Fünfzehntausend.«

»Und wie viel hast du schon auf die Seite gebracht?«

»So um die zweitausend. Ich mein, ich kann von den Konten ja keine großen Beträge abheben, sonst merkt das ja selbst der größte Depp.«

»Und Sie sind nicht auf die Idee gekommen, dass Ihre junge, verträumte Rumänin Sie noch zusätzlich abzockt?«, ließ sich Lederer vernehmen.

Fritz starrte Lederer verständnislos an.

»Wie?«

»Der Kollege meint, ob sie dir nicht nur wegen dem Geld die Geschichte mit dem Freikaufen erzählt hat.«

»Nein.«

»Da sind Sie sich sicher?« Lederer stemmte die Hände in die Hüften, legte den Kopf leicht schief.

»Ja, weil die wollt doch mit mir zusammen von hier weggehen.«

Gisela war verdutzt. Lederers Kopf geriet noch mehr in Schieflage.

»Und das haben Sie ihr geglaubt?«

»Schon.«

Lederer lachte kurz auf, schüttelte fassungslos den Kopf.

»Du hättest deine Frau sitzengelassen?«, fragte Gisela. »Einfach so?«

»Nein, nicht einfach so, ich hab natürlich einen Plan gehabt.«

»Jetzt bin ich aber gespannt.« Lederer verschränkte erwartungsvoll die Arme.

Fritz verschränkte seinerseits die Arme, deutete mit einem Nicken auf Lederer.

»Solang der dabei ist, sag ich gar nix mehr.«

Gisela kam einem Wutausbruch Lederers zuvor.

»Das Recht hat er.«

Ein kurzes Zucken von Lederers Schnauzer, ein finsterer Blick in Giselas Herz, dann stapfte der Hauptkommissar wie ein schmollendes Kind zum Auto. Gisela war froh, von der Seite kein Störfeuer mehr erwarten zu müssen, und widmete ihre ganze Aufmerksamkeit Fritz. Der weihte Gisela in seinen abenteuerlichen Plan ein.

Fritz trug sechs Tage die Woche die Post aus, jeweils von sechs Uhr morgens bis zwölf Uhr mittags. Danach hatte er Zeit für sein Hobby, das Beobachten von Vögeln im Solomoser Moor. Das konnte schon mal bis Sonnenuntergang dauern. Seine Frau Doris war zu der Zeit meist schon aus dem Haus, sie betreute die alten Herrschaften vom frühen Nachmittag an und kam erst um drei Uhr morgens nach Hause. Das bedeutete, dass Fritz und Doris sich so gut wie nie sahen, außer beide hatten einen freien Tag oder Urlaub. Nach knapp zehn Jahren Ehe kommunizierten die beiden über Post-its, die an Stellen in der Wohnung klebten, an denen man sie unmöglich übersehen konnte. In den letzten drei Monaten hatte Fritz auf den Klebezetteln mehrfach sein neuerwachtes Interesse an Käuzchen erwähnt, einer ungemein faszinierenden Spezies von Nachttieren. Doris hatte nie nachgefragt, sie liebte ihn und wusste, ein Hobby war gut für seine Seele. Fritz liebte seine Doris ebenfalls, was ihn aber nicht daran hinderte, mit Danijela Zukunftspläne zu schmieden. Danijela wusste nicht, dass Fritz verheiratet war, und er wollte auf jeden Fall, dass es dabei blieb.

Sein genialer Plan hatte vorgesehen, dass er vormittags seine Post austrug, während Danijela ausschlief. Mittags wäre Fritz nach Hause gedüst, um Doris zu ihrer Arbeit zu verabschieden. Daraufhin wäre er mit seinem Mofa zu Danijela gefahren, die in einer kleinen Zweizimmerwohnung im Nachbarort Obergurgelbach wohnen sollte. Er wollte ihr bei handwerklichen Tätigkeiten im Haushalt helfen, für sie kochen und das Leben unbeschwert genießen. Einen Anruf auf sein Handy brauchte er ab sechzehn Uhr nicht mehr zu befürchten, Doris wusste, dass das Telefon wegen der Vögel ausgestellt wäre. Er hätte unbeschwert bis Mitternacht bei Danijela bleiben können, um dann nach Hause zu fahren, ein paar Stunden zu schlafen und um sechs Uhr bei der Arbeit anzutreten.

Fritz rasselte das so schnell und präzise herunter, dass Gisela merkte, wie lange er an diesem Plan hingetüftelt hatte.

»Und du findest das toll, deine Frau zu betrügen?«, fragte Gisela.

»Was soll ich denn machen?«

»Na, ihr die Wahrheit sagen und ausziehen.«

»Geht's noch? Erstens lieb ich die Doris, und zweitens wär dann mein Job weggewesen, und drittens ist das mit der Danijela ... war das mit der Danijela keine Liebe.«

»Sondern?« Gisela war gespannt auf die Antwort.

»Ich weiß nicht, das war ... ganz anders als zwischen mir und der Doris. Was Leichtes, nicht so was Ernsthaftes.« Fritz kratzte sich verlegen am Kopf.

»Du hast eine Lebensmittekrise, du Depp«, schnaubte Gisela. »Die Doris hat nicht verdient, dass sie so von dir behandelt wird. Die reißt sich den Arsch auf für andere, und du hast nix Besseres zu tun, als hintenrum den Zuckerpapa zu spielen. Von was hättst du denn die Wohnung für die Danijela gezahlt, hm? Von deinen Kreditkartenbetrügereien?«

Fritz lief rot an, schaute beschämt zu Boden.

»Was meinst du, wie lang das gutgegangen wär? Irgendwann wär dir das alles um die Ohren geflogen, und dann hättst die Scheiße gehabt. Bei dir wär's mir wurscht, aber nicht bei der Doris.«

Gisela blickte zu Lederer, der neugierig herüberschaute. Weder ihm noch irgendjemand hinter den Gardinen blieb die Standpauke verborgen. Gisela bemühte sich um Beherrschung und eine ruhige Stimme.

»Das ist unter aller Sau, Fritz. Und dass das arme Mädchen tot ist, ist vielleicht sogar deine Schuld.«

Fritz erschrak, wurde blass.

»Was?«

»Vermutlich wurde sie von ihrem Zuhälter zu Tode geprügelt. Möglicherweise, weil sie abhauen wollte, um sich ihren Traum mit dir zu erfüllen.«

Fritz stand mit offenem Mund vor Gisela.

»Hat sie irgendwann mal erwähnt, dass sie Angst hatte, genau so was könnte passieren?« Giselas Stimme war eindringlich. »Hat sie einen Namen genannt?«

Fritz schüttelte müde den Kopf.

»Hast du jemals einen der Männer gesehen, für die sie gearbeitet hat?«

Erneut ein Kopfschütteln.

»Da war doch noch gar nix Festes vereinbart, ich hab doch noch nicht mal eine Wohnung für sie gehabt«, kam es lahm von Fritz.

»Wo warst du in der Nacht vom Zehnten auf den Elften?«

Fritz schien wie versteinert.

»Bei ihr?«

Gisela sah Fritz wanken, seine Augenlider flatterten.

»Du sagst aber niemandem was, oder?«

Gisela überhörte den besorgten Satz.

»Ist dir da etwas aufgefallen? War sie anders als sonst? Hat sie mit dir über ihre Flucht geredet?«

»Nein, gar nicht«, krächzte Fritz. »Sie war eigentlich wie immer. Ganz lustig und ein bisserl aufgedreht.«

»Aufgedreht vor Angst?«

»Nein, eher so, als hätt sie einen Schwipps. Das war ja das Schöne an ihr. Ganz anders wie die Doris.«

Gisela reichte es allmählich mit den naiven Vorstellungen des Postboten, wie die optimale Geliebte zu sein hatte. Den alten Fritz, ruhig, langsam und hilfsbereit, erkannte sie gar nicht mehr wieder. Vor ihr stand ein Lügner und Betrüger, der keinerlei Gedanken an das Opfer verschwendete, sondern nur überlegte, wie er aus dieser brenzligen Situation unbeschadet herauskam.

»Warst du der letzte Gast? Oder hatte sie nach dir noch einen Termin?«

»Ich glaub schon, weil, sie ist nicht mit mir zurückgefahren.«

»Wer das gewesen sein könnte, weißt du nicht, oder?«

Fritz schüttelte den Kopf. Gisela schnaubte unzufrieden, sie hatte gehofft, zumindest einen kleinen Hinweis auf den Täter oder den Tathergang zu bekommen.

»War's das? Ich … ich müsst weitermachen.« Fritz formulierte den Satz so vorsichtig, als bewege er sich auf rohen Eiern. Gisela fixierte ihn aus schmalen Augen.

»Noch nicht ganz. Du kommst nach der Arbeit auf dem Revier vorbei und gibst die Aussage noch mal zu Protokoll.«

Fritz stöhnte auf.

»Aber vorher redest du mit der Doris und erzählst ihr alles.«

Der Postbote schüttelte so heftig seinen Kopf, dass sein Gesicht vor Giselas Augen verschwamm.

»Doch. Ansonsten kann's sein, dass von deiner Aussage was durchsickert, und dann hört sie's von anderer Seite.«

»Das ist Erpressung«, jammerte Fritz.

»Ja. Aber danach wird's dir bessergehen.«

»Die Doris haut mich zum Teufel.«

»Kann schon sein. Konsequenzen gibt's halt immer. Bis später.«

Sie ließ Fritz stehen. Er fluchte leise in sich hinein, schob sein Fahrrad mit einer wütenden Bewegung weiter.

Lederer sah Gisela fragend entgegen. Ihr Bericht ließ die Details über Fritzens Wunschtraum aus und beschränkte sich auf die dürftigen Fakten seines letzten Treffens mit Danijela.

Die nächsten drei Stunden verbrachten Lederer und Gisela damit, die anderen Männer auf der Liste abzuklappern. Die meisten erwischten sie bei der Arbeit, die wenigen, die in Straubing, Landshut oder Passau arbeiteten, wollten sie am Abend befragen.

Gisela war am Ende der Dorfrunde ziemlich deprimiert. Alle Befragten machten nur sehr dürftige Aussagen zu ihren Treffen mit Danijela, nichts davon war für die Ermittlungen brauchbar. Diese Tatsache war jedoch nicht der Grund für Giselas Niedergeschlagenheit, es war das Bild, das sie von den Männern bekommen hatte. Gisela hatte zwar nie gedacht, dass Niedernussdorf ein Ort von Heiligen war, aber dass es so viele Scheinheilige gab, erschütterte dann doch ihr Weltbild. Auf der Fahrt vom letzten Zeugen zurück zum Revier sprach sie kein ein-

ziges Wort, sondern starrte nur hinaus auf die Äcker und Wälder, die ihr sonst romantisch vorkamen, diesmal aber karg und düster wirkten.
Lederer bog ohne Vorwarnung von der Hauptstraße auf den Parkplatz des Wilden Bocks ein. Gisela war überrascht. Lederer stellte den Motor ab, zog die Handbremse fest an.
»Ich brauch einen Schnaps. Kann ich Sie auf einen einladen?«

Lederer verzog sein Gesicht, nachdem er den Bärwurz hinuntergekippt hatte. »Sie glauben nicht, dass einer der Kunden der Mörder sein könnte?«, fragte er mit rauchiger Stimme.
Gisela schüttelte den Kopf. »Sie?«
Lederer trank schnell von seinem Spezi nach, um den scharfen Geschmack aus seinem Mund zu vertreiben.
»Möglich ist natürlich alles, aber ich denke nicht, dass einer von denen das Format dazu hat«, fuhr Gisela nachdenklich fort. »Ich mein, die ist zu Tode geprügelt worden, das macht keiner von denen.«
»Im Zorn?« Lederers Augen tränten leicht.
»Und wieso glauben Sie jetzt nicht mehr, dass es dieser Ionel war?«
»Das hab ich nicht gesagt, aber solange keinerlei eindeutige Beweise in dieser Richtung vorliegen, muss ich mir auch Gedanken zu den anderen Kontaktpersonen der Toten machen.«
»Aha. Und was sagt Ihr Bauch?«
Lederer guckte verdutzt.
»Mein Bauch?«

»Ja. Intuition, Instinkt, Erfahrung. Irgendwas davon werden Sie ja wohl haben, oder?«
Lederer räusperte sich, rutschte auf seinem Holzstuhl kurz hin und her.
»Natürlich, aber das Entscheidende für eine solide Gerichtsverhandlung sind Beweise. Ohne die kann der Staatsanwalt keine Anklage erheben.« Sein Schnauzer zuckte kurz.
»Vergessen Sie mal die Gerichtsverhandlung, davor stehen ja immer noch die Ermittlungen. Mich interessiert, wie Sie das so handhaben. Sie machen das ja schon länger als ich. Also, das Mordermitteln.«
Lederers Augen flitzten durch den Raum, Gisela spürte seine Unruhe und fragte sich, was das Hummelige ausgelöst hatte. Er trank sein Spezi aus, stellte das leere Glas bedächtig ab, drehte es kurz in seiner Hand. Schließlich schaute er Gisela an, beugte sich etwas vor.
»Emotionen haben bei einem Mordfall nicht stattzufinden«, raunte er knapp.
Gisela beugte sich ebenfalls vor. »Können Sie mir mal erklären, wie das funktioniert, dass Emotionen nicht stattfinden?«
Lederer starrte Gisela an. Er schaute links, ein leerer Tisch, er schaute rechts, die Bedienung räumte das Geschirr eines Handwerkertrupps weg, der gerade abrückte, er schaute geradeaus in Giselas blaue Augen.
»Sie müssen so oft wie möglich Nachrichten sehen.«
Gisela war verblüfft, mit dieser Antwort hatte sie nicht gerechnet. Lederer verschränkte seine Finger, als würde er einen Vortrag halten.
»Oder Tierdokumentationen über Raubtiere. Splatterfilme, am besten die indizierten, so was wie ›Saw‹.«

Gisela spürte, dass Lederers Worte zwar in ihrem Gehirn ankamen, dort aber wie Flummis kreuz und quer herumschossen.
»Sie müssen abstumpfen, sonst geht das nicht.«
Lederer winkte der Bedienung, deutete auf sein leeres Speziglas. Die Bedienung nickte.
»Soll das heißen, Sie ziehen sich den ganzen Mist rein, um den Job machen zu können?«
»Nein. Ich schau mir das an, weil ich dadurch lerne zu abstrahieren. Ich sehe, wie Löwen eine Antilope jagen und zerfleischen, und ich sage mir, so ist die Natur, so bleibt sie im Gleichgewicht.«
»Und bei diesen Splatterfilmen?«
»Schau ich ganz genau hin, manchmal in Zeitlupe, damit ich die Tricks sehe, mit denen dort gearbeitet wird. Ich schärfe mir ein, dass es sich nur um einen Film handelt und alle Darsteller überlebt haben. Hoffentlich.«
Er lachte über diesen Humorspritzer. Gisela blieb ernst. Die Bedienung stellte ein neues Spezi vor Lederer ab, nahm das leere Glas mit.
»Dann geht Ihnen dieser Mord gar nicht nahe?«
»Null.«
Eine eiskalte Schlange wand sich durch Giselas Körper zum Herzen vor.
»Und wieso machen Sie das?«
Lederer, der gerade zum Trinken ansetzen wollte, hielt kurz mit dem Glas in der Luft inne. »Um die Faktenlage besser beurteilen zu können natürlich.«
»Ich mein, das gehört ja nicht zur offiziellen Ausbildung, wann haben Sie sich das denn ausgedacht?«
Lederers Augen trübten sich für einen Moment ein.
»Man entwickelt halt so seinen Stil.«

Er nahm einen tiefen Schluck. Gisela musterte ihn interessiert. Dieser Mann hatte ein dunkles Geheimnis, das er nicht preisgeben würde. Ihr war das egal, solange es keine Auswirkungen auf die Ermittlungen hatte. Genau das befürchtete sie allerdings. Die Härte, mit der Lederer teilweise gegen die Leute vorging, zeugte von einer Emotionalität, die keineswegs nicht stattfand. Gisela bohrte nicht weiter, aber in diesem Augenblick war ihr der Straubinger unheimlich geworden.

Schorsch, in Zivil, saß in seinem kleinen Fiat auf dem Parkplatz des Grünhardinger Gemeindehauses und starrte auf das blaue Besucherschild. Auf dem Beifahrersitz lag ein dicker brauner DIN-A4-Umschlag mit allen Unterlagen zu den Tomanovicis. Der Bürgermeister war sehr entgegenkommend gewesen, hatte allerdings durchblicken lassen, dass er sich kriminelle Machenschaften der Rumänen schwer bis gar nicht vorstellen konnte. Vater und Sohn gingen sogar jeden Sonntag in die Kirche und taten am meisten in den Klingelbeutel.
All das hatte sich Schorsch zwar angehört, aber im Moment überlegte er, ob er einen Abstecher zum Paradies machen sollte. Möglicherweise könnte er dort weitere Informationen über Vlad und Ionel herausfinden. Möglicherweise könnte er die Kröte zum Reden bringen oder Jana noch einmal auf den Zahn fühlen. Er würde super dastehen, wenn er den entscheidenden Hinweis erbrachte, der diesem Saupack das Handwerk legen würde.
Begeistert von seiner Idee fand sich Schorsch zehn Minuten später an der Rezeption der Schönheitsfarm

wieder und schwitzte unter dem hypnotischen Blick der Kröte. Außer dem süßlichen Harfengezirpe und einem Traktor, der auf dem Feld hinter dem Gebäude pflügte, war nichts zu hören. Das leise Zischen der Schiebetür kündigte Jana an. Sie strahlte Schorsch entgegen.
»Hallo, mein Lieber, schön dich wiederzusehen.«
Vergessen war die Kröte, vergessen war sein Vorhaben, er spürte nur noch den Drang, Jana an der Hand zu nehmen und wegzulaufen. Irgendwohin, wo sie auf alle Zeit ungestört sein würden.
»In einer Stunde hast du den nächsten Kunden«, grunzte die Stimme der Kröte.
Jana lächelte den Befehlston weg. Sie führte ihn wieder zu Zimmer Nummer fünf, und alle Erinnerungen an die heiße Nacht kamen in Schorsch hoch. Dazwischen drängte sich ein anderes Gefühl, das schlechte Gewissen. Er dachte an die Tote und sein Erregungspegel fiel rapide ab.
Jana holte einen Schlüsselanhänger aus ihrem Fundus, hielt ihn mit neckischem Blick hoch. Schorsch zog die Luft scharf ein, zwang sich zu einem Kopfschütteln.
»Kann ich mit Ihnen reden?«
Jana ließ den Schlüsselanhänger sinken.
»Natürlich. Soll ich dabei massieren? Kostet genauso viel.«
Schorsch hob abwehrend die Hände.
»Nicht massieren. Bitte.«
»War es so schlimm letztes Mal?« Jana zog einen Schmollmund.
»Nein, nein, das war … wunderbar. Ich … es … es … ich meine …«
Schorsch spürte die Schweißtropfen vom Nacken die

Wirbelsäule hinunterlaufen. Seine Zunge fühlte sich bleischwer an. Jana stöckelte mit wiegendem Schritt näher.
»Du brauchst eine Massage, du bist ganz verspannt.«
Sie streckte ihre Hände aus, um Schorschs Hemd aufzuknöpfen. Seine Knie wurden weich, und er griff zum letzten Hilfsmittel, um nicht einzuknicken. Er fingerte seinen Dienstausweis aus der Gesäßtasche, hielt ihn Jana direkt vors Gesicht. Ihre Augen weiteten sich, sie japste kurz nach Luft.
»Es geht um Danijela.« Schorsch hielt den Ausweis weiter wie ein Schutzschild vor sich. »Sie wurde umgebracht.«
Jana verschränkte ihre Arme, ihr Blick war eisig.
»Wir … wir vermuten, es war Herr Tommivitsch.«
»Du denkst, ich weiß was darüber?«
»Ihr habt zusammengearbeitet«, kam es hinter dem Ausweis hervor.
Jana drückte Schorschs Hand sanft nach unten, schaute ihn aus großen Augen an.
»Und was soll ich deiner Meinung nach wissen?«
»Wer es getan hat?«
»Selbst wenn ich es wüsste, könnte ich es dir nicht sagen.« Ein trauriger Unterton mischte sich in die feste Stimme. »Ich will nicht enden wie Danijela.«
Schorsch spürte das leise Zittern Janas unter seine Haut kriechen, es rief das starke Bedürfnis hervor, sie zu umarmen.
»Du kannst doch nicht wollen, dass derjenige nicht bestraft wird, oder?«
»Glaubst du wirklich, der ist der Einzige?«
Schorsch schaute auf seinen Ausweis, auf sein Bild, auf

dem er um Jahre jünger war. Es war kurz nach seinem Amtsantritt vor sechs Jahren gemacht worden. Er war so stolz drauf gewesen, etwas für das Gemeinwohl Niedernussdorfs machen zu können. Auch seine Eltern waren stolz gewesen, zumindest seine Mutter, sein Vater trug es ihm immer noch nach, dass er nicht in seine Fußstapfen als Metzger getreten war. In jedem unbeobachteten Moment hatte er den Ausweis befühlt und sich vorgestellt, wie die Unterwelt Niederbayerns vor ihm zittern würde. Janas Angst allerdings, die sie zum Zittern brachte, hatte wohl wenig mit seiner eigenen Person zu tun. Schorsch fühlte sich machtlos. Er steckte den Ausweis ein.

»Und was soll ich jetzt machen?«

Jana war überrascht von dieser Frage. Sie nahm Schorschs Hände in ihre und drückte sich an ihn.

»Du kannst nichts machen, mein Schatz. Das Leben geht weiter.«

Schorsch spürte Janas warmen, weichen Körper, trotzdem hielt eine kalte Hand sein Herz umklammert. So konnte er nicht zurückfahren.

»Du weißt aber, wer es war, oder?«

Er hielt Janas Handgelenke fest. Sie wollte sich losmachen, aber Schorsch ließ nicht locker. Er spürte eine Kraft, die ihn buchstäblich beseelte. Er war Polizist und würde sich von einer kleinen Masseuse mit großen Augen und samtweicher Haut nicht einfach so abspeisen lassen.

»Du tust mir weh«, jammerte Jana.

»So was könnte die Danijela auch gesagt haben, oder? Glaubst du, ihr Mörder hat dann aufgehört?«

Die Worte kamen aus Schorschs Mund, ohne dass er großartig darüber nachdenken musste, und sie fühlten

sich richtig an. Jana wand sich in seinem Griff. Ohne Erfolg.
»Irgendjemand muss den Anfang machen, sonst geht das doch immer so weiter«, sagte Schorsch. Es klang wie ein Flehen. Jana traten Tränen in die Augen.
»Ich werde sterben, wenn ich was sage. Bitte, hör auf.«
»Paragraph 70, Absatz 2 der Strafprozessordnung gibt mir das Recht, dich einem Richter vorzuführen, der dann eine Beugehaft anordnen kann, damit du eine Aussage machst. Die Haftdauer kann bis zu sechs Monate betragen«, rasselte Schorsch herunter. Er ruckte an Janas Armen. »Magst du das?«
»Du darfst das nicht. Du bist ein deutscher Polizist.«
»Ist es das, was dir diese Mörder einbleuen? Dass ihr vor uns Weicheiern keine Angst haben müsst?« Der Zorn stieg ihm wie Gallensaft die Speiseröhre hoch. »Wir sind hier nicht eure Kasperl, hast mich? Also, wie schaut's aus? Redest?«
Jana nickte. Schorsch brauchte einen Moment, um zu verstehen, was das bedeutete. Er ließ Janas Handgelenke los. Die Kälte um sein Herz war durch den Lavastrom in seinem Blut vertrieben worden.
»Beschützt du mich?«, fragte Jana. Sie rieb ihre Handgelenke.
»Ja.«
»Muss ich mit auf das Polizeirevier?«
»Ja.«
»Gleich?«
»Sofort.«
»Kann ich mich vorher noch umziehen?«
»Ja. Sicher.«
»Danke.«

Jana verschwand zum Paravent. Schorsch atmete ein paarmal tief durch, ein Lächeln breitete sich auf seinem Gesicht aus. Er fühlte sich wie ein Sieger. Stolz betrachtete er sich im Wandspiegel. Er sah auch aus wie ein Sieger, stolzgeschwellte Brust, strahlende Augen, makellose Haut.
Ein Luftzug löschte die beiden Kerzen, die links und rechts vom Spiegel in Wandhaltern steckten. Ein Stirnrunzeln, gefolgt von der Erkenntnis, dass irgendwo ein Fenster offen sein musste. Schorsch wirbelte herum, stürzte zum Paravent. Unter dem offenen Fenster stand der Klappstuhl, auf den musste Jana gestiegen sein, um hinauszuklettern. Schorsch verglich die Fensteröffnung mit seinem Bauchumfang. Er rannte zur Tür.

Der Kröte traten die Augen hervor, als Schorsch durch die Lobby walzte und ins Freie hetzte. Er schoss um die Ecke zur Rückseite des Gebäudes. Dort, das offene Fenster. Schorschs Kopf flog herum, er drehte sich um die eigene Achse, erblickte die fliegenden Haare Janas, die den Feldweg Richtung Wald rannte. Schorsch überlegte nur kurz, ob er ihr nachlaufen sollte, wusste jedoch, dass er keine Chance hätte. Der Traktor fuhr in seiner Nähe vorbei. Schorsch trat der wuchtigen Maschine in den Weg, wedelte mit seinem Dienstausweis. Der Fahrer, ein knorriger Bauer in schmutzig-blauer Latzhose, eine Baseballmütze auf dem Kopf, bremste.
»Ich … Fahrzeug … beschlagnahmt«, quetschte Schorsch atemlos hervor.
»Beschlagnahmt? Was hab ich denn gemacht? Ich pflüg hier doch nur«, knurrte der Bauer verwundert. Schorsch

deutete aufgeregt zum Wald, auf den Jana mit der Ausdauer einer Marathonläuferin zusteuerte. Der Blick des Bauern folgte dem ausgestreckten Arm.

»Gehört die zu Ihnen?«

»Verfolgen«, keuchte Schorsch.

Er kletterte mit Mühe auf den Traktor. Der Bauer packte ihn unter der Achsel, zog ihn das letzte Stück hinauf. Kaum saß Schorsch auf dem Seitensitz, gab der Bauer Vollgas. Der Traktor machte einen wilden Satz vorwärts, so dass Schorsch fast hinuntergepurzelt wäre. Er klammerte sich mit beiden Händen am Aufbau des Traktors fest, ließ die fliehende Jana nicht aus den Augen.

Sie holten schnell auf. Noch etwa zwanzig Meter trennten den Traktor von Jana, als sie über die Schulter schaute und erkannte, wer sie da verfolgte. Sofort schlug sie einen Haken und spurtete auf ein Gatter zu, hinter dem auf einer Weide ein paar Kühe im Schatten eines Baumes lagen und wiederkäuten. Der Bauer bremste den Traktor so abrupt, dass Schorsch nach vorne geschleudert wurde.

»Endstation. Da kann ich nicht durch, das ist dem Gruber sein Grundstück.«

Schorsch drückte die schwielige Hand des Bauern.

»Danke.«

Er kletterte schnaufend vom Traktor, zwängte sich zwischen zwei Balken des Gatters durch und nahm die Verfolgung schweren Schrittes auf. Die Kühe glotzten ihn mit ihren Kulleraugen an.

Ein wagemutiger Gedanke durchfuhr Schorsch. Sein Opa hatte früher fünfzig Milchkühe gehabt, und in den Ferien hatte er oft auf dem Hof übernachtet. Der spinnerte Nachbarjunge hatte ihm damals gezeigt, wie

schnell Kühe sein konnten. Man musste ihnen nur einen Ast in den Hintern rammen, dann waren das spitzenmäßige Reittiere.
Schorsch schnappte sich den nächstbesten Ast, setzte sich auf die nächstbeste liegende Kuh und steckte ihr den Ast so heftig in den Allerwertesten, dass das Vieh brüllend aufsprang und losrannte. Zum Glück in Janas Richtung, denn Schorsch hatte keinerlei Möglichkeiten, die wild gewordene Kuh zu lenken. Er krallte sich an ihren kurzen Hörnern fest und presste seine Schenkel so fest wie möglich zusammen, um nicht runterzurutschen. Der Galopp führte ihn näher und näher an Jana heran.
Sie war kurz davor, das gegenüberliegende Gatter zu erreichen, als sie noch einmal über die Schulter blickte. Was sie sah, ließ sie ins Stolpern geraten. Der dicke Schorsch auf einer brüllenden Rennkuh, die frontal auf sie zusteuerte. Jana schlug reflexartig einen Haken und trat dabei unglücklich in einen Maulwurfshügel. Mit voller Wucht stürzte sie auf den Boden. Schorsch wollte die Kuh bremsen, zog und zerrte an ihren Hörnern, doch das Vieh zeigte sich unbeeindruckt.
Das nahende Gatter zwang die Kuh zu einer plötzlichen Kehrtwende. Schorsch verlor den Halt, rutschte vom Rücken der Kuh und krachte bäuchlings auf die Erde. Kurz wurde ihm schwarz vor den Augen, die Luft blieb ihm weg, und er glaubte, ein Knacken in seinem Brustkorb zu hören. Schorsch stöhnte, rollte sich auf den Rücken und holte tief Luft. Auf der rechten Seite verspürte er einen Stich.
Sein Gehirn erinnerte ihn jäh daran, warum er hier lag. Er drehte den Kopf und sah Jana, die sich gerade aufrappelte, nur um gleich darauf wieder in die Knie zu gehen.

Offenbar hatte sie sich beim Sturz den Knöchel verknackst.
Schorsch stemmte sich hoch, versuchte tapfer, den Schmerz in seiner Brust zu ignorieren. Er humpelte zu Jana. Die biss die Zähne zusammen und unternahm erneut einen Fluchtversuch. Sie zog ihr verletztes Bein an und hüpfte zum Gatter. Schorsch beschleunigte sein Humpeln, er hatte Angst, Jana würde ihm doch noch entkommen. Tatsächlich war sie hüpfend schneller als er humpelnd. Fieberhaft überlegte er, wie er Jana stoppen konnte.
»Bleib stehen, sonst schieß ich«, kam es kaum hörbar aus seinem trockenen Mund.
Jana hatte ihn entweder nicht gehört, oder sie wollte ihn nicht hören. Sie war am Gatter. Mit einem leisen Schmerzensschrei stieg sie auf den unteren Balken und schwang das Bein mit dem verletzten Knöchel über den oberen.
Schorsch legte einen Humpelgang zu und stolperte über einen faustgroßen Ackerstein. Mit dem Gesicht voran landete er in einem halb getrockneten Kuhfladen. Er schaute schnell auf. Unter Mühe war Jana auf der anderen Seite des Gatters gelandet. Schorsch hätte vor Ärger und Enttäuschung schreien können. Er packte den Ackerstein, richtete sich auf und schmiss ihn mit einem befreienden Wutschrei Jana nach. Er traf sie am Hinterkopf. Jana ging zu Boden, rührte sich nicht mehr.
Die Überraschung verwandelte Schorsch in eine Salzsäule. Nur seine Augen blinzelten ungläubig. Schließlich grinste er erleichtert und ließ sich erschöpft auf den Rücken plumpsen.

Janas Platzwunde musste mit acht Stichen genäht werden. Nach der Verarztung saß sie in Giselas Büro, kreideweiß, sturer Blick, verschränkte Arme. Schorsch stellte eine Kaffeetasse vor ihr ab, sie ignorierte seine Anwesenheit demonstrativ. Nachdem Schorsch sich zurückgezogen hatte, machten es sich Gisela und Lederer auf ihren Stühlen gemütlich.

»Frau Banat«, eröffnete Lederer den Fragereigen und hielt Jana ein Foto der toten Danijela vor die Nase, »kennen Sie diese Frau?«

Jana schluckte hart, nahm ihre Tasse in beide Hände und schaute auf den rehbraunen Kaffee.

»Das ist Danijela Andreikovici, neunzehn Jahre alt, aus Arad. Sie erlitt laut Gerichtsmedizin innere Blutungen aufgrund mehrerer Schläge mit einem harten Gegenstand, möglicherweise einem Schlagring. Die Leber wurde dabei zerfetzt, ebenso die Blase …«

»Hören Sie auf«, flüsterte Jana.

Lederer legte das Foto auf den Schreibtisch.

»Können Sie uns sagen, was passiert ist?«, sagte Gisela leise. Gespannt wartete sie auf eine Reaktion Janas.

Die junge Frau schüttelte langsam den Kopf.

»Sagt Ihnen der Name Ionel etwas?«, fragte Gisela weiter.

Ein kurzes Zucken der Augenlider und ein Zittern der Nasenflügel reichten Gisela als Antwort.

»Wir vermuten, dass er Danijela umgebracht hat.«

Jana klammerte sich an ihre Tasse, sie hatte noch keinen Schluck getrunken.

»Ist das möglich?« Gisela schaute auf Janas Lippen, wartete auf einen Satz, ein Wort. Jana rührte sich nicht. Eine Träne tropfte in die Kaffeetasse.

»Sie brauchen keine Angst zu haben, wir sorgen dafür, dass Ihnen nichts passiert«, sagte Lederer sanft. »Sobald Sie eine Aussage machen, stehen Sie unter meinem persönlichen Schutz. Ich werde alles tun, damit Ihr Leben nicht gefährdet wird.«
Tränen rannen Jana links und rechts die Wangen hinab.
»Ich kann nicht mehr zurück«, schluchzte Jana.
»Das sollen Sie auch nicht mehr«, sagte Gisela. »Wir wollen Sie da rausholen.«
»Nein, ich meine, zu meiner Familie. Nach Hause.« Jana wischte sich mit dem Ärmel Rotz und Tränen aus dem Gesicht. »Wenn sie erfahren, dass ich geredet habe, werden sie meine Eltern umbringen.«
»Niemand wird davon erfahren, abgesehen vom Richter, dem Staatsanwalt und uns hier«, versicherte Lederer.
Gisela hatte daran ihre Zweifel. Gerichtsdiener, Justizbeamte, Journalisten, hundertprozentige Sicherheit gab es nicht.
»Wir tun unser Möglichstes, Sie zu schützen, aber garantieren kann Ihnen das keiner«, sagte Gisela.
Lederer war erst verblüfft, gleich darauf verärgert. Gisela ließ sein Mienenspiel kalt, sie konzentrierte sich ganz auf Jana.
»Niemand kann Sie zu einer Aussage zwingen. Möglicherweise werden wir aber zu wenige Indizien und Beweise gegen Ionel zusammenbringen, um ihn anklagen zu können. Er wird dann weitermachen wie bisher. Seine Macht baut auf die Angst von Ihnen und allen anderen, Jana.«
Stille. Gisela wagte kaum zu atmen, um die Gedanken, die Jana jetzt durch den Kopf kreisen mussten, nicht zu behindern. Sie riskierte einen kurzen Seitenblick zu

Lederer, der ihr ein anerkennendes Nicken zukommen ließ.
»Können Sie sich um meine Eltern kümmern?« Jana schaute Lederer aus verquollenen Augen an.
»Ich kann mich mit den rumänischen Kollegen in Verbindung setzen, damit die sich darum kümmern.«
Jana lachte auf, schüttelte den Kopf.
»Wenn Sie mit der Polizei in Arad reden, können Sie gleich Vlad anrufen. Er kennt dort jeden.«
»Wer genau ist dieser Vlad?«, wollte Gisela wissen.
»Sorgen Sie für die Sicherheit meiner Eltern, dann erzähle ich Ihnen, wer Vlad ist.« Janas Blick war fest.
Gisela schaute fragend zu Lederer.
»Tut mir leid, mir sind aufgrund der Vorschriften die Hände gebunden«, sagte er.
»Wie weit ist denn Arad von Niedernussdorf weg?«, fragte Gisela nachdenklich.
»Mit dem Auto einen Tag«, kam die Antwort.
Gisela wandte sich an Lederer.
»Die Eltern sollen einfach hierherkommen«, fing sie an, aber Lederer hob sofort Einhalt gebietend beide Hände.
»Stopp, stopp, stopp«, schnarrte er. »Das ist jetzt ja wohl nicht Ihr Ernst, oder?«
»Wieso nicht? Jana macht ihre Aussage, der Haftrichter stellt einen Haftbefehl aus, Ionel kommt in U-Haft …«
»… und alle lebten glücklich und zufrieden bis an ihr Lebensende«, vollendete Lederer. Seine Augen blitzten verärgert, der Zeigefinger tippte mehrmals an die Stirn. »So läuft das nicht, Frau Kollegin. Das ist gegen jegliche Vorschrift. Ich werde das auf keinen Fall zulassen. Wenn wir hier Erfolg haben wollen, können wir uns nicht den kleinsten Fehler in der Vorgehensweise leisten.«

Giselas Blick wurde nachdenklich, sie nickte leicht.
»Sie haben recht«, gab sie schließlich zu. Lederer lehnte sich erleichtert zurück.
»Jana, ich würde Ihre Eltern gerne kennenlernen. Meinen Sie, es wäre möglich, dass die für ein paar Tage zu mir kommen?«, sagte Gisela. Lederer schoss kerzengerade nach oben.
»Ein rein privater Besuch«, meinte Gisela unschuldig in seine Richtung. »Da kann ja wohl keiner was dagegen haben. Noch leben wir nicht in der DDR.«
Lederer lehnte sich wieder zurück. Diesmal resigniert statt erleichtert.
Nach einem längeren Telefongespräch zwischen Jana und ihren Eltern gab sie schließlich bereitwillig Auskunft zu Ionel und Vlad. Sie erzählte von den Praktiken der beiden Mädchenhändler, von den Schlägen und Drohungen, mit denen die Mädchen zu gehorsamen Sklavinnen gemacht wurden. Die Kröte brachte allen die wichtigsten Massagetechniken bei, die Haupteinnahmequelle der Schönheitsfarm. Jedes Mädchen bekam einen Vertrag als Angestellte, in dem eindeutig festgehalten wurde, dass keinerlei sexuelle Handlung vorgenommen werden durfte und jeglicher Verstoß ein fristloser Kündigungsgrund wäre. Dieser Vertrag diente der Schönheitsfarm als Absicherung, in Wahrheit wurden die Mädchen von Ionel aufgefordert, möglichst viele Schlüsselanhänger an die Kunden zu verkaufen. Jede Woche wurden die verbliebenen Anhänger gezählt, und Ionel konnte daraus schließen, wie viele Kunden die Mädchen hatten. Die entsprechende Summe mussten sie an Ionel aushändigen. Für die Mädchen blieb nichts. Sie wohnten in kleinen Zimmern des Bauernhofes, den Ionel und sein

Vater besaßen, sie bekamen zu essen und Kleidung und Kosmetika je nach Bedarf.
Alle hatten sich damit abgefunden, nur Danijela nicht. Sie hatte hinter Ioenels Rücken Kunden außerhalb des Paradieses getroffen, um Geld auf die Seite zu bringen. Sie wollte abhauen. Einmal hatte sie von einem Mann erzählt, der mit ihr zusammenziehen wollte. Ionel hatte das anscheinend spitzgekriegt und Danijela verprügelt. Sie hatte eine Woche im Bett verbracht, bevor sie wieder arbeiten konnte.
Jana hatte geglaubt, ihr Widerstand sei gebrochen, aber als sie erfahren hatte, dass Danijela tot im Wald gefunden worden war, da wusste sie, dass sie sich nicht hatte unterkriegen lassen. Jana war beeindruckt von Danijelas Mut gewesen, gleichzeitig hatte sie noch mehr Angst vor Ionel, der keinerlei Skrupel hatte, ein Mädchen zu Tode zu prügeln.
Und Vlad?
»Vlad ist der Teufel«, raunte Jana.
»Inwiefern?«, fragte Lederer nach.
Jana schaute irritiert. »Sie kennen den Teufel nicht?«
»Äh, doch. Das Bild eines sehr bösen Menschen.«
»Nein. Er ist der Teufel.«
Jana betonte das Wörtchen *ist* so, dass Lederer klar wurde, sie meinte es nicht bildlich, sondern buchstäblich. Das irritierte ihn erheblich. Mit paranormalen Gegnern hatte er es noch nie zu tun gehabt.
»Wie kann man ihm das Handwerk legen?« In Giselas Frage schwang keinerlei Spott mit. Sie spürte die Ernsthaftigkeit und die Angst in Janas Worten.
»Man muss ihn überlisten«, war Janas nüchterne Antwort.

»Und … haben Sie schon eine Idee, wie?«, erkundigte sich Lederer mit mühsam beherrschter Stimme.
»Wenn ich es wüsste, wäre ich bereits weg«, meinte Jana.
Dazu fiel Lederer nichts mehr ein.
»Wenn ich Ihnen verspreche, den Teufel zu besiegen, machen Sie dann Ihre Aussage?«, sagte Gisela ruhig.
Jana schaute in Giselas ehrliche Augen, nickte schließlich.
»Dann begleiten Sie jetzt meinen Kollegen nach Straubing, dort wird er Sie sicher unterbringen. Ebenso Ihre Eltern.«
Der letzte Satz galt Lederer, der sich seufzend geschlagen gab. »Ich werd mich selbstverständlich um alles kümmern.«

Um fünf Uhr Nachmittag verabschiedete sich Gisela von ihren Mitarbeitern. Sie war hundemüde und wollte so schnell wie möglich nach Hause.
»Ich mach auch Schluss für heute«, sagte Richie, kaum dass Gisela zur Tür raus war. Schorsch und Erwin waren überrascht.
»Du hast fei erst in zwei Stunden Dienstschluss, gell«, merkte Schorsch an.
»Mir geht's nicht so gut.« Richie legte demonstrativ eine Hand auf seinen Bauch, verzog leidend das Gesicht.
»Hast wieder zu viel getrunken und zu wenig gegessen, ha?« Schorsch musterte Richie eindringlich, als hätte er einen Röntgenblick.
»Lass ihn, der hat Herzschmerzen«, meinte Erwin süffisant. »Das ist aber dann nicht da«, er tippte sich auf den

Bauch, gleich darauf auf seinen Brustkorb, »sondern da.«
»Oder zwickt's da?« Schorsch deutete auf seinen Schritt.
»Depp«, knurrte Richie und verabschiedete sich mit dem Mittelfinger. Schorsch und Erwin kicherten.
Gisela wollte gerade losfahren, als Richie auf sie zustürmte.
»Tät's dir was ausmachen, wenn ich mitkäm?«, sagte er.
Gisela schaute auf ihre Armbanduhr.
»Ich arbeit dafür morgen länger«, fügte er schnell hinzu.
»Ich … ich wollt nur mal schauen, wie's der Ionela geht.«
»Der geht's gut«, sagte Gisela.
»Aha.« Richie senkte den Blick, kratzte sich verlegen am Kopf. Gisela lächelte.
»Gibt aber noch nix zum Essen«, sagte sie. »Steig auf.«
Richie kletterte auf den Gepäckträger des Mofas, und zwanzig Minuten später bogen sie auf den Wegmeyerhof ein. Das Erste, was sie sahen, war Jakob, der mit der Axt auf ein totes Huhn einschlug. Überall um ihn herum lagen zerstückelte Hühner auf dem blutdurchtränkten Erdboden. Von Jakobs Händen und Unterarmen tropfte es rot.
Gisela und Richie sprangen vom Mofa.
»Papa«, rief Gisela. Jakob reagierte nicht, er hackte dem Huhn das rechte Bein ab, holte aus, um sich das linke Bein vorzunehmen. Gisela fiel ihm in den Arm.
»Papa.«
Jakob blitzte sie verärgert an, wollte seinen Arm aus Gisela Griff befreien. Richie eilte ins Haus, rief nach Ionela.
»Hau ab, sonst scheppert's!«, wetterte Jakob.
Gisela hielt sein Handgelenk fest umklammert.
»Papa, bitte, hör auf. Leg die Axt weg.«

Eine deftige Ohrfeige brachte Gisela kurz ins Wanken. Sie ließ Jakobs Handgelenk los. Der Alte hob drohend die Axt.
»Lang mich noch einmal an, dann hau ich dir die da in den Schädel.«
Gisela ergriff eine kalte Angst vor diesem wütenden, alten Mann, in dem sie ihren Vater kaum wiedererkannte. Sie machte einen unsicheren Schritt zurück. Noch einen und noch einen. Schließlich ließ Jakob die Axt sinken und widmete sich wieder dem Huhn, dessen Flügel als Nächstes dran glauben mussten.
Im Gästezimmer traf Gisela auf Ionela und Richie. Richie kniete neben dem Bett, in dem Ionela lag. Er legte schnell den Zeigefinger an die Lippen, bedeutete Gisela, leise zu sein. Sie blieb nur kurz in der Tür stehen. Hämmerte dann an das Türblatt, dass es schepperte. Ionela fuhr aus dem Schlaf hoch. Richie schoss einen bösen Blick auf Gisela ab. Die ließ das kalt.
»Was zum Teufel machen Sie da?«, herrschte sie Ionela an.
»Ich … ich hab mich nur kurz hingelegt«, stammelte Ionela erschrocken. »Was … was ist denn?«
»Nix ist«, beruhigte Richie sie, legte besänftigend seine Hand auf ihren nackten Unterarm.
»Von wegen nix«, schnauzte Gisela. »Schauen Sie mal da raus.« Sie deutete mit einer herrischen Geste zum Fenster. »Was haben Sie sich eigentlich dabei gedacht, meinen Vater allein zu lassen?«
Ionelas Hand fuhr hoch zum Mund, als sie die blutige Sauerei im Hof sah. Sie wirbelte herum.
»Ich … ich kümmere mich drum.« Sie hastete an Gisela vorbei aus dem Zimmer.

»Das hat jetzt sein müssen, oder?«, fauchte Richie.
»Komm mir du bloß blöd, dann kannst gleich abhauen.«
Richie verkniff sich ein weiteres Wort und folgte Ionela.
Kaum war er draußen, verließ Gisela jegliche Kraft. Sie hockte sich auf die Bettkante und betrachtete die blutbefleckten Hände, als wären es nicht ihre eigenen. Ihr ganzer Körper fühlte sich fremd an, das Zimmer, das Haus, die Geräusche, nichts schien irgendeine Verbindung zu ihr und ihrem Leben zu haben. Es war, als hätte der alte Mann mit seiner Axt alle Gefühle und Bindungen durchtrennt.
Der nächste Gedanke nistete sich wie ein ungebetener Gast in ihrem Kopf ein.
Entweder er oder ich.
Giselas Herzschlag beschleunigte sich.
Entweder er geht oder ich.
Ihr Mund wurde trocken, sie konnte nicht schlucken. Sie musste eine Entscheidung treffen.

Doktor Rothaler verabreichte Jakob eine Beruhigungsspritze, und zehn Minuten später war der Alte eingeschlafen.
»Können Sie mir sagen, ob das normal ist?«, fragte Gisela.
»Keiner weiß, was bei dieser Krankheit normal ist«, erwiderte Doktor Rothaler.
»Ich mein, war das ein Aussetzer, oder wird das wieder?«
Doktor Rothalers Blick war direkt und offen.
»Es wird nicht mehr, Frau Wegmeyer, so viel kann ich sagen.«
Gisela schaute bedrückt an dem Doktor vorbei an die

Wand. Dort hing ein kleiner Rahmen mit einem Foto, das ihre verstorbene Mutter vor dem Hof zeigte.
»Ich ... ich hab vergessen, diese Pfefferminzbonbons nachzubestellen. Ich ... bin nicht dazu gekommen ...«
Doktor Rothaler berührte ihren Arm.
»Sie müssen sich keine Vorwürfe machen.«
Tränen traten Gisela in die Augen, sie nickte dankbar.

Gisela brachte Doktor Rothaler zu seinem Auto. Sie gab sich fünf Minuten, ordnete das Chaos in ihrem Kopf und in ihrem Herzen, bevor sie ins Haus zurückkehrte.
Ionela saß mit angezogenen Knien in der Küche auf der Sitzbank und beobachtete geistesabwesend Richie, der ein paar Leberwurstbrote schmierte. Gisela kam herein, Ionela schaute auf.
»Es tut mir leid«, sagte Ionela leise.
»Mir tut es leid«, antwortete Gisela. »Sie können nichts dafür.«
»Ich wollte nur ein bisschen ausruhen, und ich dachte, er sitzt im Wohnzimmer und hört Nachrichten.«
»Ich hab Ihnen zu viel zugemutet. Ich denke, mein Vater muss in professionelle Hände.«
Da, jetzt war es draußen. Das schlechte Gewissen ging mit einem Gefühl der Erleichterung einher. Ionela sah sie in keinster Weise vorwurfsvoll an, im Gegenteil, ihr Blick war verständnisvoll. Gisela setzte sich an den Tisch, verschränkte die Hände ineinander.
»Dann wird es ihm und mir bessergehen.« Ihre Stimme klang friedlich.
»Hast du irgendwo Essiggurken?«, sagte Richie vom Kühlschrank her. Gisela drehte sich zu ihm um.

»Ein Streichwurstbrot ohne Gurken, das geht gar nicht.«
»In der Speis«, antwortete Gisela. »Und bring mir ein Helles mit, ja?«
Richie schaute zu Ionela. »Auch eins?«
Ionela schüttelte den Kopf, zögerte, nickte.
»Also drei«, brummte Richie zufrieden.
Er verschwand zur Speisekammer. Nur das Ticken der Küchenuhr war zu hören. Ionela hielt ihre Knie fest umschlungen.
»Kann ich bleiben?«
Gisela sah sie überrascht an. »Natürlich. Bis mein Vater … also, das dauert sicher noch einige Zeit.«
»Auch wenn Sie den Mörder von Danijela gefunden haben?«
»Auch dann.«
Das Ticken der Uhr.
»Haben Sie schon mehr herausgefunden?«
Gisela zögerte. Zu gerne würde sie Ionela von Jana erzählen und was das für die Ermittlungen bedeuten könnte. Es brannte ihr auf der Zunge, mit der jungen Frau zu reden, ihr Hoffnung zu machen.
»Etwas. Aber darüber darf ich nicht reden«, bedauerte Gisela. Ionela nickte verständnisvoll.
»Möglicherweise steht der Fall vor der Aufklärung«, ergänzte Gisela.
Richie kam zurück. »So.« Er stellte ein Gurkenglas sowie drei Flaschen Helles auf der Anrichte ab. »Jetzt passt alles.«
Sie aßen schweigend Streichwurstbrote mit Essiggurkenscheiben, tranken Helles aus der Flasche und hingen ihren Gedanken nach. Irgendwann huschte Giselas Blick zur Küchenuhr. Sie erhob sich.

»So, ich muss schnell mal die Hühner füttern.«
Richies verstörter Blick und seine Bierflasche, die auf halbem Weg zum Mund in der Luft hängenblieb, riefen ihr in Erinnerung, dass sich das mit den Hühnern erledigt hatte. Sie setzte sich wieder. Ein leiser Kiekser entfuhr ihr. Kurz darauf noch einer. Gisela hielt sich die Hand vor den Mund, als wäre das Geräusch unanständig. Das Kieksen wurde zu einem Prusten, das Prusten zu einem Lachen, das Richie und Ionela ansteckte. Die wussten zwar nicht, warum Gisela einen solchen Lachanfall bekam, aber es tat gut und verdrängte die Sorgen und Fragen. Selbst als die drei leicht beschwipst die Hühnerteile in einen Sack für die Tierverwertung packten, schwebte ein Kichern durch die Dämmerung.

»Du bist wunderschön.«
Ionela lag mit glänzenden Augen in ihrem Bett und beobachtete Richie, der mit langsamen, fast aufreizenden Bewegungen sein Hemd aufknöpfte. Beide hatten jeweils drei Helle intus. Bei Richie reichte das gerade mal, um sein Gehirn auf Betriebstemperatur zu bringen, Ionela dagegen war anständig betrunken. Sie klopfte mit der flachen Hand auf die Matratze. »Jetzt komm schon, mach schneller.«
»Noch schneller?« Richie zog ein Tigergesicht, fauchte und knurrte spielerisch. »Du bist ja ein echter Wirbelwind.«
Sein Hemd fiel auf den Boden. Langsam zog er den Reißverschluss seiner Hose nach unten. Seine Augen trafen sich mit ihren. Ein gefährliches Glitzern blitzte dort auf.
»Lass mich das machen.«

Sie robbte über das Bett, verlor an der Bettkante das Übergewicht, versuchte sich an Richie festzuhalten und riss ihn mit sich zu Boden.

Gisela hörte den Rumms, richtete sich in ihrem Bett kurz auf. Ionelas Kichern drang zu ihr vor. Es verstummte allmählich und wurde von dem leisen Stöhnen Richies abgelöst. Gisela legte sich wieder hin und lächelte in ihr Kopfkissen. Das Leben hatte auch seine schönen Seiten.

Völlig verschwitzt und abgekämpft lag Richie neben Ionela auf dem Bauch. Ihre Finger fuhren sanft über seinen Rücken, was ihm ein wohliges Schnurren entlockte.

»Du bist ein guter Polizist, oder?«

Richie brummte zustimmend.

»Du hast ein großes Herz.«

Brummen.

»Und du weißt, wer Danijela umgebracht hat.«

Brummen. Ionela küsste Richies Ohr, saugte an seinem Ohrläppchen, was ein sehr tiefes Brummen zur Folge hatte.

»Sagst du mir, wer es war?«, hauchte sie Richie ins Ohr.

Richie bekam seine Stimme nur mit Mühe in Gang.

»Darf ich nicht«, hauchte er zurück.

»Kannst du dir vorstellen, wie das ist, wenn die eigene Schwester ermordet wird und du malst dir jede Sekunde aus, wie es passiert ist und wer es war?«

Richie grunzte, drehte seinen Kopf schwerfällig in ihre Richtung, drückte seine Augenlider mit unglaublicher Willenskraft hoch und schaute in Ionelas türkisblaue Augen.

»Wir sind dran«, quetschte er heraus. »Schlafen.«
Seine Augenlider sausten nach unten. Ionela küsste Richies Lippen.
»War es Ionel Tomanovici?«
Ein Auge Richies öffnete sich erstaunt.
»Du musst nichts sagen, aber wenn ich recht habe, blinzle einfach.«
Richie starrte Ionela an.
»Okay?« Sie küsste ihn.
Richie blinzelte einmal in Zeitlupe.
»Hat Ionel Tomanovici Danijela umgebracht?«
Sie wartete gespannt auf ein Blinzeln des einen Auges. Endlich kam es.
»Werdet ihr ihn verhaften?«
Richies Auge blieb offen. Die Pupille bewegte sich kein bisschen, fast konnte man meinen, Richie sei tot.
»Habt ihr Beweise gegen ihn?«
Das Augenlid Richies senkte sich halb, dann sprang es wieder auf. Ionela runzelte die Stirn. Richie wiederholte die Geste.
»Ihr habt halbe Beweise gegen ihn?«
Richie blinzelte.
»Heißt das … ihr … ihr seid noch am Auswerten?«
Richie blinzelte.
»Ist es die Waffe, mit der er Danijela umgebracht hat?«
Richies Auge starr.
»Blutflecken?«
Starr.
»Ein Kleidungsstück? Ein Foto? Etwas, das Danijela aufgeschrieben hat?«
Richie schloss sein Auge, ein leises Schnarchen schlug Ionela entgegen. Sie schaute ihn in stummer Verzweif-

lung an, beugte sich noch einmal vor, um ihn sanft zu küssen.
»Eine Frau«, flüsterte Richie, ohne die Augen zu öffnen. »Sie macht Aussage gegen Tomatschititschitibängbäng.« Das letzte Wort versickerte im Kopfkissen. Richie war endgültig eingeschlafen. Ionela streichelte ihm über die Haare, schmiegte sich in Löffelchenstellung an ihn und schaute zum Vollmond, der groß und käsig vor ihrem Fenster stand.

Giselas Handy riss sie um Punkt sechs Uhr morgens unsanft aus einem traumlosen Schlaf. Mit verklebten Augen tastete sie nach dem Telefon, drückte halbblind die grüne Taste.
»Hallo?« Ihre Stimme klang wie grobes Schmirgelpapier.
»Wissen Sie, dass Sie eine ganz blöde Gans sind?« Lederers schneidende Stimme bohrte sich tief in ihr Trommelfell.
Gisela rieb sich den Schlaf aus den Augen.
»Diese Tussi sagt kein Wort, solange ihre Familie nicht hier in Straubing in Sicherheit ist. Das hab ich alles Ihnen zu verdanken, Sie Dorfkuh! Wissen Sie …«
Gisela drückte die rote Taste. Sie behielt das Handy in der Hand, legte ihren Kopf müde zurück ins Kissen. In der linken Schläfe pochte es rhythmisch, und sie wusste nicht, ob es von Lederers Stimme herrührte oder von den drei Hellen.
Das Handy piepste erneut. Jetzt war Gisela sich sicher, dass das Pochen von Lederer kam, und sie drückte ihn weg. Ihre Gedanken kreisten um Jana und Ionel. Wenn die junge Frau nicht aussagte, könnten sie nicht gegen

den Mädchenhändler vorgehen. Das Pochen breitete sich unter der Schädeldecke aus. Die Ermittlungen würden in eine Sackgasse laufen und Ionel weitermachen wie bisher. Möglicherweise würde er sich in seine Heimat absetzen, wo er sich sicher fühlen konnte. Womöglich hatte er sich schon abgesetzt.

Gisela fuhr hoch, das Pochen sprengte ihren Kopf. Sie wusste, nicht Lederer war schuld an dem Schmerz, sondern die Angst, Danijelas Mörder könnte entkommen. Es war an der Zeit für eine Lagebesprechung.

Die fand bei einem Weißwurstfrühstück im Wilden Bock statt.

»Also, mit dem Lederer, das wird nichts«, eröffnete Gisela die Sitzung. »Der drückt zwar immer aufs Gas, aber letztendlich kommt der nicht vom Fleck. Wir müssen das selber in die Hand nehmen.«

»Und wie?«, fragte Schorsch, während er an seiner Weißwurst zuzelte, was ihm einen tadelnden Seitenblick von Erwin bescherte.

»Kannst du auch mal essen, ohne zu reden?«, motzte er, ungeachtet dessen, dass er selbst volle Backen hatte und Weichteile seiner Breze über den Tisch versprühte.

»Warum? Hast mich nicht verstanden?« Trotzig biss Schorsch gleichzeitig von seiner Breze ab.

»Ich hab dich noch nie verstanden, egal ob's du deinen Mund voll hast oder nicht. Aber ein bisschen Anstand hätten dir deine Eltern schon mitgeben können.«

»Kannst du das buchstabieren? Weil, so ein schwieriges Wort ist bei euch daheim gewiss nicht vorgekommen. Du kannst doch bis heute nicht mit dem Besteck umgehen.«

Erwin nahm seine Gabel, hielt sie Schorsch drohend vor die Nase.

»Soll ich dir zeigen, was ich damit alles kann?«

»Kruzinesen, jetzt reicht's aber. Ihr seid im Dienst und nicht in der Krabbelgruppe«, herrschte Gisela die beiden an. »Ich erwarte konstruktive Vorschläge, wie wir bei diesem Rumänen weiter vorgehen.«

Sie schaute ihre drei Mitarbeiter reihum an. Schorsch und Erwin gaben sich bedrückt, Richie nuckelte selig lächelnd an seiner Weißwurst.

»Auch von dir, Richie.«

Richie nickte, aber Gisela hatte ihre Zweifel, dass er dort oben auf Wolke sieben auch nur ein Wort mitkriegte, das am Tisch gewechselt wurde.

»Wir könnten ja noch eine andere aus dem Paradies anzapfen«, sagte Erwin. »Wir haben da doch einen Spezialisten, so einen echten Frauenschwarm.«

Er tauchte seine Weißwurst in den süßen Senf, ohne Schorsch anzuschauen. Der hielt die schlaffe, ausgezuzelte Weißwursthaut hoch, schwenkte sie leicht hin und her.

»Erinnert dich das an was?« Schorsch grinste süffisant.

»Schorsch, du setzt dich jetzt da rüber.« Gisela deutete auf den Stuhl neben Richie. Schorsch ächzte protestierend.

»Sofort«, schob Gisela hinterher.

Schorsch nahm seinen Teller und hockte sich neben Richie. Dem fiel das gar nicht auf, er tauchte den Rest seiner Weißwurst sanft in den Senfklecks und zuzelte erneut zärtlich daran.

»Hat der gestern wieder zu viel geraucht?«, sagte Erwin.

»Verliebt«, antwortete Gisela. Sie hatte nicht die Absicht, näher ins Detail zu gehen, geschweige denn, ein Wort über die letzte Nacht zu verlieren.

»Immer noch? Sind jetzt schon achtundvierzig Stunden,

das ist neuer Rekord.« Erwin prostete Richie zu. »Gratuliere.«
Schorsch schwenkte als Kommentar noch einmal die schlaffe Weißwursthaut und fing sich dafür den Stinkefinger ein.
Rosi, die handfeste Bedienung, trat heran, räumte die leeren Weißbiergläser ab.
»Magst noch eins?«, fragte sie Erwin.
»Nein, mag er nicht«, dröhnte Gisela. »Keiner von denen.«
Sie versuchte es noch einmal mit einer leisen und festen Stimme, die ihren Männern den Ernst der Lage verdeutlichen sollte.
»Also, wir haben die unbestätigte Aussage dieser Jana, dass Ionel Tomanovici der Täter ist, wir haben ein Branding auf der Brust des Opfers mit dem Namen des Beschuldigten, und wir haben den begründeten Verdacht«, sie schaute zu Schorsch, »dass auf der Schönheitsfarm Prostituierte Kunden akquirieren.«
Gisela schaute in die Runde. Keiner sagte was.
»Am liebsten würd ich dort vorbeifahren und diesem Ionel eine reinhauen«, blubberte Richie vor sich hin.
Erwin schluckte sein letztes Stück Breze runter, wischte sich die Krümel von den Fingern.
»Also, ich hätt nix dagegen.«
»Ich bin auch dabei«, sagte Schorsch. »Superidee.« Er wandte sich an Richie und haute ihm anerkennend auf die Schulter. Der glotzte Schorsch so verständnislos an, als wäre er gerade aus dem Schlaf gerissen worden.
»Mehr fällt euch nicht ein?«, sagte Gisela.
Erwin zuckte die Schultern, Schorsch schüttelte leicht verunsichert den Kopf.

Gisela seufzte. »Ihr seid Polizisten, und Polizisten verprügeln keine Verdächtigen ohne ausreichende Beweise.«

»Vielleicht prügeln wir die Beweise ja aus ihm raus«, merkte Erwin an.

»Genau«, unterstützte Schorsch diese Ansicht.

»Ihr habt Vorbildfunktion für eure Mitbürger«, erwiderte Gisela.

»Du meinst, die Mitbürger sollten ihn auch verprügeln?«

»Nein, ich mein, dass hier überhaupt niemand verprügelt werden sollte.«

»Ja, was machen wir denn dann?«, warf Schorsch ein.

Gisela spürte kurz das dringende Bedürfnis, laut aufzuschreien. Sie zwang sich zur Ruhe und Beherrschung.

»Deswegen sitzen wir ja hier, um genau das zu besprechen.«

»Bist du irgendwie genervt?«, erkundigte sich Richie.

Die Frage traf Gisela so unvorbereitet, dass sie zu keiner Antwort fähig war.

»Ja, ich hab auch so das Gefühl«, sagte Erwin mit einem forschenden Blick zu Gisela. »Ist irgendwas?«

»Hast du Ärger mit dem Ludwig?« Schorschs Frage brachte das Fass zum Überlaufen. Mit Giselas Beherrschung war es auf einen Schlag vorbei.

»Ich weiß nicht, womit ich das verdient hab. Jahrelang habt ihr nix zu tun, dann werden wir mit einem Gewaltverbrechen konfrontiert, und alles, was euch dazu einfällt, ist, den einzigen Tatverdächtigen zu verprügeln. Es kann doch nicht wahr sein, dass in euren Köpfen nicht mehr steckt, als solche primitiven Vorschläge.«

Schorsch senkte betreten den Kopf, Erwin kratzte sich nachdenklich am Hinterkopf. Rosi kam, um die Teller abzuräumen.

»Also, wenn ihr mich fragt, dann solltet ihr euch mal den Hias genauer anschauen.« Sie senkte den Ton verschwörerisch. »Dass ein Mann so lange alleine lebt, ohne durchzudrehen, das geht doch gar nicht.«

»Der Hias? Der Saubauer?«, hakte Erwin nach. »Was hat jetzt der damit zu tun?«

»Mei, der ist doch notgeil wie ein Hirsch, und ich weiß, dass der mit seinen Säuen ... na, mehr will ich dazu nicht sagen.«

»Mehr brauchst auch nicht sagen, das glangt schon«, sagte Gisela schroff.

»Ich will's ja nur gesagt haben, nicht dass es nachher wieder heißt, ihr hättet keine Hinweise bekommen.« Sie wackelte beleidigt mit den Tellern davon.

»Die Rosi hat schon recht«, kam es vom Nebentisch. Dort saß Schwester Doris zusammen mit ihrem Mann Fritz bei einem französischen Frühstück. »So Männer wie der Hias, da schlummert unter der stummen Oberfläche oft ein wildes Untier.«

»Das schlummert in so manchem Mann«, ergänzte Gisela mit einem Seitenblick zu Fritz. Der biss mit hochrotem Kopf in sein Croissant.

»Der wollt mich mal vom Fahrrad ziehen«, sagte Doris. »Im Winter, als schon dunkel war.«

Von Erwin kam ein belustigtes Lachen. »Was will der denn mit dir?«

Doris schnappte empört nach Luft. Unter ihrem Blick fühlte sich Fritz genötigt, Erwin böse anzuschauen. »Na, jetzt aber.« Damit hatte er seine Schuldigkeit getan.

»Wo der Hias sonst nur von Säuen umgeben ist? Im Vergleich zu einer Sau hat sie schon was«, sinnierte Richie mit abschätzendem Blick auf Doris. Zum Glück sagte er

das so leise, dass es nur an Giselas Tisch zu verstehen war.
»Gehen wir, das wird heut eh nix mehr«, sagte Gisela resigniert. Es blieb ihr wohl nichts anderes übrig, als Lederer die Lösung des Falles zu überlassen.
Ihr Handy piepte. Auf dem Display erschien zu Giselas Überraschung ihre Festnetznummer. Jakob!
»Hallo?« Ihre Stimme zitterte in angstvoller Erwartung.
»Können Sie kommen?« Ionela schluchzte, so dass die Worte nur abgehackt zu Gisela durchdrangen.
»Was ist denn? Ist was mit Jakob?«
»Nein. Ich muss mit Ihnen reden. Unbedingt.«
»Ich bin gleich da.« Gisela drückte die rote Taste. Sie blickte in die fragenden Gesichter ihrer Mitarbeiter.
»Ionela. Ich muss schnell mal heim.«
Sie stand auf.
»Ich komm mit.« Richie erhob sich. »Was ist denn passiert?«
Gisela zuckte mit den Schultern. »Hat sie nicht gesagt.«
Schorsch und Erwin stemmten sich ebenfalls hoch.
»Gehen wir.«
»Ihr müsst nicht alle auf einmal mitkommen.«
»Trotzdem«, sagte Erwin.
Gisela lächelte leicht. Wenn es drauf ankam, konnte sie auf die Unterstützung ihrer Männer zählen.
Sie fanden Ionela vollkommen aufgelöst auf der Bank vor dem Haus vor. Richie wollte das Mädchen sofort tröstend umarmen, aber sie schob ihn sanft von sich.
»Es tut mir leid«, flüsterte sie.
Richie machte einen hilflosen Eindruck. Ionela wandte sich an Gisela. Tränen rannen ihr lautlos das Gesicht hinunter.

»Ich hab etwas Schlimmes getan, ich hab alles weitererzählt, was ich über den Fall weiß.«

»An wen?«

»An Ionel. Er war vor einer halben Stunde hier.«

Gisela war kurz überrascht, strich Ionela dann tröstend über den Oberarm.

»Viel kann das ja nicht gewesen sein.«

Ionela schaute zu Richie. Gisela folgte ihrem Blick. Ertappt verzog der die Mundwinkel. Gisela seufzte.

»Haben Sie ihm von Jana erzählt?«

Ionela nickte, die Tränen wurden dicker, begleitet von mehreren Schluchzern.

»Er weiß, dass wir ihn im Fadenkreuz haben?«

Ionela nickte erneut.

»Er hat gesagt, wenn ich was sage, bringt er mich um. Aber ... Sie ... waren so nett zu mir, ich kann das nicht.«

»Wieso ist der hierhergekommen?«, hakte Erwin, plötzlich ganz der Polizist, nach.

Ionela erzählte von ihrem Abend im Grünhardinger Wirtshaus, von Ionels Besuch, der Jakob anscheinend so erschüttert hatte, dass alle Hühner dran glauben mussten, und von ihrem schlechten Gewissen, so einen feinen Menschen wie Richie benutzt und ausgefragt zu haben. Dessen Blick war voller Gnade und Vergebung, er konnte diesem Engel nicht böse sein.

»So, den knöpfen wir uns jetzt vor«, sagte Gisela.

Ihre Männer sahen sie erstaunt an.

»Wenn der meint, der kann sich alles erlauben, hat er sich geschnitten.«

Schorsch und Erwin grinsten in freudiger Erwartung. Zusammen mit Gisela stiefelten sie zum Dienstwagen. Richie blieb zurück.

»Ihr kommt auch ohne mich aus, oder?«, sagte er.
»Logisch«, meinte Gisela. Ihr war es ganz recht, dass Richie sich um Ionela kümmerte. Die junge Frau brauchte jetzt jeden Trost, den sie nur kriegen konnte.
Die Fahrt zum Hof der Tomanovicis verlief in grimmiger Stille. Zorn und Wut steigerten sich mit jedem Kilometer und erfüllten die drei mit unbändigem Tatendrang. Als sie an der Haustür der Tomanovicis klingelte, vibrierte die Luft vor Energie.
Schorsch und Erwin hatten hinter Gisela Aufstellung genommen, ihre finsteren Mienen unterstrichen die Bedrohlichkeit. Schwere Schritte näherten sich der Tür, und als sie aufging, stand der Einäugige vor ihnen. Gisela verschlug es für einen Moment die Sprache. Die rechte Augenhöhle war ein Geflecht aus geschmolzener Haut und blassrosa Verwucherungen. Sie wirkte wie der knotige Aststumpf eines Baumes.
»Ja, bitte?« Die Stimme des Einäugigen war tief und sanft.
»Sind … sind Sie Ionel Tomanovici?«, sagte Gisela.
»Nein, ich bin sein Vater. Um was geht es denn?«
»Ist Ionel hier?«
»Ich habe schon vor vielen Jahren aufgehört, meinen Sohn zu überwachen«, sagte Vlad Tomanovici mit einer Nonchalance, die an Überheblichkeit grenzte.
»Wir haben den Hinweis erhalten, dass er eine junge Frau bedroht hat. Es wäre schön, wenn wir ihn dazu befragen könnten.«
»Ionel soll jemanden bedroht haben?« Vlad lachte kurz auf. »Dann kennen Sie meinen Sohn schlecht.«
»Ich kenn ihn gar nicht«, sagte Gisela trocken. »Deshalb wär's gut, wenn ich ihn jetzt mal sprechen könnte.«

Vlad öffnete die Tür weiter. »Wollen Sie warten?«
»Gerne.« Gisela betrat ohne zu zögern das stattliche Haus. Schorsch und Erwin folgten wie brave Kinder. Die Inneneinrichtung des Hauses war geschmackvoll und stilsicher. Bestimmt hatten die Tomanovicis einen Innenarchitekten beauftragt, dachte sich Gisela.
Vom hellen Flur aus zweigten mehrere Türen links und rechts ab. Alle standen offen und gewährten Einblick in den Luxus, der hier herrschte. Es gab ein Kaminzimmer mit einem Billardtisch, eine Bibliothek mit deckenhohen Regalen und einer Schiebeleiter, um auch an das entfernteste Buch zu kommen. Ein Badezimmer mit bambusverkleideten Wänden und einer Regendusche, die so groß war wie Giselas Büro. In einer Ecke war ein Jacuzzi eingelassen, darüber hing das gerahmte Gemälde einer nackten Frau. Auch im Wohnzimmer, das die Dimensionen eines Kinosaals hatte, hingen Gemälde nackter Frauen. Nicht anrüchig oder billig, sondern von einem Maler mit Gespür für das Wesen einer Frau. War die Frau im Badezimmer eher aufreizend erschienen, waren ihre Genossinnen im Wohnzimmer mal schüchtern, mal fordernd.
Schorsch wusste gar nicht, wo er hinschauen sollte, so verlegen machten ihn die Damen, die ihn von den Wänden anzustarren schienen. Vlad bot Kaffee und Tee an und verschwand in der Küche, während sich Gisela mit Schorsch und Erwin auf der langen Ledercouch niederließ. Schorsch fläzte sich in die Kuschelecke, bis Giselas tadelnder Blick ihn wieder an die Sitzkante zurückbeorderte.
Vlad kam mit einem Tablett zurück, darauf ein Samowar und eine Thermoskanne, sowie vier Tassen, Milch und Zucker.

»Etwas zum Knabbern dazu?«, erkundigte sich Vlad höflich.

Erwin und Gisela schüttelten den Kopf.

»Ja, gern«, sagte Schorsch, bevor er das Kopfschütteln registrierte. »Oder, doch nicht.« Er klopfte mit beiden Händen auf seinen Bauch. »Ich muss ein bisschen aufpassen.«

»Wieso? Sie stellen wenigstens was dar«, sagte Vlad. »Ich bin der Meinung, man sollte seine Bedürfnisse nicht unterdrücken. Ist nicht gut fürs Herz.«

»Das gilt aber wohl nicht für alle Bedürfnisse, oder?« Gisela nickte, als Vlad fragend auf den Samowar deutete. Er ließ Tee in eine fein verzierte Tasse fließen.

»Nur die grundlegenden«, sagte er. »Essen ist eines davon.«

Gisela nahm die Tasse, tat sich Zucker rein. Vlad schaute Erwin fragend an, der glotzte wie eine Kuh auf das kaputte Auge, bis Gisela ihn leicht anstupste. Er zuckte kurz zusammen. »Äh, Kaffee, ja.«

»Wen soll mein Sohn denn bedroht haben?«

Der Einäugige schenkte Erwin ein.

»Das darf ich Ihnen leider nicht sagen.«

Vlad füllte auch Schorsch Kaffee ein.

»Ihr Sohn und Sie … Sie sind die Geschäftsführer von dem Beautysalon in Grünharding, stimmt's?«, sagte Gisela.

»Stimmt«, antwortete der Rumäne.

»Wir haben eines der Mädchen tot im Wald aufgefunden.«

Vlad reichte Schorsch die Tasse, ohne dass es zum leisesten Klirren kam. Er hatte absolut ruhige Hände.

»Danijela, ich weiß. Das ist furchtbar und sehr traurig.«

Vlad lehnte sich in seinen Brokatsessel zurück, schlug die Beine übereinander.
»Ich hab mich schon gefragt, wann Sie endlich kommen würden.«
»Na ja, wir befragen Verdächtige erst, wenn die Indizienlage einigermaßen klar ist.«
»Und das ist sie jetzt?«
»Schon.«
»Das heißt, ich werde verdächtigt, Danijela umgebracht zu haben?«
»Das ist eine unserer Arbeitshypothesen.«
»Könnten Sie da näher ins Detail gehen?«
Gisela nahm einen Schluck Tee, schaute Vlad über den Rand der Tasse hinweg an. Er forderte sie heraus. Sie wollte wissen, wer sich hinter der Höflichkeit und den guten Umgangsformen verbarg. Sie wollte das Monster sehen, das Jana angedeutet hatte.
»Sie wurden in der Nähe des Tatorts gesehen.« Ein überraschender Satz, der Vlad kurz aus dem Gleichgewicht brachte. Sein gesundes Auge blinzelte, die Klarheit darin trübte sich ein, das überhebliche Lächeln um die Mundwinkel verschwand. All das nur im Hauch einer Millisekunde, aber für Gisela lang genug. Erwin und Richie hatten sich tatsächlich nicht getäuscht.
»Wo und wann soll das denn gewesen sein?« Er hatte seine Fassung wiedergewonnen und verschränkte die Hände entspannt hinter dem Kopf. Gisela nickte auffordernd zu Erwin. Der nahm sein Handy und zeigte Vlad das Foto, das er im Wald von ihm aufgenommen hatte.
»Sie … Sie sind da nicht weit entfernt vorbeispaziert«, sagte Erwin. Vlad runzelte die Stirn, ohne den Blick vom Display zu nehmen. »Das soll ich sein?«

»Sind Sie's?« Gisela legte eine Schärfe in ihre Stimme, die Erwin und Schorsch unwillkürlich die Köpfe einziehen ließ.
»Nein.« Vlad reichte das Handy zurück.
»Man sieht schön die blaue Windjacke und die braune Hose. Besitzen Sie so etwas?«
»Natürlich. Sogar in noch viel mehr Farben. Und Sie? Besitzen Sie auch so etwas?«
»Nicht in Blau«, antwortete Gisela.
»Aber ich«, ließ sich Schorsch leise vernehmen.
»Wir können dann ja deine Sachen ins Labor geben und die von Herrn Tomanovici. Am Tatort gibt es eine spezifische Zusammensetzung von Erdreich und Moosen, und wenn die an der Kleidung zu finden ist, kann man mit großer Sicherheit davon ausgehen, dass derjenige dort war.«
Gisela schoss ins Blaue hinein, sie hatte keinerlei Ahnung, wie die spezifische Zusammensetzung am Tatort war. Vlad lachte auf.
»Selbst wenn Sie das feststellen würden, wie wollen Sie wissen, wann ich dort vorbeigegangen bin?«
Zumindest räumte er ein, möglicherweise in der Nähe des Tatorts gewesen zu sein. Gisela stellte ihre Tasse zufrieden ab.
»Das ist für die Kriminaltechnik ein Klacks«, sagte sie. »Dürften wir die Kleidungsstücke mitnehmen?«
Vlad musterte Gisela lange.
»Ich würde Ihnen da gerne weiterhelfen, aber ich habe die Sachen gerade gestern gespendet.«
»Wem denn?«
»Einer Firma, die Kleidung, Schuhe und Fahrräder nach Rumänien bringt.«

»Wie die Firma heißt …?« Gisela zog fragend die Augenbrauen hoch.
Vlad streckte ratlos die Arme in die Luft, zog eine bedauernde Miene. Gisela nickte verständnisvoll.
»Wer verwaltet eigentlich die Arbeitserlaubnis Ihrer Angestellten?«
»Ich.« Vlad stand auf, öffnete die Schublade eines antiken Schreibtisches und kam mit einem Ordner zurück, in dem fein säuberlich die einzelnen Genehmigungen in Klarsichthüllen steckten. Gisela und Erwin schauten den Ordner durch, Schorsch knabberte nervös an seiner Unterlippe.
»Ähm, könnt ich bei Ihnen aufs Klo?«
»Selbstverständlich.« Vlad deutete zur Tür. »Links und die letzte Tür rechts.«
Schorsch wuchtete sich hoch, dampfte aus dem Wohnzimmer.
Gisela hatte die Arbeitserlaubnis von Jana erreicht. Wie bei allen anderen war auch hier der Pass in der Klarsichthülle. Gisela nahm den Pass heraus, blätterte ihn auf. Das Passfoto war zwar etwas älter, nichtsdestotrotz war Jana gut zu erkennen. Ihrem Geburtsdatum nach war sie zwanzig.
»Alles gut?«, fragte Vlad.
»Soweit ich sehen kann, schon«, sagte Gisela. Sie steckte den Pass zurück in die Hülle.
»Noch Tee?« Vlad deutete auf Giselas Tasse.
Sie schüttelte den Kopf. Plötzlich rumste es laut, als wäre irgendwo im Haus ein Möbelstück umgefallen. Kurz darauf waren wütende Schreie zu hören. Alle sprangen auf, rannten in den Flur. Wieder ein Krachen, jetzt war deutlich zu hören, dass jemand etwas in einer fremd-

ländischen Sprache schrie. Ein dumpfes »Du Drecksau« vermischte sich mit der Zorntirade.
»Das ist der Schorsch«, sagte Erwin und rannte los, die Treppe hoch zur Quelle des Tumults. Gisela und Vlad eilten hinterher. Im ersten Stock erwartete Erwin ein mit alten Wandgemälden verzierter Gang, an dessen Ende ein Mosaikfenster das Sonnenlicht in schillernde Farben brach. Erwin stoppte kurz, um zu hören, woher der Lärm kam, und im gleichen Moment zerbarst eine der liebevoll renovierten Zimmertüren, und ein Knäuel aus zwei Männern stürzte in den Gang. Einer der Männer war Schorsch, der andere Ionel. Sie hatten sich so ineinander verkeilt, dass die Bewegungsfreiheit ihrer Fäuste sehr begrenzt war. Erwin sah auf den ersten Blick, dass Ionel eine tollwütige Energie in sich hatte, der Schorsch nicht lange standhalten würde. Kurzerhand packte Erwin den Rumänen an Haaren und Ohren, um ihn von Schorsch wegzuziehen. Ionel drosch blindlings nach dem neuen Gegner und erwischte Erwin hart am Kinn. Erwin setzte sich verdutzt auf seinen Hosenboden. Heißer Zorn hievte ihn wieder auf die Füße, und er attackierte Ionel mit gezielten Boxhieben in Nieren und Leber. Ionel schrie gepeinigt auf, ließ von Schorsch ab, rollte sich zusammengekrümmt weg. Erwin blieb dran, zwei Haken linksrechts in Ionels Gesicht und ein letzter Faustst0ß gegen den Solarplexus. Ionel saugte die Luft hörbar ein, seine Augen weiteten sich, Überraschung stand ihm ins Gesicht geschrieben, dass ein untersetzter Kerl in Uniform ihn so schnell ausgeknockt hatte. Dann verdrehte er die Augen und sein Kopf kippte zur Seite. Schwer atmend stand Erwin über Ionel, beide Hände abwartend zu Fäusten geballt, doch der Rumäne bewegte sich nicht mehr.

Gisela stürzte zu Schorsch, der sich erschöpft an die Wand lehnte, sein Gesicht blutverschmiert. Offensichtlich war seine Nase gebrochen, denn sie war unnatürlich groß und schief. Gisela holte ein Taschentuch heraus und tupfte das Blut weg. Schorsch zuckte kurz unter dem Schmerz zusammen, ließ Gisela aber machen. Sie hielt das Taschentuch unter Schorschs Nase, aus der das Blut weiterhin herausschoss.
Erwin schaute zu Vlad, der vollkommen versteinert am Treppenabsatz stand.
»Das ist er, oder? Ihr Sohn?«
Vlad antwortete nicht. Gisela erhob sich.
»Ich denk, wir erledigen alles Weitere auf der Wache.«
Sie half Schorsch hoch, der das Taschentuch gegen seine Nase gedrückt hielt, und stützte ihn beim Hinuntergehen. Erwin legte Ionel Handschellen an. Als die eingerastet waren, tätschelte er unsanft Ionels Gesicht, um ihn wieder ins Bewusstsein zurückzuholen. Tatsächlich stöhnte Ionel bald und drehte seinen Kopf, öffnete träge die Augen. Erwin grinste ihn an.
»Ich hoff, du kannst gehen, Bürscherl, weil tragen tu ich dich nicht.«

Schwester Doris verarztete Schorschs Nase. Mit einem raschen Druck, der von einem leisen Knirschen und einem lauten Schrei Schorschs begleitet wurde, rückte sie die Nase wieder gerade.
»Jetzt hab dich nicht so, ist ja betäubt.«
»Die Nase schon, aber meine Ohren nicht.«
Zwei Nasentamponaden steckten in seinen Nasenlöchern, um die Blutung zu stoppen. Schwester Doris gab

ihm noch eine Packung davon zum Wechseln, bevor sie sich auf den Weg machte. Erwin saß auf dem Schreibtisch und schlenkerte mit den Beinen.

»Danke«, sagte Schorsch zu Erwin und befühlte vorsichtig seine Nase. Der winkte ab.

»Passt schon.«

Die Tür zu Giselas Büro öffnete sich.

»Kommst du?« Gisela winkte Schorsch zu sich. »Und du schaust, ob du den Richie mit seiner Begleitung herbringen kannst«, sagte sie an Erwin gewandt.

Der rutschte folgsam vom Schreibtisch, während Schorsch Giselas Büro betrat. Dort saßen Vlad und Ionel, Letzterer mit mehreren Blutergüssen und Abschürfungen im Gesicht. Schorsch schenkte Vater und Sohn einen flüchtigen Blick und hockte sich auf den Stuhl, den Gisela ihm zuwies. Sie selbst lehnte sich ans Fensterbrett, war im hereinfallenden Sonnenlicht nur als Silhouette erkennbar.

»So, dann möchte ich jetzt gerne deine Version der Geschichte hören.«

Schorsch räusperte sich, leckte sich die Lippen und erzählte, was in dem Haus der Tomanovicis vorgefallen war. Er vermied dabei jeglichen Augenkontakt mit den beiden Rumänen.

»Also, ich … ich bin hoch in der ersten Stock, weil ich dachte mir, dass oben bestimmt das Schlafzimmer ist.«

»Aber du wolltest aufs Klo?«, sagte Gisela.

Schorsch grinste, zuckte zusammen, weil das seiner Nase gar nicht gut bekam.

»Ja, hab ich gesagt, aber ich wollt doch nach den Klamotten schauen.«

»Von dem Herrn Vlad Tomanovici?«

»Mhm. Ich mein, wenn ich die gefunden hätt, wär ja klar gewesen, dass er gelogen hat. Oder?«

Gisela ignorierte Schorschs unsicheren Blick.

»Du bist also hoch … und dann?«

»Dann bin ich ins erste Zimmer. Das war so eine Art Zelle, also relativ klein, die Wände alle mit so Schaumstoff tapeziert, und das Fenster war auch mit einer Eisenplatte zugemacht. Ich hab mir gedacht, dass da drin keine Klamotten sind, und bin weiter zur nächsten Tür.«

Seine Augen huschten über die Tomanovicis, die Schorsch gelassen zuhörten.

»Das war ein Schlafzimmer, mit einer Badewanne im Boden, hab ich ja noch nie gesehen so was. Und da saß der da«, er deutete auf Ionel, »auf dem Bett und hat Fernsehen geschaut. Eine Kochsendung, glaub ich.«

»Und er hat dich gesehen.« Es war mehr eine Feststellung als eine Frage. Schorsch nickte.

»Der ist raus aus dem Bett und sofort auf mich los. Ich hab gar keine Chance gehabt, irgendwas zu sagen. Der ist volle Kanne in mich rein.« Schorsch zuckte mit den Schultern. »So war das.«

Gisela nahm Ionel ins Visier.

»Das deckt sich jetzt nicht hundertprozentig mit Ihrer Aussage.«

Ionel verzog seine angeschwollenen Lippen zu einem unförmigen Lächeln.

»Tja, aber wer sagt die Wahrheit. Niemand von Ihnen war dabei.«

»Das ist im Augenblick zweitrangig. Tatsache ist, dass Sie einen Polizeibeamten tätlich angegriffen haben, wofür ich Sie festnehme.«

Ionel lachte auf, schaute zu seinem Vater.
»Tun Sie das nicht, Gnädigste«, sagte Vlad mit leiser Stimme.
Gisela hatte es gefressen, wenn Sie einer so blöd anredete.
»Genau das werd ich aber tun, Gnädigster. Ihr guter Herr Sohn kommt jetzt erst mal nach Straubing, dort wird er dem Haftrichter vorgeführt, und der wird aufgrund Ihrer Aussage und der meines Kollegen entscheiden, ob der Herr Sohn bis auf weiteres in Haft bleibt.«
»Das können Sie nicht machen, das ist lächerlich!« Ionel sprang so heftig auf, dass sein Stuhl nach hinten gegen die Wand rutschte. Er deutete anklagend auf Schorsch. »Er kommt ungefragt in mein Zimmer, Sie hatten keinerlei Befugnis dazu. Wir könnten Sie genauso gut wegen Hausfriedensbruch anzeigen.«
»Das bleibt Ihnen unbenommen«, erwiderte Gisela kühl. Sie bedachte Schorsch mit einem kurzen Seitenblick. »Und sollten die Ermittlungen ergeben, dass mein Kollege gegen die Vorschriften gehandelt hat, dann wird das sicher Konsequenzen für ihn haben.«
»Konsequenzen, klar.« Ionel deutete auf sein Gesicht. »Und der andere, der kann sich gleich warm anziehen, das regle ich ohne Gericht.«
Vlad zupfte maßregelnd an Ionels Ärmel. Der aufgebrachte Rumäne setzte sich widerwillig.
»Hören Sie, Frau Polizistin …«, Vlad gab sich Mühe, charmant zu klingen, aber sein kühler Blick untergrub das, »… wieso vergessen wir das Ganze nicht, im Grunde hat keiner wirklich einen Schaden erlitten.« Er deutete auf Ionel. »Die Zeit heilt alle Wunden, sagt man doch so schön, und wieso sollen wir uns gegenseitig mit Anzei-

gen und Anklagen überziehen? Das bringt doch nur Ärger.«

»Genau den will ich ja«, sagte Gisela fest. »Sie scheinen vergessen zu haben, weshalb wir bei Ihnen waren.«

Vlad erwiderte Giselas Blick. Er atmete tief durch, stemmte sich aus seinem Stuhl hoch. Kurz sank sein Kinn auf die Brust. Als er den Kopf wieder hob, rieselte Gisela die Gänsehaut das Rückgrat hinunter. Vlads gesundes Auge wurde feuerrot, als er sprach.

»Sie hätten sich nicht mit mir anlegen sollen, Frau Polizistin. Jetzt wird das Ganze wohl böse enden.«

Gisela streckte ihr Kinn kampfeslustig vor.

»Wollen Sie mir drohen?«

»Nicht drohen. Warnen.«

Jede Falte in dem kantigen Gesicht schien wie mit dem Rasiermesser eingraviert, die Nase wirkte wie der Schnabel eines Adlers, die schmalen Lippen bewegten sich beim Reden kaum. All das war bedrohlich, wirklich erschreckend war jedoch das kaputte Auge, dessen Geschwulst sich zu regen schien, während das gesunde Gisela mit einer Schärfe anblitzte, als wollte es ihr die Kehle aufschlitzen. Bei den nächsten Worten vermeinte Gisela sogar, lange, spitze Fangzähne aufblitzen zu sehen.

»Kehren Sie um, bevor Sie in das dunkle Tal schreiten und dort verlorengehen.«

Gisela verdrängte die Angst vor diesem Mann und zwang sich, dem Blick standzuhalten.

»An Ihnen ist ein Priester verlorengegangen. Vielleicht sollten Sie Ihre Berufswahl überdenken.«

Gisela spürte Vlads Fangzähne schon an ihrem Hals, denn der Rumäne beugte sich nach vorne. Seine Nasenflügel blähten sich, als wollte er Giselas Geruch aufnehmen. Schließlich drehte er sich um und verließ grußlos das Büro. Kein Blick zu seinem Sohn, der sich daran nicht im Geringsten zu stören schien. Ganz im Gegenteil, er wirkte ruhiger und selbstgefälliger als zuvor. Er vertraute darauf, dass den Worten seines Vaters Taten folgen würden.

Erwin lugte durch die offene Tür herein.

»Bin wieder da.«

»Der Richie auch?«

»Ja.«

»Gut. Ihr zwei bringt's den Herrn hier nach Straubing zum Lederer.« Sie reichte Erwin die Aussage Ionels. »Der Schorsch fährt mit, der soll seine Aussage direkt vor Ort abgeben.«

Erwin schaute erst auf Ionel, dann zu Schorsch. Er wandte sich an Gisela.

»Sollen die auseinander sitzen?«

»Wär vielleicht besser, ja.«

Erwin nickte zufrieden, bedeutete Ionel aufzustehen.

»Pack mas.«

Gisela begleitete ihre drei Männer zum Streifenwagen. Ionel der bereits Handschellen verpasst bekommen hatte, ließ es wiederstandslos über sich ergehen. Kaum war der Streifenwagen um die Ecke verschwunden, trat Ionela aus ihrem Versteck. Sie hatte neben dem Gebäude den Abtransport Ionels beobachtet. Hinter ihr tauchte Jakob auf.

»Mei, Papa, was machst denn du da?«

»Ich pass auf die Ionela auf.« Seine Stimme und sein Blick zeigten, dass er einen seiner klaren Momente hatte. Ionela und Jakob traten näher.

»Hat er gestanden?« Ionela war voller Bangen und Hoffen.
Gisela schüttelte den Kopf.
»Noch nicht. Aber zumindest hat der Lederer ihn schon mal, und so wie ich den kenne, verbeißt sich der in seine Wadln.«

Zunächst war Lederer verwirrt und verwundert, als die Truppe aus Niedernussdorf mit dem Rumänen in sein Büro platzte. Bis auf Richie sahen alle drei aus, als kämen sie direkt von einer Wirtshausschlägerei. Schorsch hatte vergessen, seine Nasentamponade zu entfernen. Seine Kollegen hatten ihn nicht darauf aufmerksam gemacht, für sie war es ein Spaß, den Dicken damit rumlaufen zu sehen.
Lederer war in dieser Sache absolut humorfrei. Er quittierte den Empfang Ionels, ließ Schorschs Aussage zu Protokoll nehmen und war froh, das Dummtrio wieder los zu sein. Mit größtmöglicher Akribie bereitete er sich auf die Vernehmung des Rumänen vor. Das höchste Glücksgefühl wäre, wenn er seinen Gegner zu einem Fehler oder gar einem Geständnis bewegen könnte. Das würde ihm eine Kerbe mehr im Kampf gegen das Verbrechen einbringen.
Ein Powerschläfchen, zwei Vitamintrünke und drei Guaranabonbons später saß Lederer Ionel in seinem nüchtern eingerichteten Büro gegenüber. Alles war aus Aluminium, Stahl und Blech, eine antiseptische Ausstattung, die Lederer das Gefühl gab, ein Chirurg zu sein, der der Gesellschaft ein Karzinom mit Präzision herausschnitt. Das Karzinom, das im Augenblick vor ihm saß,

gab leider kein Wort von sich, egal, welche Strategie der Hauptkommissar anwandte.
Die Verärgerung, die in Lederer köchelte, wurde zur brodelnden Suppe, als ein smarter Strafverteidiger im Büro auftauchte und die Zügel in die Hand nahm. Der Schnösel, der bestimmt fünf Jahre jünger als Lederer war, machte deutlich, dass es keinerlei Handhabe gebe, Ionel über Nacht dazubehalten. Auch wenn Danijela in dem Etablissement gearbeitet hatte, das Ionel und sein Vater führten, war das noch lange kein Beweis, dass er mit dem Mord an der jungen Frau etwas zu tun hatte. Auch das Branding des Namens konnte man durchaus als Liebesbeweis interpretieren, wenn man nicht gerade versuchen musste, der Staatsanwaltschaft einen unschuldigen Mann als Täter zu präsentieren. In der Schlägerei hingegen habe Ionel seine Aussage gemacht, er gestehe seinen Fehler ein, der allerdings aufgrund der illegalen Vorgehensweise der Niedernussdorfer Polizei absolut verzeihlich sei. Kein Richter der Welt würde hierin einen Grund sehen, Ionel auch nur kurzzeitig festzuhalten.
Lederer wusste leider, dass der Rechtsanwaltsschnösel alle Trümpfe in der Hand hatte. Er sah nur eine Möglichkeit, dem zu begegnen: Entweder er bluffte, oder er zog seine Herz-Sau aus dem Ärmel. Das würde ihn zwar ein großes Opfer kosten, aber dieses schleimige Pack auszubooten war den Einsatz wert.
»Dann lassen wir das doch den Haftrichter entscheiden«, meinte er versöhnlich zu dem Lackmeier. Er schaute auf seine Armbanduhr. »Ich werd für 15 Uhr einen Termin vereinbaren. Einverstanden?«
Der Strafverteidiger bedankte sich für die Kooperations-

bereitschaft und verabschiedete sich vorerst. Ionel wurde von einem Uniformierten in eine Zelle gebracht, kaum war die Bürotür zu, griff Lederer zum Telefon. Ungeduldig wartete er, bis das Freizeichen von einer weiblichen Stimme abgelöst wurde.

»Susanne Killer.« Die Gesprächspartnerin klang, als habe man ihre Stimmbänder mehrmals über ein Reibeisen gezogen. Lederer wusste, die rauhe Färbung kam von zu vielen Zigaretten, zu viel Alkohol und zu wenig Schlaf.

»Karl«, meldete sich Lederer.

»Das Karlchen. Dass du mich noch mal anrufst. Brauchst wieder einen Gefallen?«

Er könnte jetzt auflegen, dann würde er um die Konsequenzen seines Anrufs herumkommen. Sein Gerechtigkeitssinn siegte. Lederer holte tief Luft und ließ sie mit dem nächsten Satz entweichen.

»Ja, schon.«

»Um wen geht's denn diesmal?«

Lederer erläuterte seiner Gesprächspartnerin die Umstände des vorliegenden Falles. Nachdem er das Versprechen abgegeben hatte, sich zu den seit ehedem gültigen Bedingungen mit ihr zu treffen, bekam er grünes Licht.

»Dann sehen wir uns heute Abend um neun. Und zieh was Schickes drunter, ich bin voll auf Entzug.«

Sie lachte kehlig und verabschiedete sich von ihrem Karlchen. Der legte seufzend auf. Was tat man nicht alles im Krieg gegen das Verbrechen.

Ionel und sein geschleckter Anwalt waren vollkommen überrascht, als die Haftrichterin Dr. Dr. Susanne Killer nach eingehender Prüfung der Unterlagen eine vorläufige Untersuchungshaft anordnete. Die lautstarken und unflätigen Proteste Ionels trugen ihm zusätzlich ein Buß-

geld wegen Beleidigung ein. Der Anwaltsschnösel versuchte mit soliden Argumenten gegen den Beschluss anzugehen, blitzte jedoch eiskalt ab. Die knapp sechzigjährige Richterin mit dem weißen, wallenden Haar und den verschmitzten Augen im faltigen Gesicht ließ ihn wissen, dass sie in ihrer dreißigjährigen Laufbahn genügend Erfahrung gesammelt habe, um die Haft aufgrund der vorliegenden Aktenlage zu rechtfertigen. Ionels Anwalt bäumte sich noch einmal mit der Forderung auf, einen anderen Richter mit der Sache zu betrauen, fuhr sich aber nur den dürftigen Hinweis ein, dass der Herr Kollege auf Dienstreise sei. Daraufhin packte er seine Unterlagen zusammen und versprach Ionel, an höherer Stelle wegen dieser Ungerechtigkeit vorstellig zu werden.
Ionel verabschiedete sich mit dem Stinkefinger von Lederer, der dem ganzen Vorgang mit einem gelassenen Lächeln gefolgt war. Das frivole Augenzwinkern der Richterin erinnerte ihn daran, was ihn am Abend erwartete. Er beschloss, möglichst viel Rotwein zu trinken, vielleicht würde seine Manneskraft dann im entscheidenden Augenblick den Dienst versagen. Aber so wie er Susanne Killer kannte, würde sie mit vollem Körpereinsatz versuchen, die Fahne doch noch zu hissen.

Es tat gut, Jakob auf Augenhöhe begegnen zu können. Nach Dienstschluss ging Gisela mit ihm und Ionela in den Wilden Bock. Es war Freitagabend und das Wirtshaus gut besucht. Giselas drei Männer saßen am Tisch mit Schorschs Vater Franz sowie dem Lehrer Siebert. Die gebrochene Nase stand im Mittelpunkt des allgemeinen Interesses, jeder wusste inzwischen von dem Kampf in

Grünharding. Und jeder war stolz auf die Jungs, die es denen da drüben gezeigt hatten. Franz Kramer, der sonst immer an seinem Sohn herumnörgelte und ihn für einen verzogenen Waschlappen hielt, bemühte sich besonders eifrig, jedes Detail aus Schorsch herauszupressen. Dem war das zuerst unangenehm, normalerweise stand er nur im Mittelpunkt, wenn er verarscht wurde, doch das Freibier löste seine Zunge und ließ ihn die Erzählung mit ein paar blutigen Details ausschmücken. So gut hatte er sich schon lange nicht mehr gefühlt.
Als Richie Ionela hereinkommen sah, leuchteten seine Augen auf. Er bot ihr seinen vorgewärmten Platz an und drängte Erwin auf einen anderen Stuhl, der dies mit einem finsteren Blick quittierte und mit dem leeren Glas nach der Bedienung winkte. Alle am Tisch rückten zusammen, damit auch Gisela und Jakob sich dazusetzen konnten.
Die Niedernussdorfer an den anderen Tischen schauten nicht nur neugierig herüber, sie sparten auch nicht mit Kommentaren zu dem liederlichen Geschäft, das dieser Ionel und sein Vater betrieben. Es waren vor allem die Frauen, die sich darüber ausließen, manche Männer hingegen waren auffallend einsilbig und wichen Giselas Blick aus. Sie machte sich keine Illusionen, dass diese Männer ihren Ehefrauen von den amourösen Eskapaden erzählt hatten. Hier galt die Regel, etwas erst zuzugeben, wenn die Beweise erdrückend waren. Ansonsten hieß es, Maul halten.
Gisela aber war das im Augenblick egal, sie war zufrieden, dass Ionel in U-Haft war, und sie genoss die Nähe ihres Vaters, der mit seinen gleichaltrigen Freunden ratschte und lachte. Sie sah, wie Richie unter dem Tisch

heimlich Ionelas Hand hielt, und plötzlich sehnte sie sich so sehr nach Ludwig, dass sie meinte, ihn herbeigewünscht zu haben, denn in diesem Augenblick steuerte er auf sie zu.

»Mein kleiner Kartoffelkäfer.« Ludwig trat freudestrahlend zu ihr.

»Ludwig. Was machst du denn schon da?«

Er küsste sie.

»Wochenendseminar ist abgesagt. Die Referenten waren gestern alle beim gemeinsamen Abendessen, und jetzt haben sie ausnahmslos Durchfall. Scheißvirus.«

»Ich find den super.« Sie grinste.

Ludwig nahm sich einen freien Stuhl und drückte sich an Giselas Seite. Was brauchte man mehr, um glücklich zu sein?

»Vielleicht sollten wir's doch offiziell machen.«

Ludwig drehte seinen Kopf zu Gisela.

»Das mit unserer … Verehelichung«, fügte sie an.

»Auf einmal?« Er strich mit den Fingern eine Strähne aus ihrem Gesicht.

»Ich hab keine Angst mehr.« Gisela rückte näher an Ludwig heran. Der Lattenrost knarzte bedenklich. Demnächst würde sie ein größeres Bett kaufen, das schwor sie sich. Und eine durchgehende Matratze. Eine richtige Spielwiese sollte das sein.

»Hast du Angst vor mir gehabt?«

»Depp. Nicht vor dir. Vor dem Image.«

Ludwigs Stirn rutschte in Falten.

»Na ja, heiraten ist doch ziemlich altmodisch. Muss man ja heute nicht mehr unbedingt.«

»Was meinst du denn mit Image?«
»Dass ich brav geworden bin.« Es war ihr peinlich, das so zu sagen. »Ich wollt halt nie so sein wie die anderen.«
»Du bist überhaupt nicht wie die anderen, da kannst du noch so oft heiraten.« Ludwig knabberte an ihrem Ohrläppchen.
»Öfters als einmal will ich ja gar nicht.« Sie drückte Ludwig einen Kuss auf die Lippen.
»Und ich muss auch gar nicht. Überleg's dir einfach noch mal.«
Gisela nickte, legte ihren Arm um Ludwig und machte die Augen zu.

Eine ähnliche Position hatten Richie und Ionela eingenommen. Er lag hinter ihr in der Löffelchenstellung, sein Arm ruhte auf ihrer Taille. Richie schlief tief, Ionela hatte die Augen offen, beobachtete den Vorhang, der im leichten Nachtwind tanzte. Der Traumfänger, der über Richies Bett hing, drehte sich sachte von links nach rechts, von rechts nach links. Er fing die bösen Träume ein und beschützte den Schläfer unter sich.
Ein quietschendes Geräusch ließ Ionela den Atem anhalten. Sie hob leicht den Kopf, um besser zu hören. Nichts. Sie legte ihren Kopf zurück auf das Kissen, ihr Atem ging weiterhin flach. Der Vorhang hörte auf zu tanzen. Reglos wie ein Totenlaken hing er an der Gardinenstange. Sie wartete darauf, dass sie das Geräusch wieder hörte, dass der Vorhang erneut zu tanzen anfing. Nichts. Sie hatte Angst zu blinzeln, hinter ihren Augen brannte es. Ein paar Minuten lang lag sie so da, doch außer Richies gleichmäßigem Atmen blieb es still. Ionelas Muskeln

entspannten sich langsam, ihre kleinen Fäuste lösten sich. Eine Hand schob sie unter das Kissen, die andere verschränkte sich mit Richies. Sie schlief ein.

Die Morgensonne schien ihnen ins Gesicht. Richie öffnete ein Auge, steckte seine Nase in die blonde Mähne vor sich, saugte Ionelas Duft tief ein. Seine Finger waren mit den ihren verschränkt. Die ganze Nacht hatte er in derselben Position gelegen und sie ebenso. Jetzt musste er dringend aufs Klo. Vorsichtig löste er seine Finger aus der kalten Hand Ionelas, rutschte rückwärts aus dem Bett und schlich zum Badezimmer. Der Wandspiegel zeigte Richie sein zerknautschtes Gesicht und den lilablauen Knutschfleck an seinem Hals. Süße Erinnerungen an die vergangene Nacht.

Ionela schlief immer noch, als Richie ins Schlafzimmer zurückkam. Leise rutschte er hinter sie und küsste ihre Schulter. Keine Reaktion. Richie küsste sie noch einmal, stutzte. Sie atmete nicht. Richie rüttelte sie sanft an der Schulter.

»Ionela?«

Er drehte sie auf den Rücken, ihre Augen blieben geschlossen, ihr Gesicht war grau wie ein Herbsttag. Richie war zu keiner Bewegung fähig. Sein Gehirn war von der Situation überfordert und konnte keinerlei Befehle an irgendeine Stelle im Körper schicken. Es dauerte Minuten, bis sich diese Blockade wie zäher Schleim auflöste.

Er rief Gisela an. Zehn Minuten später war sie in Richies Wohnung und besah sich die tote Rumänin. Nirgends waren Spuren zu sehen, die auf einen unnatürlichen Tod schließen ließen. Trotzdem hatte Gisela das Gefühl, dass eine Kraft von außen der jungen Frau das Leben geraubt hatte.

»Hat sie über irgendwas geklagt, bevor sie eingeschlafen ist?«

Richie lehnte geschwächt an der Wand, immer noch in Unterwäsche. Er schüttelte den Kopf.

»Kann es sein, dass jemand in der Wohnung war?«

»Wie denn?« Die Worte sickerten aus Richies Mund. Sein Blick hing an Ionela, die friedlich zu schlafen schien.

»Ihr sperrt unten doch nicht ab, oder?«

»Nein.«

»Und deine Wohnungstür auch nicht?«

»Nein.«

»Also könnte jemand, der geübt ist, durchaus hier reingekommen sein.«

»Das hätt ich doch gemerkt.«

»Wenn du schläfst, dann schläfst du, das weißt du doch.«

Richie seufzte. Er war einmal während einer Verkehrskontrolle im Streifenwagen eingeschlafen und nicht einmal aufgewacht, als es direkt vor ihm einen Auffahrunfall gegeben hatte.

»Wieso glaubst du, dass sie nicht einfach ... eingeschlafen ist?«

Gisela zögerte lange mit einer Antwort. Sollte sie Richie von Vlads Drohung erzählen? Hatte er sie nicht gewarnt, sich mit ihm anzulegen? Wenn Ionelas Tod eine Warnung war, müsste Vlad einen Hinweis hinterlassen haben. An dem Mädchen hatte Gisela nichts entdeckt. Sie schaute sich in dem Zimmer um.

»Ist hier irgendwas anders als sonst?«

Richie kniff verwirrt ein Auge zu. Er verstand den Sinn der Frage nicht.

»Ich suche nach einem Hinweis, ob tatsächlich jemand hier drin war.«

Richie ließ seinen Blick schweifen. Alles wirkte vertraut, alles war an seinem Platz. Die Poster von Rockbands an der Wand, der Berg dreckiger Wäsche in einer Ecke, der unlackierte Kleiderschrank von IKEA, die von Michael Schenker autografierte E-Gitarre an der Wand, das Schlafsofa mit der toten Ionela – der fehlende Traumfänger. Richies Augen wurden groß. Der Haken steckte verwaist in der Decke. Richie deutete darauf. Giselas Blick folgte dem Finger.

Lederer ließ Ionelas Leiche zur Rechtsmedizin nach München bringen. Eine Obduktion sollte ergeben, wie die Rumänin ums Leben gekommen war. Für Gisela war klar, dass nur Vlad der Täter sein konnte.

»Das ist Ihre Mutmaßung, und eine ziemlich wilde noch dazu«, meinte Lederer, als Gisela ihm ihren Verdacht auseinandersetzte. »Haben Sie dafür irgendeinen Hinweis? Einen klitzekleinen?«

»Natürlich nicht. Nur die Drohung des Herrn Tomanovici.«

»Was offiziell ja keine Drohung war, sondern eine Warnung.«

»Ist doch wurscht, wie man's nennt, er hat jedenfalls angedeutet, was passieren wird.«

»Hat er konkret angedeutet, dass er Ionela umbringen wird?« Lederer fixierte sie mit klaren Augen. Gisela schnaubte.

»Was fragen Sie denn so blöd, wenn Sie genau wissen, dass er das nicht gemacht hat.«

»Ich stelle nur die Frage, die auch ein Richter stellen wird, wenn es darum geht, einen Haftbefehl gegen den beschuldigten Herrn zu erlassen.«

»Also machen wir nix?«

»Wir können leider nichts machen, Frau Kollegin.«

»Also kommt die Drecksau davon?« Gisela machte die kühle Ruhe Lederers wütend.

»Wir haben immerhin seinen Sohn, und die KT arbeitet unter Hochdruck daran, seine DNA an Danijelas Leiche zu finden.«

»Soll ich mich freuen, dass wir eine Sau haben, die größere Sau aber weiter frei rumläuft?«

»Frau Wegmeyer, wenn Sie sich aufregen, bringt uns das keinen Schritt weiter. Im Gegenteil, Ihre Urteilsfähigkeit wird nur herabgesetzt und vernebelt Ihren Blick auf den vorliegenden Fall.«

Gisela wollte Lederer auf der Stelle das Gesicht zerkratzen.

»Haben Sie sich zum Beispiel gefragt, warum er Ionela hätte umbringen sollen.«

»Als Warnung, wieso denn sonst?«

»Genau. Wieso denn sonst?« Lederer tigerte in Giselas engem Büro mit hinter dem Rücken verschränkten Händen auf und ab, schaute konzentriert auf den Boden, als würde auf dem dreckigen Linoleum die Antwort auf diese Frage liegen.

»Eine Warnung beinhaltet immer das Wörtchen *sonst*. Hör auf zu kippeln, sonst gehst du ohne Essen ins Bett. Legen Sie die Waffe weg, sonst erschieß ich Sie.«

Lederer sprach mehr mit sich selbst als mit Gisela.

»Hören Sie auf mit dadada, sonst bring ich noch mehr Leute um.« Lederer schürzte die Lippen, und schritt dann mit gemessenen Schritten vom Fenster zur Tür und zurück.

»Dadada machen wir doch gar nicht«, sagte Gisela. »Ich mein, wir sitzen doch eh nur auf unseren Händen rum und warten, dass von irgendwoher ein Hinweis kommt …«

Lederers Zeigefinger schoss in die Höhe. Er schaute Gisela dabei nicht an, sondern nur den Boden. Seine Kombinationsfähigkeit konnte gerade keine Störung gebrauchen.

»Vielleicht ist *Hören Sie auf* die falsche Conditio.«

Er summte nachdenklich vor sich hin. Gisela lehnte sich grummelnd in ihrem Stuhl zurück. Jetzt benutzte der auch noch Fremdwörter. Sie kam sich ausgeschlossen vor, was ihre Verstimmung gegenüber Lederer nur verstärkte.

»Wenn Sie das und das machen oder nicht machen, dann …« Er war so versunken in seine Gedankenkette, dass er gar nicht bemerkte, als Gisela das Büro verließ. Sie durchquerte die Wache, wo sich Erwin und Schorsch rührend um den völlig vernichteten Richie kümmerten. Dessen Augen waren blutunterlaufen, der Blick starr geradeaus gerichtet. Schorsch hielt ihm eine Butterbreze vor die Lippen. Richie nahm einen kleinen Bissen, Erwin flößte ihm vorsichtig Kaffee aus einer großen Tasse ein, wischte mit einer Serviette Tropfen ab, die Richie das Kinn runterliefen.

»Wo gehst du denn hin?«, fragte Schorsch zaghaft.

»Zum Teufel«, war Giselas Antwort. Sie warf einen besorgten Blick auf den apathischen Richie. »Ich hoff, ihr kriegt den wieder hin, bis ich zurück bin.«

»Wir machen das schon«, sagte Schorsch zuversichtlich.

Er klopfte seinem sabbernden Kollegen aufmunternd auf die Schulter. Richie kippte wie ein gefällter Baum nach vorne. Erwin fing ihn gerade noch auf, bevor er vom Stuhl fiel.
Gisela pustete ratlos Luft aus. »Ihr macht das schon«, sagte sie und eilte aus der Dienststube.

Vlad saß vor dem Bauernhof in der Sonne und rauchte eine Zigarette. Neben ihm auf der kleinen Holzbank stand eine Tasse Tee. Ein Smart bog mit Vollgas auf den Hof ein. Gisela stieg ungestüm aus, baute sich vor Vlad auf. Sie war wie eine schwarze Gewitterwand, die Unheil ankündete.
»Glauben Sie bloß nicht, dass Sie damit davonkommen«, donnerte sie los. »Ich mach Sie fertig, das schwör ich Ihnen. Sie werden sich noch wünschen, in Ihrem kleinen rumänischen Kaff geblieben zu sein.«
Vlad rauchte ungerührt weiter.
»Mein kleines Kaff heißt Bukarest und hat zwei Millionen Einwohner. Mächtigere Leute als Sie haben mir schon gedroht, und sehen Sie, wie's mir geht.«
Er breitete seine Arme aus, grinste selbstzufrieden. »Ich habe schon alles gesehen und gehört in meinem Leben, es gibt nichts, wovor ich Angst habe. Wenn meine Zeit gekommen ist, ist sie gekommen.«
»Ihre Zeit ist gekommen, das können Sie mir glauben. Ionelas Zeit war noch lange nicht um.«
Vlad drückte die Zigarette in dem gläsernen Aschenbecher aus.
»Doch, das war sie.« Er schaute Gisela mit seiner Geschwulst an. »Und Sie haben dafür gesorgt.«

Gisela verspürte ein Pfeifen im Ohr, welches das Gesagte zu übertönen versuchte.
»Sie haben meinen Sohn verhaftet, Sie wollen ihn vernichten. Solange Sie das versuchen, werden weitere Menschen sterben.«
Die brutale Wahrheit, dass Vlad tatsächlich Ionelas Mörder war, brachte Gisela ins Wanken. Die Ruhe, mit der er an seiner Teetasse nippte, entzog Giselas Körper jegliche Wärme. Seine Kälte kroch ihr bis ins Knochenmark.
»Lassen Sie meinen Sohn gehen, dann herrscht hier wieder Frieden.«
»Wie … wie haben Sie sie umgebracht?«
»Wozu sind Sie Polizistin? Finden Sie's raus.«
Sein linker Mundwinkel rutschte verächtlich nach oben.
»Das werde ich«, flüsterte Gisela. Es war kein Flüstern der Schwäche, sondern ein Versprechen. Vlads schiefes Lächeln verschwand.
»Sie werden die nächsten zwanzig Jahre hinter Gittern verschwinden, und in Ihrem Alter bedeutet das lebenslänglich. Ich möchte Sie bitten, während der Ermittlungen nicht zu verreisen, sonst müsste ich einen internationalen Haftbefehl gegen Sie ausstellen lassen, und das ist sauviel Papierkram. So was macht mich ganz fuchsig.«
Kaum war Gisela vom Hof gefahren, rief Vlad einen Freund in Bukarest an. Er habe hier möglicherweise ein kleines Problem und bräuchte ein paar Männer, die nötigenfalls dieses Problem lösen könnten. Nichts Großes, nur eine kleine Dorfpolizistin, die sich für die Königin des Reviers halte. Vlads Freund versprach, die Richtigen für so einen Job innerhalb von vierundzwanzig Stunden nach Grünharding zu schicken. Zufrieden legte Vlad den

Hörer auf. Er war sich sicher, dass man ihm den Mord an Ionela nie nachweisen würde, aber bei weiteren Maßnahmen durfte er nicht in Erscheinung treten. Er ärgerte sich insgeheim, dass Gisela sich nicht hatte einschüchtern lassen und er gezwungen war, die Daumenschrauben anzulegen. Nichts hasste er mehr, als unnötigen Krieg. Er hoffte jedoch, dass es nicht zum Äußersten kommen würde.

Nachdenklich kehrte Gisela auf die Wache zurück. Erwin und Schorsch hatten Richie inzwischen fertig gefüttert, jetzt lag er auf dem Boden, den Blick auf die Neonröhre an der Decke geheftet.

»Was wird denn das?«, wollte Gisela wissen.

»Er sagt, er kann sich nicht mehr bewegen«, sagte Schorsch. »Seine Knochen sind wie aus Gummi.«

Gisela schaute prüfend auf Richie hinunter. Der schien sie gar nicht wahrzunehmen.

»Den hat's voll erwischt«, meinte Erwin beunruhigt.

Gisela schnippte mit den Fingern vor Richies Augen. Nicht das leiseste Blinzeln.

»Meinst, der wird wieder?« Schorschs Miene war sehr besorgt. Gisela klatschte Richie links und rechts mit der flachen Hand ins Gesicht. Keine erkennbare Reaktion außer den Rötungen auf den Wangen.

»Jetzt warten wir eine Stunde, wenn er sich dann nicht bewegt, holen wir die Schwester Doris, die bringt den schon wieder hoch.«

Lederer war mittlerweile nach Straubing zurückgekehrt, und Gisela griff zum Telefon, um sich nach dem Stand der Dinge zu erkundigen.

»Da haben Sie mir was Sauberes eingebrockt, Frau Wegmeyer«, war seine zischende Begrüßung. »Jetzt sind die Eltern von der Jana zwar da, aber die sagt nichts, weil sie erfahren hat, dass die Schwester von Danijela gestorben ist.«

»Ja, wieso haben Sie ihr das auch gesagt?«

»Ich hab ihr gar nichts gesagt. Der Vorgang ist über meinen Schreibtisch gelaufen, justamente, als Jana ihre Eltern begrüßt hat. Das war ein unglücklicher und dummer Zufall.«

»Aber Sie hätten ihr doch nicht sagen müssen, dass sie umgebracht worden ist.«

Lederers Schnauben stach unangenehm in Giselas Ohr. Er klang sehr ungehalten.

»Hab ich nicht. Die glaubt, dass der Teufel sie getötet hat. Und natürlich denkt sie jetzt, sobald sie was sagt, stirbt sie auch.«

»Dann müssen Sie halt nachweisen, dass die Ionela umgebracht worden ist. Von einem Menschen.«

»So gescheit bin ich auch, Frau Kollegin. Die Rechtsmedizin kann nicht mehr machen als arbeiten.«

»Haben die noch gar nichts?«

»Sie sind lustig. Die wissen ja noch nicht mal, wonach sie suchen sollen, das kann Tage dauern, wenn überhaupt.«

Gisela biss sich auf die Unterlippe. Sollte Vlad wirklich davonkommen?

»Ich komm mal vorbei.«

»Was?« Lederers Stimme flatterte nervös.

»Hier rumsitzen tu ich jedenfalls nicht.«

»Machen Sie doch sonst auch ohne Probleme.«

»Sonst haben wir hier auch keine zwei Leichen.«

»Sie können hier nichts tun.«

»Ich kann mit den Eltern von der Jana reden. Oder mit der Jana selber. Vielleicht macht die dann eine Aussage.«
Es rauschte in der Leitung. Gisela dachte, die Verbindung sei abgebrochen.
»Hallo?«
»Müssen Sie nicht irgendwo in Ihrem Kaff eine Katze vom Baum holen oder so?«
Lederer klang schwach und erbärmlich. Gisela wusste, ihre Argumente stießen zwar nicht auf Gegenliebe, aber sie waren eine Chance, die Ermittlungen gegen Ionel voranzubringen.
»Unsere Katzen sind nicht so blöd. Also, bis gleich.«
»Bis gleich«, kam es resigniert aus dem Hörer.
Gisela düste durch die Dienststube. Schorsch und Erwin saßen auf ihren Stühlen und bewachten Richie, der weiterhin reglos auf dem Boden lag.
»Kann einer von euch zum Jakob rausfahren? Ich möcht nicht, dass der jetzt alleine ist. Danke. Pfiat's euch.« Weg war sie.

Jakob saß auf der schattigen Parkbank auf dem Klosterberg und schaute hinüber zur Klosterschule. Seine Hände hatte er verschränkt, seine Daumen kreisten unablässig umeinander. Schorsch näherte sich dem Alten schnaufend. Nur ein Fußweg führte hinauf zum Aussichtspunkt, und dank einer Steigung kurz vor dem Ende war er für ungeübte Wanderer sehr kräftezehrend.
Keuchend ließ sich Schorsch neben Jakob nieder. Er wischte sich mit dem Ärmel den Schweiß aus dem Gesicht. Jakob reichte ihm eine Plastikflasche mit Wasser. Er nahm sie dankend, trank gluckernd.

»Wisst ihr schon, wo sie ist?« Jakob schaute Schorsch mit durchdringendem Blick an. Verzweiflung schimmerte darin. Er dachte, Ionela wäre verschwunden, ohne sich von ihm zu verabschieden.
Schorsch schüttelte den Kopf, gab die Flasche zurück. Seine Atmung beruhigte sich nur langsam. Er war sich unschlüssig, ob er dem Alten von Ionelas Tod erzählen sollte. Jakobs Blick wanderte wieder zu der Klosterschule, zu dem Fenster, an dem er seine Frau zum ersten Mal gesehen hatte. Er drückte die Flasche so fest mit seinen Händen, dass das Plastik knackte.
»Hoffentlich kommt sie bald wieder«, murmelte Jakob.
Schorsch hatte Mitleid mit dem Alten.
»Vielleicht ist sie heimgefahren«, sagte er.
»Aber sie ist doch hier daheim?«, Jakob war überrascht.
»Gisela hat jedenfalls gesagt, die bleibt länger.«
»Mei, manchmal soll's halt nicht sein.«
Mehr brachte Schorsch nicht hervor, und mehr wollte Jakob auch nicht wissen. So saßen sie noch eine Weile auf der Bank, bevor Schorsch Jakob zum Wegmeyerhof zurückbegleitete.

Gisela stand vor einem schmucklosen Reiheneckhaus an der Peripherie Straubings. Der Rasen war sauber gestutzt, Johannisbeersträucher wuchsen am Zaun zum Nachbargrundstück entlang, und ein Gartenzwerg in Lederjacke und mit Pistolenholster empfing den Besucher mit lächelnder Miene. Sie drückte den Klingelknopf neben dem Namensschild. Es dauerte nicht lange, bis ein Summen das Gartentor entriegelte und Gisela den Terrakottaweg zur Haustür beschreiten konnte.

Lederer öffnete die Tür. Er trug einen Hausanzug aus dunklem Baumwolljersey, der so locker und lässig an seinem Körper saß, dass der Hauptkommissar unerwartete Gemütlichkeit und Entspanntheit ausstrahlte. Im Einklang mit seiner eigentlichen Natur warf er einen finsteren Blick auf das Päckchen in Giselas Händen.

»Was ist denn da drin?«

»Kuchen. Mögen Sie Schokolade?«

»Ich hasse Schokolade.«

»Gut, weil ich hab nur Obstkuchen gekauft.«

Sie drückte sich an Lederer vorbei in den kleinen Flur, der komplett mit Carraramarmor ausgestattet war. An Stahlseilen, die sich wie ein Spinnennetz über die gesamte Wohnung spannten, hingen Halogenstrahler und glotzten auf die Besucherin herab. Vom Flur führte rechter Hand eine Marmortreppe in den ersten Stock, linker Hand eine Marmortreppe hinunter zum Keller. Lederer deutete geradeaus auf eine offene Doppeltür.

»Die Herrschaften sind im Garten.«

»Im Sommer haben Sie's schön kalt hier, was?« Gisela spürte die Kälte des Marmors sogar durch ihre Uniform.

»Ich hab's das ganze Jahr über kalt«, knurrte Lederer.

Das durchgestylte Wohnzimmer, das von einem riesigen Flatscreen samt Dolby-Surround-Lautsprechern dominiert wurde, war hell und sonnig. Deckenhohe Kunststofffenster ließen Sonnenlicht in jeden staubfreien Winkel des Zimmers. Ein kleines rundes Gerät, das zufrieden vor sich hin brummte, steuerte auf Gisela zu, umrundete sie geschickt und verschwand unter der Couch. Gisela kannte diese Staubsaugerroboter aus einem Ideenkatalog, den sie ungefragt einmal im Monat von einem Münchner Edelkaufhaus zugeschickt bekam.

»Ist das Ihr Haustier?« Es sollte ein kleiner Scherz sein, um die frostige Stimmung etwas zu enteisen, doch der Erfolg blieb aus.

»Ich mach einen Kaffee.« Ohne ein weiteres Wort bog Lederer durch einen kleinen Torbogen in die Edelstahlküche ab.

Gisela entdeckte Jana und ihre Eltern im Garten unter einem gigantischen Sonnenschirm. Sie saßen auf Teakklappstühlen um einen ovalen Teakklapptisch herum und spielten Rummikub. Gisela trat auf die großzügige Terrasse, die von mehreren Loungesesseln, zwei Loungesofas und einem Tisch aus Rattan bevölkert war, und spazierte über den englischen Rasen. Der Garten war ringsherum durch drei Meter hohe Bambuspflanzen vor neugierigen Blicken geschützt. Außer einem kleinen Teich, in dem zwei Kois sich träge treiben ließen, und einem winzigen japanischen Ziergarten, gab es keinerlei Schnickschnack. Die klare Linie entsprach voll und ganz dem Charakter Lederers.

Jana und ihre Eltern schauten neugierig auf, als Gisela nähertrat.

»Hallo, ich bin Gisela Wegmeyer, ich arbeite mit Hauptkommissar Lederer zusammen«, sagte sie in die Runde.

»Hallo.« Jana übersetzte Giselas Worte ins Rumänische. Die Eltern, beide wirkten mit ihren tiefen Falten, den grauen Haaren und der altmodischen Kleidung älter, als sie waren, nickten Gisela freundlich zu. Janas Mutter, die einen leichten Kropf hatte, deutete einladend auf einen freien Stuhl. Gisela lächelte dankend, stellte den Kuchen auf dem Tischrand ab und setzte sich. Janas Vater schaute Gisela über den Rand seiner Lesebrille hinweg an. Er fragte, ob sie mitspielen wolle. Jana übersetzte.

»Er lernt gerne neue Menschen kennen, und das geht am besten beim Spielen, sagt er immer«, erklärte Jana.
»Mei, ich hab das schon jahrelang, ach, was sag ich, jahrzehntelang nicht mehr gespielt.«
»So was verlernt man nicht. Außerdem macht es mehr Spaß, wenn man zu viert spielt«, meinte Jana.
»Ja, und was ist mit dem Lederer? Spielt der nicht mit?«
»Ich glaub, der hält das für Zeitverschwendung.«
»Ja, so schaut er aus.« Gisela grinste. »Mei, wenn das so ist, dann mach ich halt mit.«
Kaum hatte Jana übersetzt, sammelte ihr Vater alle Zahlenplättchen ein, mischte und verteilte sie. Er summte dabei selbstvergessen vor sich hin. Gisela wandte sich an Janas Mutter.
»Und? Wie gefällt es Ihnen hier?« Sie schwenkte mit einer weit ausholenden Geste über den Garten.
Janas Mutter nickte und antwortete, es sei alles so sauber und gepflegt hier. Vor allem die Marmorausstattung hatte es ihr angetan. Lederer musste stinkreich sein.
Just in dem Moment kam er mit seinem schneeweißen Porzellangeschirr auf einem edlen Holztablett missmutig angetrabt. Ohne Rücksicht auf die vier Spieler mit ihren Holzgestellen und den Zahlenplättchen darauf stellte er das Tablett mitten auf dem Tisch ab. Alle räumten ihre Utensilien zur Seite, Lederer verteilte Teller, Tassen und Besteck, latschte zurück, um den Kaffee zu holen.
»Der ist unterzuckert. Sobald der was gegessen hat, geht's ihm sicher wieder besser.«
Lederer hockte jedoch mit übereinandergeschlagenen Beinen auf seinem Stuhl, trank Kaffee mit Süßstoff und verbreitete schlechte Schwingungen. Den angebotenen Kuchen hatte er mit dem Hinweis auf das verwendete

Bindegewebe von Schweinen und Rindern sowie das aus Haaren von chinesischen Frauen gewonnene Cystein in der Gelatine zurückgewiesen. Detailliert schilderte er den unappetitlichen Herstellungsprozess, was zum Glück außer Gisela niemand verstand. Gisela aß unbeeindruckt weiter. Ihr Vater hatte früher Würste selbst hergestellt, und im Vergleich dazu waren Lederers Beschreibungen nur ein leises Summen in ihren Ohren.

Der Hauptkommissar merkte, dass er mit seinen Verbalattacken nicht landen konnte und verstummte. Gisela nutzte die Pause, um mit Jana ins Gespräch zu kommen.

»Ich sag Ihnen ganz ehrlich, wieso ich hier bin. Wir brauchen Ihre Hilfe.«

Jana schüttelte den Kopf, bevor Gisela weiterreden konnte.

»Ich kann nicht. Der Teufel wird auch mich holen, wenn ich aussage.«

»Nicht der Teufel hat Ionela umgebracht, sondern Vlad Tomanovici.«

»Sagen Sie«, fauchte Lederer.

»Sagt Tomanovici.« Gisela drehte ihren Kopf zu Lederer. »Ich hab heute mit ihm geredet.«

Sie ignorierte die ungläubige Miene Lederers, wandte sich wieder Jana zu. »Ich hoffe, dass die Rechtsmedizin rauskriegt, wie er das gemacht hat. Aber es steht fest, dass er es gemacht hat.«

Jana schaute ratlos in Giselas Augen, ihr Blick flackerte unruhig.

»Ich befürchte, er wird weitermachen. Er denkt wahrscheinlich, mit solchen Mafiamethoden kriegt er seinen Sohn aus der U-Haft. Das funktioniert so bloß nicht.« Sie beugte sich zu Jana vor. »Die Indizien gegen Ionel wer-

den sich häufen, aber ohne eine Aussage, die ihn wirklich belastet, wird jede Anklage wegen Mordes auf wackligen Beinen stehen. Es wird zu einem reinen Indizienprozess kommen. Ionel braucht nur einen geschickten Strafverteidiger, dann geht er frei oder kommt mit Bewährung davon. Er wird abgeschoben, lebt in Bukarest in Saus und Braus, während sein Vater hier weiter die Geschäfte führt. Und nichts wird sich ändern.« Ihre Stimme senkte sich zu einem Flüstern. »Vlad Tomanovici wird auf immer der Teufel für alle Mädchen sein.«
Jana senkte den Blick. Gisela wartete gespannt auf eine Reaktion der jungen Frau. Selbst Lederer saß mit halboffenem Mund da und hatte seinen Kaffee vergessen. Jana schaute zu ihren Eltern. Die runzelten fragend die Stirn.
»Meine Eltern glauben, dass ich als Kindermädchen arbeite«, sagte Jana zu Gisela.
»Kein Problem. Wir müssen Ihren Beruf in der Aussage nicht erwähnen.« Sie schaute zu Lederer. »Müssen wir?«
Lederer räusperte sich und stellte seine Tasse auf dem Tisch ab. »Rein formell, ja. Aber wir können ja Masseuse schreiben, oder?«
»Das ist für meine Eltern das Gleiche.« Jana bewegte beim Sprechen kaum die Lippen. »Ihre Tochter sollte keinerlei Körperkontakt mit einem Mann haben, den sie nicht kennen. Sie denken, ich bin noch Jungfrau.«
Lederer lachte auf, was ihm verwunderte Blicke von Janas Eltern einbrachte. Ihre Mutter verlangte eine Erklärung für das Getuschle und Lederers Reaktion. Jana lief rot an, ratterte dann aber auf Rumänisch eine Ausrede herunter, deren Übersetzung Lederer alles andere als gefiel. Sie hatte ihn als ihren Verlobten ausgegeben,

sie hätten sich im Zuge der Ermittlungen näher kennen- und lieben gelernt. Ihr flehender Blick bewog Lederer, das Spielchen mitzumachen. Er zwang sich zu einem Lächeln, während Jana plausible Antworten auf die Fragen ihrer überraschten Eltern suchte.
Die Schwiegereltern in spe schienen sich nicht wirklich zu freuen, einen griesgrämigen und unfreundlichen Polizisten in die Familie aufnehmen zu müssen. Aber auch sie machten schließlich gute Miene zum bösen Spiel und begegneten Lederers gezwungenem Lächeln mit ebenso verkrampft nach oben gezogenen Mundwinkeln.
»Heißt das, Sie machen eine Aussage?« Gisela schaute Jana fragend an. Die junge Frau nickte leicht.
Lederer schien die gute Nachricht kein bisschen fröhlicher zu machen. Er aß im Gleichklang mit Janas Eltern Kuchen, um sich nicht unterhalten zu müssen.

Zwei Stunden später saßen die beiden Polizisten mit der jungen Rumänin in Lederers Büro. Janas Schilderung der Brutalität, die Ionel gegenüber den Mädchen und vor allem Danijela an den Tag legte, verursachte Gisela Übelkeit. Sobald die Mädchen auf dem Hof der Tomanovicis angekommen waren, wurde das »Frischfleisch« von Vlad und Ionel eingeritten. Dazu wurde die gesamte Mädchengruppe in den schalldichten Raum im ersten Stock gebracht. Jeder Widerstand wurde mit Gewalt gebrochen, für die Vergewaltigungen wurden auch Beruhigungsmittel eingesetzt, um besonders renitente Mädchen gefügiger zu machen.
Danijela war so jemand. Von Anfang an hatte sie sich mit Händen und Füßen gegen die Männer gewehrt. Wo

andere heulend alles mit sich geschehen ließen, biss und kratzte Danijela wie ein tollwütiger Hund. Selbst sediert war jeder Muskel in ihrem Körper auf Widerstand geeicht und ihr ganzer Körper angespannt. Sie musste einen unheimlich starken Willen gehabt haben. Gisela bewunderte und bedauerte Danijela dafür.

Das Mädchen wurde schließlich tagelang nackt im Keller eingesperrt, eine Zeitschaltuhr sorgte dafür, dass jede Stunde das Licht für zehn Minuten anging und Heavy-Metal-Musik dazu aus fetten Boxen dröhnte. Zum Essen gab es nur etwas Obst und Wasser. Jana wusste das so genau, weil sie den Tomanovicis als Laufmädchen diente. Sie galt als willig und kooperativ. Jana senkte bei diesen Worten beschämt den Blick. Sie rechtfertigte sich damit, dass sie alles getan hatte, um Schmerzen zu vermeiden. So wie die anderen.

Danijela dagegen wurde erst willig und kooperativ, als ihr Großvater starb. Er war von einem Auto überfahren worden, der Fahrer wurde nie gefunden. Vlad erzählte ihr, dass der Teufel den alten Mann geholt hatte, weil sie nicht mit ihnen zusammenarbeitete. Und er würde auch alle anderen Familienmitglieder zu sich in die Hölle holen, sollte Danijela weiterhin so widerspenstig sein.

Diese Drohung versetzte das gläubige Mädchen in einen Schockzustand. Nach außen hin wurde sie eine unkomplizierte Gespielin für die Kunden, aber Jana, die sich mit ihr ein Zimmer im Keller des Hofes teilte, hörte sie oft im Schlaf weinen. Auf der Beautyfarm spielte sie das liebe Püppchen, das jeden Wunsch erfüllte. Beruhigungsmittel halfen ihr dabei.

Ionel und Vlad konnten über ein App auf den Smartphones der Frauen kontrollieren, wo sich wer zu welcher Zeit befand. Es gab keinerlei Möglichkeit, Vater und Sohn zu belügen, wenn es um das Geschäft ging. Wenn das Handy abgeschaltet wurde, folgte die Strafe auf dem Fuße. Es war besser, seinen Verdienst abzugeben, dafür aber in Ruhe gelassen zu werden.

Nach ein paar Jahren wäre es mit der Qual vorbei, denn mit Ende zwanzig durften die jungen Frauen gehen. Wie ihre Zukunft aussehen sollte, war den Tomanovicis egal. Solange sie den Mund hielten, war für Vlad und Ionel alles gut. Die jungen Frauen wussten, was passieren würde, sollten sie von ihren Erlebnissen erzählen. Vlad hatte genug Schergen zur Hand, die eine stille und rasche Entsorgung des Plappermauls erledigten. Das Gesetz des Schweigens wurde zum elften Gebot für die Frauen.

Jana träumte von einem Leben außerhalb ihrer Gefangenschaft, und sie war sich sicher, dass alle anderen das auch taten. Keine wagte es jedoch, diese Träume zu verwirklichen. Bis auf Danijela. Jana hatte sie einmal erwischt, als sie Geldscheine gezählt und in eine Plastiktüte gepackt hatte. Sie hatte bei zwei Stammkunden mehr verlangt, als mit Ionel ausgemacht worden war. Diesen Überschuss hatte sie seit Monaten gespart, es waren knapp dreitausendfünfhundert Euro. Sie hatte gestrahlt, als sie Jana von einem Kunden erzählte, der ihr eine Wohnung und ein sorgenfreies Leben versprochen hatte. Unter der Traurigkeit Danijelas war zum ersten Mal Optimismus zu spüren gewesen, der auch Jana fröhlich gestimmt hatte. Nichts hätte sie Danijela mehr gewünscht als einen Neuanfang.

Es sollte anders kommen. Schlimmer. Danijelas zweiter Stammkunde hatte offenbar spitzgekriegt, dass sie bald nicht mehr zur Verfügung stehen würde. Daraufhin hatte er sich bei Ionel beschwert, der wiederum Danijela nach ihrer Schicht im Kellerzimmer aufgesucht hatte. Er riss sie mit brutalen Ohrfeigen aus dem Schlaf, brüllte sie an, was sie sich einbilde. Sie sei sein Eigentum, und nur er bestimme über sie. Jana hielt sich in ihrem Bett mucksmäuschenstill, während Ionel geifernd und schreiend mit einem Totschläger auf Danijelas Körper eindrosch.

Schließlich kam Vlad hereingestürzt und riss seinen Sohn zurück. Er ohrfeigte Ionel, damit der zu sich kam, schickte ihn aus dem Zimmer und kümmerte sich um Danijela, die zusammengekrümmt wie ein Baby auf dem Boden lag. Sie gab keinen Laut von sich, als Vlad sie abtastete und sich nach Schmerzen erkundigte. Er hob sie auf, legte sie ins Bett und deckte sie zu wie ein Vater sein Kind, das in der Nacht aus dem Bett gefallen war. Beim Hinausgehen warf Vlad Jana einen warnenden Blick zu. Sie sollte sofort vergessen, was sie gesehen hatte.

Kaum war die Tür zu, schlich Jana zu Danijelas Bett. Die junge Frau konnte sich nur unter Schmerzen bewegen. Sie rutschte unter großen Anstrengungen aus dem Bett, zog sich an. Sie holte die Plastiktüte aus ihrem Versteck und stahl sich mit Janas Hilfe vom Hof.

Jana hatte Danijela bis zum Waldrand begleitet und ihr nachgesehen, bis sie humpelnd in der Dunkelheit des Waldes verschwunden war. Dann war sie zurückgekehrt, hatte die ganze Nacht nicht geschlafen und am nächsten Tag wie gewohnt ihre Arbeit gemacht. Jede Sekunde hatte sie an Danijela gedacht und gebetet, dass sie es schaffen würde.

Nachdem Jana ihre Schilderung beendet hatte, lag ein bedrückendes Schweigen in Lederers Büro. Gisela riss ein Fenster auf, atmete ein paarmal die laue Abendluft ein. Sie war unfähig, ein Wort zu sagen. Zu viele Bilder von Gewalt und Misshandlung wirbelten durch ihren Kopf und blockierten die Verbindung zu ihrer Zunge.

Jana unterschrieb ihre Aussage, ein Beamter brachte eine Kopie zur Richterin, eine weitere zum Staatsanwalt. Lederer fuhr Jana nach Hause, wo die junge Frau ihren Eltern weismachte, sie hätten Trauringe angesehen. Lederer nickte mit treuherzigem Blick dazu. Er hatte beschlossen, den Verlobten zu geben, bis Ionel und Vlad das Handwerk gelegt war. Gisela dankte ihm diese großzügige Geste mit warmen Worten.

»Ich hoffe nur, dass eine Verurteilung der beiden vor meiner Hochzeit kommt«, scherzte Lederer. Es war einer der seltenen Momente, in denen Gisela seinen Humor und damit seine menschlichste Seite aufblitzen sah.

»So eine schlechte Wahl wär die Jana ja nicht, oder?«, triezte sie ihn. Lederer grinste nur, verabschiedete sich von ihr.

Etwas ruhiger fuhr Gisela nach Hause. Sie hoffte, dass Janas Aussage zu einer Anklage gegen Ionel führen würde. Sobald das geschehen war, müsste Vlad einsehen, dass er seinen Sohn mit verbrecherischen Methoden nicht mehr aus dem Gefängnis würde holen können.

Zurück auf dem Wegmeyerhof fand Gisela Jakob und Schorsch einträchtig vor dem Fernseher schlafend vor. Ludwig hatte es sich mit einem Weißbier im Ohrensessel gemütlich gemacht und verfolgte eine Wissenschaftssendung über die freiwillige Amputation von gesunden Gliedmaßen. Es ging um Menschen, die eine Herausfor-

derung im Leben als Behinderte suchten. Für Ludwig, den Versicherungsvertreter und Hobbypsychologen, war das ein faszinierendes Thema.
»Schau, was ich dir mitgebracht hab«, flüsterte er Gisela zu, als sie ihm ein Begrüßungsbussi auf die Stirn gedrückt hatte. Leise holte er aus seinem Aktenkoffer zwei Broschüren von Pflegeheimen, die sich auf Alzheimer und Demenz spezialisiert hatten. Gisela warf einen kurzen Blick auf die Titelseiten, hatte aber nicht den Nerv, sie durchzublättern.
»Ich les das nachher«, flüsterte sie zurück. »Ich schau nur mal nach Richie. Ich hoffe, dem geht's wieder besser.«

Richie hockte auf einem Stuhl im Wirtshaus und ließ sich von Erwin mit Brotsuppe füttern. Sein Blick war starr auf einen unsichtbaren Horizont gerichtet, er war durch keinerlei Ansprache zu einem Piep zu bewegen, und selbst die gemeinsten Bemerkungen der Dorfbewohner erzeugten nicht einmal ein Wimpernzucken.
»Vielleicht hat er einen Kopfschuss abgekriegt und ihr habts nur nix gemerkt«, sagte Franz Kramer.
Der Wirt brachte höchstpersönlich zwei Weißbier an den Tisch. Er ging leicht in die Hocke, sah Richie direkt in die Augen.
»Also, ich find, der schaut wie immer.«
Gelächter quittierte diese trockene Bemerkung.
»Jetzt hau ab, du Depp«, zischte Erwin. Der Wirt verzog sich grinsend hinter den Tresen. Erwin tupfte Richies Kinn trocken, beugte sich dabei zu dessen Ohr.
»Wenn du nur so tust, als ob, dann handelst dir wirklich

einen Kopfschuss ein, das sag ich dir.« Von Richie kam keinerlei Reaktion.

»Hat der eine Windel an, oder wie machst du das mit'm Pieseln?«, erkundigte sich Fritz, der Postbote. Erwins böser Blick verödete Fritz' Grinsen.

»Pass du auf, dass von deinen Geheimnissen nix durchsickert. Da hilft dir dann auch keine Windel mehr.«

Verlegen nahm Fritz einen Schluck von seinem Weißbier. Seine Tischnachbarn, alles gestandene Mannsbilder, glotzten den Postboten neugierig an.

»Was meint denn der?«

Fritz machte eine wegwerfende Handbewegung.

»Ach, alter Hut.«

»Ja, dann sag halt.« Franz Kramer, einem guten Tratsch gegenüber immer aufgeschlossen, bedrängte Fritz mit stierem Blick. Fritz schüttelte den Kopf.

»Da ist nix.«

Franz Kramer wandte sich an Erwin.

»Um was geht's denn da?«

Fritz wechselte einen bangen Blick mit Erwin. Dessen Augenbrauen blieben zusammengezogen. »Dienstgeheimnis.«

Erwin kümmerte sich weiter um Richie, flößte ihm einen Schluck Weißbier ein, hielt ihm die Serviette unter den Mund.

»Dienstgeheimnis, ha«. Franz Kramer schaute in die Runde an seinem Tisch. »Brauch ja bloß den Schorsch fragen, dann hat sich's mit dem Dienstgeheimnis.«

Alle nickten und brummten zustimmend, nur Fritz blieb ruhig. Franz Kramer fasste ihn noch einmal scharf ins Auge.

»Also, was sind das für Geheimnisse, die du vor uns

hast?« Fritz spürte die erwartungsvollen Blicke der Männer am Stammtisch wie Pfeile seinen Körper piesacken.
»Lasst den Fritz in Ruhe«, tönte es hinter den Männern. Sie schauten sich um. Gisela näherte sich dem Stammtisch.
»Er würd nur unsere Ermittlungen gefährden, wenn er was sagt. Und das will ja sicher keiner von euch, oder?«
»Im Prinzip nicht«, ließ sich der Wirt vom Tresen her vernehmen. Er nickte zu dem katatonischen Richie. »Aber was mit dem da ist, das wird man ja wohl noch wissen dürfen.«
»Der Richie ist traumatisiert, weil's eben so gefährlich ist.« Gisela schaute einen nach dem anderen ernst an. »Und je weniger ihr über den Fall wisst, desto sicherer seid ihr.«
»Ah, du spinnst ja.« Hias, der Saubauer, glotzte Gisela aus seinen blassblauen Augen an. Die rötlichen Wimpern und das käsweiße Gesicht gaben ihm das Aussehen eines Untoten. Seine heisere Stimme unterstrich diesen Eindruck noch. »Wahrscheinlich hat dir der Straubinger gesagt, ihr sollt den Mund halten. Und du machst auch noch, was der anschafft.« Er stieß ein verächtliches Lachen aus, zog an seiner Pfeife. »Ihr seid doch alles Arschkriecher.«
Gisela zog sich einen freien Stuhl heran, zwängte sich zu den Männern an den Stammtisch. Sie nahm Hias fest ins Auge.
»Wo warst du am 22. zwischen Mitternacht und zwei Uhr morgens?«
Hias glotzte Gisela verdutzt an.
»Das Opfer wurde mit einer Art Totschläger so schwer misshandelt, dass sie wenige Stunden später an inneren

Blutungen starb. Arbeitest du bei deinen Schweinen nicht mit so einem Ledersäckchen, das mit Kies gefüllt ist? Damit sie parieren?«

»Das … das ist jetzt aber nicht dein Ernst, oder?« Hias bleckte mit einem unsicheren Lächeln seine gelben Zähne.

Gisela blieb kalt.

»Also, benutzt du so was?«

»Ja, aber …«

»Und wo warst du am 22. zwischen Mitternacht und zwei Uhr?«

Alle am Tisch schauten Hias gespannt an.

Der blinzelte nervös. »Daheim.«

»Im Bett?«

»Ja.«

»Kann das jemand bezeugen?«

»Nein. Wer soll das denn bezeugen können?«

»Weil du allein lebst?«

»Ja. Das weißt du doch.«

»Und wie machst du das, wenn du mal ein Bedürfnis hast? Sexueller Art, mein ich?« Gisela hatte die letzten Worte absichtlich laut ausgesprochen.

Prompt verstummten alle Gespräche im Wirtshaus. Jeder schaute neugierig zum Stammtisch. Hias leckte sich die spröden Lippen, sein Blick flackerte wie eine Taschenlampe, der allmählich der Saft ausging.

»Also, wenn du dich vergnügen willst, wie und mit wem machst du das?«

Hias kratzte sich verlegen im Nacken, schaute auf den Boden.

»Du gehst zu einer Prostituierten, oder? Möglicherweise bist du zu dem Opfer gegangen, oder sie ist zu dir auf den

Hof gekommen.« Gisela spürte die Wut auf Ionel und Vlad hochsteigen. Ihre Worte waren zorngetränkt. »Ihr hattet Streit, weil sie nicht so wollte, wie du wolltest. Du hast dich im Recht gefühlt, weil, du hast ja schließlich bezahlt. Du bist wütend geworden, hast sie mehrmals mit deinem Schweinsprügel geschlagen, sie ist weggelaufen und dann im Wald elendig verreckt.«
»Nein«, stotterte Hias. Sein Gesicht war noch blasser als ohnehin schon.
»Wieso nicht? Es kann ja keiner bezeugen, dass es nicht so war, oder? Du bist ja eingefleischter Junggeselle, und es ist nur verständlich, dass du den Druck bei einer Professionellen ablassen musst.«
»Ich mach so was nicht.«
»Ach, nein?«
»Nein, ich brauch keine Frau ... also keine ... keine von diesen ...«
»Du hast eine Freundin?«
»Nein, ich ...«
»Eine Gummipuppe?«
Alle im Wirtshaus lachten.
»Oder gehst du an deine Säue.« Das Käsige in Hias' Gesicht wurde von einem leichten Rot vertrieben. Er senkte beschämt den Blick. Einen unendlichen Augenblick lang war es totenstill, dann ging das Getuschel los.
»Brauchst wenigstens keine Angst haben, Papa zu werden«, lachte Franz Kramer und haute Hias krachend auf den Rücken.
Hias funkelte Gisela hasserfüllt an. Es traf sie tief im Herzen, denn nichts lag ihr ferner, als andere Menschen zu beschämen oder zu erniedrigen. Sie konnte sich für die letzten Minuten überhaupt nicht leiden. Bevor sie ein

Wort der Entschuldigung sagen konnte, war Hias aufgesprungen und stampfte aus dem Wirtshaus. Die letzten Schritte wurden von einem vielstimmigen Grunzen und Lachen begleitet.

Erwin nahm Richie mit zu sich nach Hause. Er hoffte, dass sein Freund am nächsten Morgen aus seiner Starre erwachen würde. Ihm tat es leid, dass er Richie wegen seiner Liebe zu Ionela blöd angeredet hatte. Er wünschte sich nichts sehnlicher, als dass Richie wieder der Alte würde.

Diese Nacht schlief Gisela schlecht. In ihren wirren Träumen tauchte immer wieder Vlad auf, er jagte sie durch einen Wald, flog über ihren Kopf hinweg, stand mit einem Totschläger vor ihr. Die Hitze der Nacht tat ihr Übriges, dass Gisela am nächsten Morgen vor Sonnenaufgang schweißgebadet erwachte. Einen Moment lang lag sie regungslos im Bett und wartete auf das Gackern der Hühner. Die Erkenntnis, dass sie dieses Geräusch nie wieder hören würde, durchfuhr sie wie ein Stromschlag. Sie machte sich einen Kaffee, setzte sich an den Küchentisch und blätterte die Prospekte der Pflegeheime durch. Alles wirkte so, als wäre der Aufenthalt in einem dieser Häuser ein Ganzjahresurlaub, der einem Entspannung und Wohlbefinden bescherte. Die Hochglanzfotos mit lächelnden Bewohnern und strahlendem Pflegepersonal verursachten einen Knoten in Giselas Magen. Sie wusste, dass die Realität anders aussah, sie wusste aber auch, dass ihr Vater nicht mehr länger bei ihr wohnen konnte. Es war zu gefährlich, ihn ohne Aufsicht zu lassen. Gisela beschloss, den heutigen Tag mit Jakob zu verbringen. Es

war Sonntag, und der war ihr heilig, Mord hin, Mord her.
Ein Motorengeräusch ließ Gisela auf den Hof hinausschauen. Eine Limousine mit getönten Scheiben fuhr vor. Vlad Tomanovici stieg aus.
Gisela trat dem Mann in ihrem Morgenmantel und den Filzschlappen gegenüber. Sie blieb auf dem Treppenabsatz stehen, so dass sie eine leicht erhöhte Position gegenüber dem Rumänen hatte. Der wirkte wie aus dem Ei gepellt. Dunkler Anzug, Lackschuhe, gegelte Haare, in denen sich die Morgensonne spiegelte.
»Haben Sie sich für mich so zurechtgemacht?« Gisela verschränkte die Arme vor der Brust.
Vlad lächelte, schaute sich um, als wollte er sehen, wer noch auf dem Hof war.
»Ich fahre zum Gefängnis. Ich habe gestern Abend erfahren, dass Ionel wegen Mordes angeklagt werden soll.« Er kniff, von der Sonne geblendet, sein Auge zu, als er Gisela ansah. »Und danach gehe ich zum Gottesdienst, um für Sie und Ihre Familie zu beten.«
»Beten Sie lieber für Ihren Sohn, der kann's brauchen.« Giselas Stimme bebte leicht. Die Luft auf dem Hof war mit einer Spannung aufgeladen, die ihr den Atem raubte.
»Ionel braucht keine Gebete, nur einen guten Anwalt. Er wird die Aussage dieser kleinen Nutte zerpflücken und wertlos machen.« Er setzte einen Fuß auf die unterste Stufe der dreistufigen Steintreppe. »Aber Sie, Sie haben Gottes Beistand dringend nötig. Sollten wir uns nicht einig werden.«
»Sie wollen über Ihren Sohn verhandeln?«
Vlad breitete beide Arme aus, als wollte er Gisela herzlich an seine breite Brust drücken.

»Natürlich. Ich bin Geschäftsmann.«
»Und ich bin Polizistin.« Gisela legte so viel Kälte in ihre Stimme, wie ihr trotz des flauen Gefühls im Magen möglich war.
»Das heißt, Sie wollen nicht verhandeln?«
»Genau das heißt es.«
Vlad schaute Gisela mit unbewegter Miene an. Plötzlich glitt sein Blick an ihrer Schulter vorbei, und sein Mund verzog sich zu einem spöttischen Lächeln. Gisela drehte ihren Kopf. Hinter ihr stand Jakob. Er trug nur Unterwäsche, in der Hand eine Axt. Die Axt, mit der er die Hühner zerteilt hatte. Seine Haare standen vom Schlafen wirr vom Kopf ab, seine Augen waren auf Vlad gerichtet. Gisela hatte diese Augen schon lange nicht mehr so klar wie jetzt erlebt.
»Sie haben Ionela umgebracht.« Jakobs Stimme war leise und deutlich.
Vlad zog die Augenbrauen hoch.
»Ich? Wer sagt das denn?«
»Der Schorsch.« Vlad nickte, als wüsste er, wer Schorsch war. Er schob seine Unterlippe vor.
»Na ja, wenn der Schorsch das sagt«, erwiderte er gedehnt. Er deutete auf die Axt. »Sie wollen damit aber jetzt nicht auf mich losgehen, oder?« Er sah Gisela an. »Das wäre dann wohl versuchter Mord. Was steht darauf? Lebenslang? Im Fall Ihres Vaters wäre das so gut wie ein Todesurteil.«
Gisela wollte antworten, Vlad solle endlich von ihrem Grundstück verschwinden, als Jakob an ihr vorbeistürmte und sich mit erhobener Axt auf Vlad stürzte. Der war mindestens genauso überrascht wie sie. Der erste Hieb traf Vlad am schützend hochgerissenen Unterarm. Das

dumpfe Geräusch und Vlads Schmerzensschrei rissen Gisela aus ihrer Erstarrung. Sie sprang die Stufen hinunter, fiel Jakob in den Arm, bevor der nächste Schlag auf Vlads Kopf landen konnte.

»Papa!« Sie brüllte in Panik und Entsetzen. Mit beiden Händen packte sie die Axt, riss sie Jakob aus der Hand. »Spinnst du komplett!« Sie drängte Jakob mit ganzem Körpereinsatz von Vlad fort. Der hielt sich den Unterarm, sein Oberkörper war nach vorne gekrümmt, seine Atmung ging gepresst.

»Soll ich einen Arzt rufen?«

Vlad nahm die Hand von dem getroffenen Arm. Die Handfläche war voller Blut. An der Stelle, wo die Axt ihn getroffen hatte, war der Anzug zerfetzt, der Stoff dunkel verfärbt.

Vlad verdrängte den Schmerz, seine Augen glitzerten böse. »Sie sind tot. Ihr seid alle tot. Dieses ganze Dorf wird dafür bluten, das schwör ich Ihnen.«

Die rechte Hand verschwand im Inneren seiner Anzugjacke. Gisela stellte sich schützend vor ihren Vater. Sie dachte, der Rumäne würde eine Waffe ziehen. Aber es war nur ein Handy. Er fotografierte Jakobs Gesicht, das hinter Gisela hervorlugte.

»Ich werde dir persönlich das Herz herausreißen, du alter Idiot.« Vlad Tomanovici drehte sich um, ging zu seinem Wagen und quälte sich in den Fahrersitz.

Jakob wollte hinterher, aber Gisela hielt ihn zurück. Der Wagen legte einen Kavalierstart hin, dass der Kies spritzte. Gisela und Jakob wurden von ein paar Steinchen getroffen, beide wandten sich ab. Der Motor heulte noch einmal auf, als die Reifen auf dem Asphalt Halt fanden, dann verschwand die Limousine in einem Affentempo.

Der Staub senkte sich langsam. Gisela sah ihren Vater finster an.

»Sag mal, geht's noch?«

»Wieso hast du nix gemacht?« Vorwurfsvoll schleuderte Jakob ihr die Worte entgegen.

»Weil ich nix gegen ihn in der Hand hab«, fauchte Gisela.

»Aber du weißt, dass er Ionela umgebracht hat. Da muss man was machen.«

Gisela hielt die Axt hoch. »Damit?«

»Wenn ich ein Gewehr gehabt hätt, hätt ich ihn erschossen.« Er meinte es bitterernst. »Ist mir doch scheißegal, ob ich im Gefängnis verreck oder in einem Heim. Lang hab ich eh nimmer.«

Ohne einen weiteren Blick an Gisela zu verschwenden, stapfte er zurück ins Haus. Dieser Sonntag war für die Katz.

Gisela unterrichtete Lederer von Vlads Besuch und seinen Todesdrohungen. Der Hauptkommissar stellte die rein rhetorische Frage, was er denn dagegen machen solle. Auch Gisela wusste, dass man warten musste, bis tatsächlich was passierte. Präventiv gab es keinerlei Handlungsmöglichkeiten. Bis auf eine.

»Könnte man Ionel Tomanovici nicht vorübergehend auf freien Fuß setzen? Mit elektronischer Fußfessel? Das würde möglicherweise vorerst Schlimmeres verhüten.«

Gisela hörte durch den Telefonhörer, wie Lederer nach Luft schnappte.

»Frau Kollegin, Sie drücken mir hier eine ganze Familie aufs Auge, ich spiel den lieben Bräutigam, um eine Aussage zu bekommen, die Anklage wegen Mordes steht, und da fragen Sie mich allen Ernstes so was?« Er

keuchte empört. »Darauf gibt es eine einzige Antwort: Nur über meine Leiche.«
Gisela hatte damit gerechnet, trotzdem traf es sie wie ein Haken in den Magen. Sie atmete tief durch.
»Also soll ich abwarten?«
»Ja. Und meiner Erfahrung nach beißen Hunde, die bellen, nicht.«
»Meiner Erfahrung nach stimmt das leider überhaupt nicht. Aber ich erspar Ihnen die Geschichte dazu. Wiederhören.« Gisela knallte das schnurlose Telefon in die Ladestation.

Da Gisela Vlads Drohung durchaus ernst nahm, bat sie noch am Nachmittag Schorsch und Erwin zu einer Lagebesprechung auf den Wegmeyerhof. Richie wurde wie ein Lifestyleaccessoire auf der Couch abgelegt. Erwin machte sich inzwischen so große Sorgen um Richie, dass er später Schwester Doris aufsuchen wollte. Sie hatte vor Jahren auf einer Palliativstation in Rom gearbeitet. Von ihr erhoffte er sich Heilung für den Untoten.
»Wir müssen die Bevölkerung auf jeden Fall schützen«, sagte Gisela, nachdem sie Vlads Besuch geschildert hatte. Schorsch schaute bewundernd zu Jakob, der in seinem Sessel saß und auf den ausgeschalteten Fernseher starrte. Der alte Mann hatte mit seinem mutigen Angriff auf Vlad eine Art Heldenstatus bei Schorsch errungen. Wie gerne wäre er so tapfer!
»Ja, und wie sollen wir das machen? Wir sind nur zu viert«, sagte Erwin. Sein Blick huschte kurz zu Richie. »Nicht einmal«, ergänzte er leise.
»Wir müssen jeden Niedernussdorfer zu erhöhter Wach-

samkeit aufrufen. Die kleinste Unregelmäßigkeit muss sofort an die Wache gemeldet werden.«
»Und was ist nachts?«
»Auch nachts. Da müssen die uns halt privat anrufen.«
Erwin stöhnte gequält auf.
»Das geht jetzt nicht anders, Erwin, da müssen wir jetzt alle zusammenhalten, auch wenn's ungemütlich wird.«
»Ja, aber nachts. Da hör ich's Telefon eh nicht.«
»Dann stellst du's auf volle Lautstärke und legst es dir neben's Bett.« Gisela ließ keinen Widerspruch gelten. Sie kannte das Phlegma ihrer Mitarbeiter, aber auch deren Verantwortungsbewusstsein. Man musste nur scharf genug daran appellieren. Erwin nickte resigniert.
»Es gäb noch eine andere Möglichkeit.« Schorschs Augen glitzerten tatendurstig.
Gisela und Erwin schauten ihn fragend an.
»Wir könnten zum Gegenschlag ausholen.«
»Gegenschlag auf was?« Erwins Stirn rutschte in Falten.
»Auf die Drohung.«
»Dann ist das kein Gegenschlag, sondern ein Erstschlag«, belehrte ihn Erwin.
Schorsch wischte den Einwand mit einer kurzen Handbewegung weg.
»Wir müssen das Böse an der Wurzel vernichten, damit es keine Blüten treibt«, feuerte er in Richtung Gisela ab. »Abhacken, verbrennen.« Seine Wangen glühten vor Begeisterung.
»Jetzt spinn dich aus«, war Giselas kühle Antwort. Manchmal steigerte sich Schorsch in einen Gedankenrausch, dass einem mulmig werden konnte. »Wir verbrennen niemanden.«
»Ich mein das ja auch bildlich.«

»Ist mir schon klar.« Gisela schüttelte entschieden den Kopf. »Wir sind da, um Gewalt zu verhindern und nicht zu entfachen.«

»Wir haben's nicht verhindern können, dass die Gewalt schon zwei Opfer gefordert hat.« Sein brennender Blick wanderte zu Jakob. »Er hat's richtig gemacht. Er hält sich ans Alte Testament. Das sollten wir alle tun.«

»Scheiß aufs Alte Testament«, fuhr Erwin auf. »Wir haben's hier mit echten Verbrechern zu tun, verstehst? Denen ist es scheißegal, ob du erstschlägst, gegenschlägst oder sonst einen Scheiß machst, die bringen dich höchstpersönlich um, wenn du auch nur in denen ihre Richtung furzt.«

Erwins Angst äußerte sich immer in Fäkalausdrücken. Es verschaffte ihm seelische Erleichterung und beeindruckte regelmäßig seine Gegner, die dann meist den Schwanz einzogen und sich trollten. Nicht so Schorsch. Nun, da er sich in eine Gewaltfantasie reingesteigert hatte, war es fast unmöglich, die Handbremse zu ziehen.

»Du Feigling, du kannst dir ja Frauenkleider anziehen und dich zu Hause einsperren, bis das alles vorbei ist. Wir klingeln dann, wenn wir alles niedergemäht haben.«

Erwin setzte zu weiterem Widerspruch an.

»Krumminesen, es g'langt.« Gisela funkelte Schorsch und Erwin wie eine Gewitterwand an. »Heute Abend werd ich dem Stammtisch unseren Plan mitteilen, und dann hoff ich, dass wir alle an einem Strang ziehen und die Sache unbeschadet überstehen. Also, ab sofort gilt vierundzwanzigstündige Bereitschaft für alle, Handy und Dienstwaffe immer am Mann und im Notfall sofortiger Rundruf an alle hier im Raum.«

»An Jakob auch?« Schorsch schaute Gisela verwirrt an.

»Den Jakob natürlich nicht, zefix.«
»Und er?« Erwin nickte zu Richie.
Gisela seufzte.
»An ihn natürlich auch nicht.«
»Also nur an uns drei?«, vergewisserte sich Schorsch noch einmal.
»An uns zwei.« Erwins oberlehrerhafter Ton wurde von einem überlegenen Blick begleitet. »Einer ist ja der, der die anderen anruft.«
»Wenn es an uns zwei geht, dann wär ja Gisela die, die den Rundruf macht. Wer sagt denn, dass ich nicht den Rundruf mache?«
Diese komplexe Antwort verunsicherte Erwin. Schorsch nutzte die Schwäche seines Gegners zu einem weiteren Gedankenspiel aus. »Und vielleicht hast schon mal dran gedacht, was ist, wenn wir nicht alle hier in dem Raum sind. Wo geht denn dann der Rundruf hin, ha?«
Jetzt war nicht nur Erwin vollkommen verwirrt, sondern auch Gisela. Schorsch war noch nicht fertig. Er beugte sich vor, als würde er den Deckel zu einem großen Geheimnis lüften. »Ich bezweifle auch, dass dein Handy einen Rundruf kann, weil du hast ja kein Smartphone, mit dem man zwei Nummern gleichzeitig anrufen kann.«
»Das geht?«, wunderten sich Gisela und Erwin wie aus einem Munde.
Schorsch lehnte sich mit einem triumphierenden Lächeln zurück. »Wenn's gejailbreakt ist.« Der kleine Satz waberte wie ein Rauchfähnchen zur Decke hoch, bevor er im Nichts verschwand.
»Also gut, wer immer was mitkriegt, ruft die anderen beiden hier am Tisch an. Nacheinander, wenn's sein

muss.« Sie wandte sich an Erwin. »Und du bringst ihn«, sie deutete auf Richie, »jetzt zu Schwester Doris. Vielleicht geht ja was. Wir brauchen jeden Mann.«

Während Schwester Doris mit einer Akupressurbehandlung den Originalzustand Richies wiederherzustellen versuchte, unterwies Erwin sie in den Abwehrmaßnahmen der Niedernussdorfer Polizei. Er stellte Vlad als brutales Grünhardinger Monster dar, das versucht hatte, Jakob und Gisela niederzuschießen. Erwin fand, es konnte nicht schaden, wenn man der Angelegenheit etwas Dringlichkeit verlieh.
Schwester Doris trug das Gehörte sofort zu ihrem Mann, der sich kurz darauf auf den Weg zum Schafkopfen in den Wilden Bock machte. Das Wirtshaus war wie jeden Sonntag nach der Kirche proppenvoll, und Fritz hatte keinerlei Mühe, die Neuigkeiten zu verbreiten. Er schmückte dabei die Pläne der Feinde mit detaillierten Grausamkeiten aus, malte den Teufel mit dicken Pinselstrichen an die Wand. Was seine Wirkung nicht verfehlte.
Franz Kramer, von Berufs wegen Metzger, vom Auftreten her Oberhaupt der Niedernussdorfer, rief noch an Ort und Stelle eine Bürgerwehr ins Leben, an der nur diejenigen teilnehmen durften, die keinerlei Bedenken hatten, Haus und Hof mit allem gebührenden Einsatz zu verteidigen. Es war kein Job für Angsthasen, trotzdem konnte Franz Kramer zwanzig Männer um sich versammeln, die gewillt waren, das Dörfchen unter Einsatz ihres Lebens zu verteidigen. Nach dem Schafkopfen zog sich Franz Kramer mit den zwanzig Wehrhaften in einen Nebenraum zurück und verteilte die Aufgaben an seine

Einsatzkräfte. Jeder Zufahrtsweg, und mochte es noch der schmalste Feldweg sein, musste überwacht werden. Jedes Gesindel, ob fremdländisch oder nicht, genaugenommen also jeder Nichtniedernussdorfer, musste aufgehalten und auf Identität und Absichten hin untersucht werden. Bei Widerstand durfte Waffengewalt eingesetzt werden.
Am Ende der Sitzung verteilte der Wirt Kabelbinder aus starkem Polyamid, mit denen Gefangene schnell und sicher gefesselt werden konnten. Bereits am späten Nachmittag patrouillierten Franz Kramers Einsatzkräfte in rotierenden Schichten an den ihnen zugewiesenen Kontrollpunkten. Stunden nach der Besprechung im Wilden Bock war das ganze Dorf in Alarmbereitschaft, was Gisela eine unruhige Nacht bescherte. Sie hoffte, dass die Niedernussdorfer es mit der Wehrhaftigkeit nicht übertrieben.

Montagmorgen war es so weit. Beppo und Olli ließen wieder einmal ihre Bötchen den Bach hinunterschaukeln, als sie zwei bärtige Männer in Nadelstreifenanzügen mit Rucksäcken durch den Wald marschieren sahen. Natürlich waren auch die beiden Jungs von ihren Eltern auf die Sicherheitslage hingewiesen worden, und nachdem die Männer an dem Gebüsch, in dem sie sich versteckt hatten, vorbeigedackelt waren, informierte Olli per Handy seinen Vater. Er gab die Richtung an, in der die Männer unterwegs waren, und Ollis Vater und vier seiner Bauarbeiterkollegen ließen alles stehen und liegen und machten sich mit Eisenstangen und Schaufeln auf den Weg, die Männer abzufangen.

In der Nähe des Wegmeyerhofes kam es zum Aufeinandertreffen der beiden Gruppen. Beppo und Olli beobachteten das aus sicherer Entfernung. Ollis Vater verlangte von den Männern Namen und Absicht des Besuches in Niedernussdorf. Die beiden Männer starrten die fünf Bauarbeiter an wie Ziegen. Sie verstanden kein Wort, sie konnten nur Rumänisch. Ollis Vater gab Befehl, die Rucksäcke der beiden Männer zu durchsuchen, was die sich nicht gefallen lassen wollten. Es kam zu einem Handgemenge mit viel Geschrei und kräftigen Hieben. Der Ausrüstung der Bauarbeiter hatten die beiden Rumänen nichts entgegenzusetzen. Der größere der beiden Männer wurde von einer Schaufel mit einem dumpfen Klonk am Hinterkopf erwischt und in die Bewusstlosigkeit geschickt, den anderen zwangen Schläge mit den Eisenstangen in Bauch und auf den Rücken in die Knie. Ollis Vater fesselte die Handgelenke der beiden Rumänen mit den Plastikbändern, dann unterrichtete er Franz Kramer von dem Fang. Der ordnete an, die Gefangenen in den Bierkeller des Wilden Bocks zu bringen, wo er höchstpersönlich eine Befragung durchführen würde.
Kaum hatte Franz Kramer die Metzgerei verlassen, rief seine Frau Gisela an, um ihr den Stand der Dinge brühwarm zu erzählen. Sie war vielleicht kein Alphatier wie ihr Mann, sie wusste aber sehr gut, wann ihr Mann sich unverantwortlich verhielt.
Gisela bat Ludwig, auf Jakob aufzupassen, doch der musste zur Arbeit. Er würde erst am späten Abend wieder zurück sein. Gisela war ratlos, sie hatte niemanden, der sich um ihren Vater kümmern konnte. Also schlug Ludwig vor, Jakob auf seine Tour mitzunehmen. Jakob müsse halt im Auto warten, während er seinen Geschäf-

ten nachging. Gisela ergriff die Gelegenheit beim Schopfe und drückte Jakob noch eine Sudokuzeitschrift in die Hand – die sollte ihn für ein paar Stunden beschäftigen. In der Tür des Wirtshauses hing das Schild *Geschlossene Gesellschaft.* Gisela drückte die Klinke. Abgesperrt. Sie eilte um das Gebäude herum zum Lastenaufzug im Hinterhof und zog die Blechtür auf, die in die Mauer eingelassen war. Dahinter wartete eine stählerne Plattform, die Platz für vier Bierfässer bot. Gisela bestieg die Metallplatte, dann drückte sie den Abwärtspfeil an der Fernbedienung, die an einem dicken Kabel herabbaumelte. Der Motor ratterte wie eine Propellermaschine aus dem Zweiten Weltkrieg, die Plattform senkte sich in gemächlichem Tempo hinunter in den Keller des Wilden Bocks. Gisela fand sich im Vorratsraum wieder, wo sich Fässer und Bierträger stapelten. Der Keller war ein niedriges Gewölbe aus unverputzten Ziegelsteinen und schießschartenförmigen dreckigen Fenstern. Sie zog eine Metalltür auf und stand am Ende eines etwa fünfzehn Meter langen Ganges, an dessen Decke die Versorgungsröhren mit Strom und Wasser verliefen. Am anderen Ende war die Kellertreppe, die nach oben in den Schankraum führte. Links und rechts gingen jeweils drei Türen ab. Gisela schlich mit gespitzten Ohren den Gang entlang. Undeutliches Murmeln sickerte von irgendwoher zu ihr. Je näher Gisela der Kellertreppe kam, desto deutlicher wurden die Stimmen. Als sie vor der Tür mit der Aufschrift *Heizungsraum* stand, konnte sie Franz Kramers Stimme identifizieren.

»Talk to me! Talk!«, plärrte der Metzger.

Gisela packte die Klinke, drückte die Tür auf. Das schrille Quietschen der Scharniere ließ die Männer in dem ölstinkenden Raum aufschrecken. Gisela blieb auf der Türschwelle stehen. Sie brauchte einen Moment, um den Anblick, der von einer summenden Neonröhre an der Decke beleuchtet wurde, zu verinnerlichen.

Die Hälfte des Raumes nahmen zwei riesige Öltanks ein. Die beiden Rumänen waren an jeweils einen gebunden. Dazu hatte man ihnen ein Seil um den Hals gelegt, das an den Rohren, die aus dem Tank führten, befestigt war. Der größere der bärtigen Männer war käsweiß, ein Auge blutunterlaufen, der weiße Hemdkragen hatte sich mit Blut vollgesaugt. Der andere hing mit bedenklich blauen Lippen nach vorne, sein Blick war auf den Boden gerichtet. Das Seil schnitt gefährlich tief in seinen Hals ein.

»Sag einmal, was wird denn das?«

Ihre Frage richtete sich an Franz Kramer, der mit hochgeschobenen Hemdsärmeln vor den beiden Rumänen stand. Um ihn herum scharten sich der Wirt, Ollis Vater und dessen vier Kollegen. Die Blicke aller waren feindselig, sie konnten jetzt keine Störung gebrauchen, schon gar nicht von Seiten des Gesetzes.

»Verschwind, Gisela, das geht dich nix an.«

Franz nahm eine breitbeinige Stellung ein, er fixierte die Polizistin abweisend. Seine Gefolgsleute taten es ihm gleich.

Gisela hatte keine Angst. Ihre ganze Sorge galt dem Wohlergehen der beiden Rumänen. Sollte einer der Geschundenen sterben, wäre die Kacke am Dampfen.

»Woher wollt ihr eigentlich wissen, dass das nicht einfach Durchreisende sind, hm?«

Franz Kramer nickte auffordernd zu Ollis Vater. Der nahm einen der Rucksäcke und holte eine Whiskeyflasche heraus, in deren Flaschenhals ein leicht entzünd-

licher Lappen steckte. Er hielt Gisela die Flasche unter die Nase.
»Benzin«, sagte er.
Franz Kramer zeigte ein überlegenes Lächeln. »Bestimmt kein Erfrischungsgetränk, oder?«
Gisela musterte die Niedernussdorfer. Die sieben Männer standen ihr wie ein Bollwerk gegenüber.
»Ich nehm die beiden mit.« Sie deutete auf die Rumänen. »Macht sie los.«
Keiner bewegte sich. Gisela wollte selbst die Seile aufknüpfen, aber zwei der Bauarbeiter stellten sich ihr in den Weg. Gisela wandte sich mit einem säuerlichen Gesichtsausdruck Franz Kramer zu.
»Entweder ich geh jetzt mit den beiden, oder ihr kommt alle mit.«
Ihre Stimme war kaum zu hören. Es kostete sie eine enorme Anstrengung, die Ruhe zu bewahren. Jeder im Raum spürte das, es war, als würde die Erde rumpeln, bevor ein Vulkan ausbrach.
Die Niedernussdorfer wechselten ein paar unruhige Blicke. Gisela fixierte Franz Kramer, ohne zu blinzeln. Sein Gesicht war unbewegt. Nur die Wangenmuskeln traten hervor, als er die Zähne zusammenbiss. Das stumme Duell endete mit der trotzig vorgeschobenen Unterlippe des Metzgers.
»Und wie willst du aus denen was rauskriegen? Sprichst du seit neuestem Rumänisch?«
»Darüber mach ich mir Gedanken, wenn Schwester Doris sich die beiden angeschaut hat. Macht ja keinen Sinn, jemanden zu befragen, der halb totgeprügelt worden ist und den Mund nicht aufkriegt, oder?«
Noch einmal prallte ihr Blick frontal auf den von Franz

Kramer, dann wurden auf seine Anweisung hin die beiden Rumänen von den Heizungstanks losgemacht und an Gisela übergeben.

Schwester Doris stellte bei dem Größeren der beiden eine Platzwunde am Hinterkopf sowie eine Gehirnerschütterung fest. Den anderen hatte es schlimmer erwischt. Er konnte kaum den Oberkörper aufrichten, was auf einen Rippenbruch hindeutete. Die Krankenschwester verarztete die Rumänen so gut wie möglich, legte Gisela allerdings nahe, beide ins Krankenhaus nach Straubing zu fahren. Erwin und Schorsch legten sofort Widerspruch ein, als sie das hörten.
»Da musst du nur einen Bericht schreiben, und den kriegt dann der Lederer auf den Tisch. Und dann? Dann übernimmt der.« Erwin schüttelte energisch den Kopf. »Nein. Wir sollten die hier befragen.«
»Find ich auch. An einer Gehirnerschütterung und ein paar gebrochenen Rippen ist noch niemand gestorben.« Schorsch heimste einen zustimmenden Blick von Erwin ein. »Ich mein, die sind hergekommen, um uns in Brand zu stecken. Also, so was geht einen Straubinger ja eh nichts an.«
»Genau. Das ist unsere Sache.« Erwin verschränkte die Arme. Jede weitere Diskussion hielt er für müßig.
»Also, ein, zwei Tage halten die schon noch durch«, meinte Schwester Doris zaghaft. »Aber dann sollte sich schon ein richtiger Arzt drum kümmern.«
Der größere Rumäne saß mit aufmerksamem Blick auf einem der Stühle und versuchte zu verstehen, was hier verhandelt wurde. Der andere lag auf dem Boden und

hatte eine möglichst schmerzfreie Position eingenommen, die Butterhörnchenhaltung, wie Erwin sie nannte. Gisela pustete ihre Ratlosigkeit heraus.

»Wenn wir sie dem Straubinger übergeben, dann werden wir nie was gegen Vlad in der Hand haben. Von denen spricht doch keiner mehr, wenn man sie mit dem Lederer seine Glacéhandschuhe anfasst. Der macht doch alles nach den Paragraphen.«

»Meinst, wir nicht?«, schnauzte Gisela Erwin an. Ihr Unmut rührte weniger von der Andeutung her, dass sie widerrechtlichen Methoden nicht abgeneigt sei, als vielmehr vom Wahrheitsgehalt seiner Worte. Lederer würde den Dienstweg beschreiten, die Rumänen maximal achtundvierzig Stunden festhalten und befragen. Wenn die außer ihren Personalien nichts sagten, dann müsste er sie laufen lassen. Molotowcocktails herumzutragen war noch nicht strafbar. Und eine Anfrage bei den rumänischen Behörden, um eine Verbindung zu Vlad Tomanovici herzustellen, würde mehrere Tage, wenn nicht gar Wochen beanspruchen.

»Ich fahr nach Straubing«, sagte sie.

Enttäuschung und Unverständnis machten sich auf den Gesichtern der anderen breit.

»Ich hole Doktor Rothaler, der soll sich die beiden mal anschauen. Und bring Jana mit, damit die uns übersetzt.«

Erwin und Schorsch strahlten begeistert um die Wette.

Gisela schaute Schwester Doris mahnend an. »Kein Wort zu niemandem.«

Schwester Doris schüttelte den Kopf. »Ich hab ja auch so eine Art Schweigepflicht als Krankenschwester«, erklärte sie.

»Wir müssen uns nur überlegen, wie wir Jana von Lederer loseisen, ohne dass der blöde Fragen stellt«, überlegte Gisela laut.
»Ja, und ob die überhaupt mitkommt, wenn die hört, um was es geht.« Erwin beäugte die bärtigen Rumänen. »Wenn ich nicht müsste, würd ich mit denen auch nicht unbedingt was zu tun haben wollen.«
Ratlosigkeit machte sich in der Dienststube breit. Schorsch räusperte sich leise.
»Ich könnt das ja machen.«
Alle Augen richteten sich auf ihn. Schorschs Gesicht verfärbte sich rot mit weißen Sprenkeln auf den Wangen.
»Ich könnt ihr ja klarmachen, dass wir über die beiden versuchen, an den Vlad ranzukommen.«
Erwin seufzte. »Schorsch, das funktioniert nie.«
»Wieso denn nicht?« Schorschs Rot wurde dunkler, die weißen Flecken heller.
»Weil da was zwischen euch sein müsste.« Erwin machte mit den Händen Vorwärts- und Rückwärtsbewegungen, um eine Art Gefühlsaustausch zu demonstrieren. »Aber das ist eine Nutte, und du warst ihr Kunde. Und du hast sie mit einem Felsbrocken niedergeschlagen. Die wird dir was husten.«
Schorsch presste getroffen die Lippen zusammen.
»Probieren kann er's doch mal, oder?« Gisela nahm ihre Jacke vom Haken. »So machen wir's. Ich hol den Doc, der Schorsch die Jana.« Sie wandte sich an Erwin. »Und du passt auf die beiden hier auf. In eineinhalb Stunden bin ich wieder da.«
Erwin stöhnte auf.
»Ich kann den Richie doch nicht so lange alleine lassen.«

Gisela wischte den Einwand mit einer Handbewegung weg.
»Den setzen wir in mein Büro. Dort stört er nicht, und du hast ihn trotzdem im Blick. Auf geht's, packen wir's.«
Dieser Entschiedenheit Giselas hatte niemand was entgegenzusetzen.

Schorsch blieb ein paar Minuten im Streifenwagen sitzen, nachdem er vor Lederers Reihenhaus geparkt hatte. Sein Herz klopfte ihm bis in die Schläfen, er wischte seine schweißnassen Hände an den olivfarbenen Hosenbeinen ab. Schließlich stieg er mit weichen Knien aus und stiefelte auf das Gartentürchen zu. Er las den Namen Lederer auf dem Klingelschild. Eine vorübergehende Lähmung blockierte jeden Muskel in seinem Körper. Schorsch schloss die Augen, stellte sich Janas Gesicht vor, woraufhin sein Zeigefinger wie von alleine gegen den Klingelknopf drückte.
Das Ding-Dong aus dem Inneren des Hauses ließ Schorsch wieder die Augen öffnen. Nach einer gefühlten Ewigkeit öffnete sich die Haustür. Jana trug einen Trainingsanzug und einen kühlen Blick.
»Herr Lederer ist nicht da. Der ist im Büro.«
»Gott sei dank«, entfuhr es Schorsch. »Ich … ich wollt auch nicht zu ihm, sondern zu Ihnen.«
Jana schaute ihn misstrauisch an. Schorsch spürte den Schweiß kalt seinen Nacken runterlaufen.
»Ich wollte mich entschuldigen.« Schorsch hielt sich am Gartentürchen fest, als er merkte, wie sich der Gummi in seinen Knien verflüssigte. »Ich war wohl etwas … grob.«
Jana schaute ihn aus Katzenaugen an. Sie sagte nichts.

Auf Schorschs Stimmbänder legte sich ein Kloß und verstopfte die Luftröhre. Sosehr er sich auch bemühte, nicht der kleinste Ton hatte eine Chance, da durchzuschlüpfen.
»Mir tut es auch leid.« Jana lächelte entschuldigend. »Ich hätte nicht weglaufen sollen.«
Der Kloß in Schorschs Hals löste sich auf.
»Oh, doch, doch, das ... das war vollkommen richtig, ich hätte das auch nicht anders gemacht.«
»Ich mag keine Polizei.«
»Das ... das ... ist Ihr gutes Recht«, stammelte Schorsch.
»Sie sind anders. Sie entschuldigen sich.«
Schorsch freute sich über das Kompliment. Seine Ohren glühten.
»Das ist nur ein Grund, warum ich gekommen bin. Kann ich kurz mit Ihnen sprechen?«
Jana stand unschlüssig in der Tür.
»Es wäre wichtig«, ergänzte Schorsch. »Sie würden mir einen großen Gefallen tun.«
Jana ließ Schorsch herein. Ihre Eltern waren dabei, das Haus zu putzen. Sie reinigten auf diese Art und Weise ihr schlechtes Gewissen, bei Lederer umsonst zu wohnen. Jana stellte Schorsch als einen Freund Lederers vor, der bei der Polizei eine hohe Position innehabe. Ihre Eltern wunderten sich, wie viele Polizisten in Janas Leben plötzlich eine Rolle spielten. Aber sie glaubten allen Erklärungen ihrer Tochter. Aus Liebe, was bei Jana solche Schuldgefühle auslöste, dass sie ihrer Mutter manchmal nicht mehr ins Gesicht schauen konnte.
Nachdem Schorsch seine Bitte vorgebracht hatte, begleitete Jana ihn unter einer Bedingung nach Niedernussdorf: Sie wolle den beiden Rumänen nicht gegen-

übertreten. Sie würde übersetzen, aber ohne sich zu zeigen. Schorsch versprach ihr das nach Rücksprache mit Gisela, die mit Doktor Rothaler bereits auf dem Weg zurück ins Dorf war.

Vlad Tomanovici wartete währenddessen ungeduldig auf den Telefonanruf der beiden angeheuerten Rumänen. Eine Stunde nach dem vereinbarten Termin fuhr er nach Niedernussdorf, ohne der Bürgerwehr ins Netz zu gehen. Er ahnte Schlimmes, und als er nirgends in dem Dorf Anzeichen für einen Brand bemerkte, wusste er, dass der Plan fehlgeschlagen hatte. Er parkte im Schatten eines Wohngebäudes, das schräg gegenüber der Polizeistation lag, zog sein Handy hervor, wählte die Nummer der Wache.

Erwin meldete sich freundlich. Vlad erkundigte sich nach den Rumänen. Stille am anderen Ende, gefolgt von Erwins zittriger Lüge, er wisse nichts von irgendwelchen Rumänen. Wer denn überhaupt dran sei, wollte er noch wissen. Vlad drückte die rote Hörertaste.

Ein Smart bog auf den Parkplatz der Polizeistation ein. Gisela und Doktor Rothaler stiegen aus, betraten das Gebäude. Was immer da vor sich ging, Vlads Geduld hatte ein Ende. Er würde zur radikalsten Lösung greifen, um dieser Dorfpolizistin zu zeigen, wer hier die Regeln machte. Er wählte die Nummer seines Geschäftspartners in Bukarest und forderte die *Bloody Devils* an. Vlad wollte keine erneute Zeitverschwendung mit Amateuren, wie er die beiden Rumänen mit grollender Stimme nannte. Sein Geschäftspartner versprach, die Rockergang sofort loszuschicken. Die *Devils* würden außerdem den Auftrag haben, die beiden Rumänen zu befreien, denn Vlad

konnte sich keine Aussagen leisten, die ihn in die Nähe der organisierten Kriminalität rückten.
Am liebsten wäre Vlad selbst in die Polizeistation marschiert und hätte alles mit den Waffen, die er unter dem Ersatzreifen im Kofferraum mitführte, geregelt. Aber die Zeiten, in denen er Probleme eigenhändig löste, waren lange vorbei. Er war inzwischen ein Geschäftsmann mit weißem Kragen und sauberen Händen. Das schwarze Monster in ihm zerrte trotzdem bisweilen an der Kette, um losgelassen zu werden. Noch hielt die Kette der ungeheuren Kraft stand.

Erwin berichtete Gisela brühwarm von dem Anruf.
»Da kommt noch was auf uns zu, so schwer wie der geschnauft hat«, konstatierte er. »Ich denk, wir sollten zumachen und vorerst daheimbleiben.«
»Ja, das tät dir so passen«, erwiderte Gisela. »Den Schwanz ziehen wir vor niemandem ein.«
Doktor Rothalers Untersuchung der beiden Rumänen dauerte eine knappe Viertelstunde. Er bestätigte Schwester Doris' Diagnose, ergänzt um ein paar Kleinigkeiten wie einen gebrochenen Mittelfinger, zwei ausgeschlagene Schneidezähne und ein geplatztes Trommelfell.
»Nichts Besorgniserregendes.« Doktor Rothaler stellte ein Rezept über ein starkes Schmerzmittel und eine Gipsbandage aus. Er gab es Gisela nicht sofort. »Ich hoffe, wir haben nicht vor, die beiden weiter zu foltern.«
»Wir haben die nicht gefoltert«, protestierte Gisela.
»Die Verletzungen lassen aber nur diesen Schluss zu. Wir verwandeln Niedernussdorf doch hoffentlich nicht in eine Außenstelle von Guantanamo, oder?«

Gisela schüttelte entsetzt den Kopf.
Doktor Rothaler hielt das Rezept hoch. »Darauf steht mein Name. In vierundzwanzig Stunden werde ich den Vorfall in Straubing der Polizei melden. Bis dahin sollten Sie Ihre Angelegenheiten hier geregelt haben. Ganz wunderbar wäre es, wenn Sie sich selbst an die Behörden wenden. Ich wasche ungern die schmutzige Wäsche anderer Leute.«
»Ich weiß es zu schätzen, Herr Doktor.« Sie bekam das Rezept, und Doktor Rothaler packte sein Köfferchen zusammen.
»Äh, Herr Doktor, ich hätt da noch jemanden, den Sie sich grad mal anschauen könnten?«
Sie deutete auf ihr Büro. Richie saß wie eine Puppe auf Giselas Bürostuhl. Sabber lief ihm am Mundwinkel runter. Nach der ersten Überraschung und einer schnellen Untersuchung stellte Doktor Rothaler ein weiteres Rezept aus. Richie sollte mit einer Kombination aus einem Neuroleptikum und einem Antidepressivum wieder auf Vordermann gebracht werden.
»Damit bekämpfen wir zwar die Symptome, nicht aber die Ursache. Dieser Mann braucht unbedingt eine psychotherapeutische Intervention.«
Gisela wischte den Sabber von Richies Kinn.
»Wir sollten Ihre ganze Mannschaft mal auf psychische und emotionale Stabilität untersuchen lassen. Hier liegt meiner Meinung nach einiges im Argen, und wenn wir keine professionelle Hilfe in Anspruch nehmen, befürchte ich, dass dem Irrsinn Tür und Tor geöffnet werden.«
»Wir haben alles im Griff, Herr Doktor.«
Bevor sie und Doktor Rothaler in den Smart stiegen,

glaubte sie, aus den Augenwinkeln Vlads Wagen vorbeifahren zu sehen. Doch kaum dass sie richtig hinschauen konnte, war der Wagen um die Kurve verschwunden. Im gleichen Augenblick schoss der Streifenwagen mit Schorsch und Jana auf den Parkplatz. Verwundert registrierte Gisela, dass Jana am Steuer saß. Mit bedröppelter Miene stieg Schorsch aus.

»Rein. Sofort«, zischte Gisela wie eine erzürnte Mutter, die ihre Kinder bei etwas Verbotenem erwischt hatte. »Und ihr wartet, bis ich wieder da bin, verstanden?«

Schorsch nickte, nahm verlegen den Autoschlüssel von Jana in Empfang.

»Es war meine Idee.« Jana machte eine entschuldigende Geste. »Georg ist so verständnisvoll. Er hat so ein weiches Herz.«

»Eher eine weiche Birne.« Gisela atmete tief durch. »Vielleicht sollten wir uns wirklich alle auf unseren geistigen Zustand untersuchen lassen.« Sie nickte Richtung Dienststelle. »Und jetzt ab.«

Schorsch und Jana trollten sich, und Gisela fragte sich, was sie nur falsch gemacht hatte.

Als Schorsch die Dienststube betrat, legte Erwin das Motorradmagazin weg, in dem er geblättert hatte, und stand auf.

»Na, endlich. Dann kannst du jetzt aufpassen.« Er schnappte sich seine Lederjacke. »Ich muss zur Apotheke.« Er schaute an Schorsch vorbei in den leeren Flur. »Wo ist denn die Jana?«

Schorsch presste Erwin schnell die Hand auf den Mund. »Du darfst ihren Namen nicht sagen«, flüsterte er Erwin

heiß ins Ohr. »Sonst wissen die doch, wen sie killen müssen.«
Er blickte zu den Rumänen, die keinerlei Interesse an den beiden Polizisten zeigten. Erwin packte Schorschs Unterarm, zerrte Schorschs Hand von seinem Mund. Er wischte sich angeekelt über die Lippen.
»Die verstehen kein Wort Deutsch.«
»Ein Name ist ein Name. In jeder Sprache.«
»Ja, und deiner heißt auf Rumänisch Volldepp.«
Verärgert stapfte Erwin davon. Schorsch wartete, bis sein Kollege außer Sichtweite war, dann holte er eine Isolierdecke aus dem Notfallschrank und warf sie dem größeren Rumänen über den Kopf, ohne sich um dessen lautstarken Protest zu scheren. Der auf dem Boden liegende Mann bekam Schorschs Jacke als Sichtschutz verpasst. Erst nachdem er ganz sicher war, dass beide nichts sehen konnten, holte er Jana auf leisen Sohlen in die Dienststube. Er brachte sie in Giselas Büro, versorgte sie mit Kaffee und Mineralwasser und leistete ihr Gesellschaft, bis die Chefin aus Straubing zurück war und die Befragung beginnen konnte.

Über die Gegensprechanlage stellte Gisela von ihrem Schreibtisch aus Fragen an die beiden Rumänen, in denen sie um Kooperation bat. Unterschwellig drohte sie damit, schwerere Geschütze aufzufahren, sollte dieses Gespräch eine Einbahnstraße werden. Doch die Rumänen machten den Mund nicht auf. Erst als Giselas Geduldsfaden riss und sie ankündigte, die Männer der Bürgerwehr kommen zu lassen, begann der Größere zu fluchen und zu schimpfen. Jana übersetzte die unflätigen Worte mit einem Kichern. Für manche Ausdrücke gab es keine deutsche Übersetzung, so dass sie zu Eigenkreationen greifen musste.

Gisela fand das gar nicht amüsant. Sie war ratlos, wie sie weiter vorgehen sollte. Sie konnte den Dienstweg einhalten, oder sie konnte noch einen Schritt weiter gehen. So heiß brannte in ihr der Wunsch, Vlad das Handwerk zu legen, dass sie sich für Letzteres entschied. Mit ihrem Handy machte Gisela Fotos von den zwei Gefangenen.

»Ich fahr mal ins Paradies.«

»Wozu das denn?«, wollte Erwin wissen.

»Mal schauen, ob ich die Ratte aus dem Loch locken kann.«

»Ich komm mit.« Schorsch erhob sich. »Dann hast diesmal einen Zeugen.«

Während der Fahrt nach Grünharding spielte Gisela ihre Möglichkeiten durch, Vlad Tomanovici aus der Reserve zu locken. Am liebsten wäre ihr, Vlad würde sich erneut zu einer kompromittierenden Aussage hinreißen lassen, aufgrund deren sie ihn festnehmen könnte. So weit käme es nur, wenn er ausrastete und die Kontrolle verlor. Sie musste ihn da treffen, wo es ihn am meisten schmerzte. Im Geschäftlichen. Im Paradies.

Die Kröte empfing Gisela und Schorsch mit einer missmutigen Miene. Bevor sie ein Wort ausspucken konnte, hielt Gisela ihr Handy mit dem Foto des größeren Rumänen hoch.

»Kennen Sie diesen Mann?«

Die Kröte schob die Unterlippe vor, schüttelte den Kopf.

Gisela rief das zweite Foto auf.

»Den?«

Erneutes Kopfschütteln.
»Darf ich Sie bitten, Ihre Mitarbeiterinnen zusammenzurufen?«
»Wieso das denn?«
»Um die Damen bezüglich dieser Herren zu befragen.«
»Ich glaube nicht, dass Sie das dürfen.« Trotz des abweisenden Blickes klang die Stimme der Kröte leicht verunsichert.
»Es geht um die Abwendung einer möglichen Straftat, und laut Paragraph 55 der Strafprozessordnung ist eine befragte Person nur dann von der wahrheitsgemäßen Auskunft entbunden, wenn sie sich dadurch selbst belasten und einer Strafverfolgung aussetzen würde. Denken Sie, dass das bei den hier arbeitenden Damen der Fall sein könnte?« Die maschinengewehrartige Salve, von Schorsch mit Vehemenz dargebracht, erstickte jegliches Widerwort im Keim. Er liebte es, andere mit seiner Kenntnis des Strafgesetzbuches zu beeindrucken. Gisela hatte mit ihm jeden Schritt während der Fahrt durchgesprochen und ihn dazu ermutigt, mit seinem Wissen nicht hinter dem Berg zu halten.
Die Kröte schnappte sich ihren Telefonhörer.
»Ich ... da muss ich erst Rücksprache halten.« Sie deutete auf die Sitzgruppe in der Wartezone. »Wenn Sie bitte so lange Platz nehmen würden.«
Gisela und Schorsch zogen sich auf die Ledersessel zurück, während die Kröte angespannt in den Hörer tuschelte. Schorsch nahm sich eine Autozeitschrift, Gisela betrachtete prüfend den Bambus neben ihrem Sessel.
Die Kröte legte den Telefonhörer auf.
»Es wird sich gleich jemand um Sie kümmern. Darf ich Ihnen etwas zu trinken anbieten?«

»Was heißt denn gleich? Hier ist Gefahr im Verzug«, raunzte Gisela die Kröte an. Die blinzelte nervös.
»Herr Tomanovici wird in zehn Minuten hier sein.«
»Ich möchte Sie trotzdem bitten, die Damen schon mal zu informieren.«
Die Kröte räusperte sich, kleine Schweißperlen glänzten auf ihrer Oberlippe.
»Ich … ich befürchte, das wird nicht möglich sein. Einige sind gerade mitten in einer Anwendung.«
Gisela nickte Schorsch aufmunternd zu.
»Mach du das. Du kennst dich hier ja aus.«
Schorsch legte die Zeitschrift weg, wuchtete sich aus dem Sessel. Er marschierte schnurstracks auf die Schiebetür zu. Die Kröte sprang auf. Ihr massiger Körper walzte hinter dem Tresen hervor, um sich Schorsch in den Weg zu stellen. Sie trug ein wallendes pinkfarbenes Kleid, ihre breiten Füße steckten in Zimtsandalen.
»Einen Moment, was soll das denn?«
»Gefahr im Verzug bedeutet, dass wir keine Zeit zu verlieren haben. Sollten Sie sich mir in den Weg stellen, machen Sie sich einer möglichen Strafvereitelung schuldig. Was das bedeutet, muss ich Ihnen ja wohl nicht erklären.« Schorsch überragte die Kröte um einen ganzen Kopf. Gleichzeitig machte er sich so breit wie möglich. Aus Giselas Perspektive sah es so aus, als würde er sie gleich an die Wand drücken und zerquetschen.
Wenn Schorsch motiviert war, dann konnte er durchaus den bösen Polizisten geben. Er war so glaubwürdig, dass die Kröte kleinlaut zur Seite trat. Die Schiebetür glitt leise zischend zur Seite und Schorsch verschwand dahinter. Kurz darauf hörte man heftiges Hämmern an die Türen, begleitet von Schorschs lauter Anweisung, sich sofort im

Foyer zur polizeilichen Befragung einzufinden. Die Kröte huschte schnell an ihren Platz, griff zum Telefon und drückte die Wahlwiederholung.
»Ach ja, vielleicht könnten Sie mir doch bitte einen Milchkaffee machen, das wär allerliebst von Ihnen.«
Die Kröte antwortete auf Giselas freundliche Bitte mit einem schmalen Lächeln, das rasiermesserscharf war. Sie hob einen Zeigefinger, um anzudeuten, dass sie dem Wunsch gleich nachkommen werde. Vorher stieß sie noch ein paar rumänische Sätze in den Hörer, denen höchste Alarmstufe anzuhören war.
Gisela schmunzelte zufrieden. Der Milchkaffee kam zeitgleich mit sechs jungen Damen in Bademänteln und drei Herren im gesetzteren Alter, die mit roten Ohren und gesenktem Blick flüchten wollten.
»Moment!« Gisela stemmte sich hoch. »Nicht so schnell. Wenn Sie meinem Kollegen bitte die Personalien angeben würden.«
Schorsch zog dienstbeflissen einen kleinen Moleskine-Block aus seiner Brusttasche. Sie hatten unterwegs extra am einzigen Schreibwarengeschäft Niedernussdorfs gehalten, damit er sich das Notizbüchlein samt Kugelschreiber kaufen konnte.
»Wieso denn?« Ein glatzköpfiger Herr im Trachtenjanker blinzelte Gisela unruhig an. »Darf man jetzt nicht mal mehr zur Massage gehen?« Sein Aufbegehren glich einem zarten Windstoß.
»Doch, freilich«, antwortete Gisela. »Wir brauchen das nur für den Fall, dass wir noch Fragen in Zusammenhang mit einer Straftat haben.«
Alle drei Herren schauten fragend zur Kröte, die die Blicke an Gisela weitergab.

»Muss das wirklich sein?«
Gisela spielte die Zerknirschte.
»Ich befürchte, ja.«
Schorsch trat einen Schritt vor.
»Name?«, herrschte er den Herrn im Trachtenjanker an. Er war Grünhardinger, ebenso die beiden anderen. Nach Aufnahme der Daten entschwanden sie, und Gisela war sich sicher, dass sich die Ermittlungen schnell im Dorf herumsprechen würden.
Schorsch machte mit den Personalien der Damen weiter und steckte gerade sein Notizbüchlein weg, als Vlad Tomanovici in die Beautyfarm stürmte. Von Ruhe und Beherrschung war nichts zu spüren, im Gegenteil, er schoss wie ein tollwütiger Hund auf Gisela zu. Sie erwartete seinen Angriff in aufrechter Haltung, die Tasse gelassen zum Mund führend. In ihr aber war jeder Muskel angespannt. Schorsch hatte eine Hand prophylaktisch an seiner Dienstwaffe. Es war mehr als eine Drohgebärde, denn Schorsch war zu allem bereit, sollte Gisela in Gefahr sein.
»Was erlauben Sie sich!« Vlad Tomanovicis Spucke sprühte Gisela ins Gesicht. Sie nahm den Geruch von Pfefferminze wahr. Gisela fragte sich, ob er auf dem Weg hierher ein Bonbon gelutscht hatte, um trotz allem einen angenehmen Atem zu haben. Kurz bewunderte sie sein Bemühen, selbst in einer Gefahrensituation einen gewissen Stil zu wahren. Doch als die nächste Wortspucke ihr Gesicht benetzte, wünschte sie sich nur noch, dass er den Mund zumachte.
»Halten Sie Ihr Maul!« Gisela drückte Schorsch die halbvolle Tasse in die Hand. Sie zeigte dem Rumänen die Fotos seiner Landsleute. »Das sind Ihre Leute, oder?«
Vlad Tomanovici presste die Zähne zusammen. Er hatte

nicht vor, eine Antwort zu geben. Gisela schwenkte das Foto im Halbkreis der jungen Damen herum.
»Diese Männer sind in mein Dorf gekommen, um mich und meine Männer zu bedrohen. Diese Männer haben ausgesagt, dass Sie alle hier als Prostituierte für Herrn Tomanovici arbeiten. Stimmt das?«
»Machen Sie sich doch nicht lächerlich«, fuhr Vlad Tomanovici dazwischen. »Wen wollen Sie denn mit diesem Zirkus beeindrucken?«
Gisela ignorierte Vlad Tomanovici in ihrem Rücken.
»Ich will, dass die Morde an Danijela Andreikovici und ihrer Schwester Ionela aufgeklärt werden. Und jeder, der etwas darüber weiß, sich aber weigert, auszusagen, kann wegen Beihilfe verurteilt werden.«
Die Damen wechselten verunsicherte Blicke, traten von einem Fuß auf den anderen.
»Hören Sie endlich auf!« Vlad Tomanovici riss Gisela an der Schulter herum. An seiner rechten Schläfe trat eine dunkle Ader hervor, das gesunde Auge glimmte wie eine Zündschnur. Gisela konnte seine Zähne knirschen hören. Er nahm seine Hand von ihrer Schulter.
»Ganz im Gegenteil, ich fang gerade erst an.« Sie gab Schorsch ein Handzeichen. »Bring die Damen zum Auto. Für eine Befragung ist es mir hier zu gefährlich.« Ihre Stimme wurde ganz leise. »Wer weiß, zu welchen Handgreiflichkeiten der Herr hier sich noch hinreißen lässt.«
Die Ader an der Stirn des Rumänen trat gefährlich dick hervor. Aber er blieb ruhig.
»Äh, ich … ich weiß nicht, ob wir die alle reinkriegen.« Schorsch zog eine ratlose Miene.
Gisela musterte die sechs jungen Damen. »Das geht schon, die sind so dünn, da zählt jede nur halb.«

Schorsch nickte zur Kröte. »Die auch?«
Gisela überlegte kurz, schüttelte den Kopf. Schorsch pustete erleichtert aus. Er gab Gisela die Tasse zurück und rückte seine Dienstmütze zurecht.
»Also, gehen wir.« Mit einer einladenden Geste lotste er die Damen zum Ausgang. Alle vermieden es, Vlad Tomanovici ins Gesicht zu sehen. Der hatte die Hände in die Hosentaschen gesteckt, möglicherweise, um keine Dummheiten zu machen. Gisela hatte gehofft, er würde sich nicht beherrschen und sie vor den Zeugen tätlich angreifen. Eine Festnahme des Rumänen wäre ihr ein, zwei Schläge wert gewesen. Gisela trank den Milchkaffee aus, reichte der Kröte die leere Tasse.
»Sehr gut, danke.« Sie meinte es so. Normalerweise bekam sie von Automatenkaffee eine pelzige Zunge. »Darf ich fragen, welche Sorte das ist?«
»Verschwinden Sie endlich«, sagte Vlad Tomanovici. Es lag eine Ruhe in seiner Stimme, die Gisela leichtes Magendrücken verursachte. Es klang nach einem aufkommenden Sturm. Die Entschlossenheit in seinem Gesicht verstärkte diesen Eindruck noch.
Hatte sie ihn falsch eingeschätzt und er würde sich dem Druck nicht beugen? Wenn dem so war, könnte es schlimmer kommen als gedacht. Mit diesem beunruhigenden Gedanken quetschte sich Gisela neben eine der jungen Damen auf den Beifahrersitz. Die beklemmende Stille während der Fahrt zurück zur Dienststelle nach Niedernussdorf und das aufziehende Sommerunwetter, das sich am schwarzblauen Horizont abzeichnete, vervollständigten das ungute Gefühl.

Es war ein gewaltiges Gewitter, das in dieser Nacht tobte. Der Sturm trieb den Regen fast waagrecht vor sich her, Blitz und Donner hämmerten wie siamesische Zwillinge auf den ganzen Landkreis ein. Altersschwache Bäume wurden entwurzelt, die Gullis liefen über, die Felder wurden überschwemmt, die Tiere in den Ställen jammerten und greinten. Die Menschen verschanzten sich in ihren Häusern. Niemand, der nicht unbedingt musste, wagte sich in die entfesselten Naturgewalten hinaus.
Beppo und Olli klebten am Fenster von Ollis Kinderzimmer und beobachteten mit großen Augen das wilde Schauspiel. Beppos alleinerziehende Mutter hatte zweimal die Woche Nachtschicht in Dingolfing bei BMW, und er durfte bei Olli übernachten. Jetzt entdeckte er in dem dichten Regenvorhang mehrere sich nähernde Lichter.
»Sind das UFOs?« Er zeigte Olli die Lichter. Der drückte seine Stirn fest gegen die Glasscheibe, fixierte die Erscheinungen.
»Das sind Motorräder«, stellte er fest.
»Geh, du spinnst ja. Bei dem Wetter.«
Beppos Ungläubigkeit wurde weggefegt, als ein Dutzend Harleys mit massigen Männern darauf am Haus vorbeidonnerten. Alle trugen Vollbärte, ärmellose Jeansjacken über dunklen Lederjacken und Cowboystiefel. Sie wirkten, als kämen sie direkt aus der Hölle. Im Licht eines Blitzes leuchtete die blutrote Schrift auf den Jeansjacken auf. *Bloody Devils.* Wenige Sekunden später wurden die blutigen Teufel von der Dunkelheit des Unwetters verschluckt. Die roten Rücklichter starrten Beppo und Olli wie die Augen teuflischer Monster an.
»Scheiße, ich glaub, das gibt Ärger.« Olli schaute zu Beppo, der seinem Freund nur zustimmen konnte. In dem

Moment erlosch im Kinderzimmer die kleine Nachttischlampe neben Ollis Bett. Die Straßenlaternen und die erleuchteten Fenster rundherum wurden ebenfalls dunkel.
»Jetzt geht's los.« Beppo wagte nur mehr zu flüstern. Olli wusste genau, was er meinte. Im Religionsunterricht hatten sie vor kurzem die Apokalypse durchgenommen, und genau so fühlte sich diese Nacht an.
Die sechs jungen Damen waren nach einer unergiebigen Befragung auf den Wegmeyerhof gebracht worden. Im Gästezimmer war ein Matratzenlager hergerichtet worden, in dem die Damen bis zum nächsten Morgen bleiben sollten. Gisela hoffte, dass die ein oder andere über Nacht zur Vernunft käme und Janas Aussage über die Praktiken Vlad Tomanovicis bestätigte.
Das Unwetter zog und zerrte an dem Haus, und als der Strom ausfiel, bot Gisela auch ihren Männern an, die Nacht auf dem Hof zu verbringen. Ludwig hatte fünf Minuten zuvor angerufen, dass er mit Jakob auswärts übernachten werde. Es sei gescheiter, bei dem Sauwetter nicht unterwegs zu sein.
Richie lag friedlich schlafend auf der Couch. Die Medikamente Doktor Rothalers hatten nicht den gewünschten Effekt gehabt, sie hatten Richie nicht aus seinem katatonischen Zustand gerissen, im Gegenteil, sie hatten ihn in eine Art Riesenzucchini verwandelt, die nicht mehr fähig war, eigenständig zu gehen. Erwin machte es sich ebenfalls im Wohnzimmer so weit wie möglich gemütlich. Er rollte sich in Jakobs Ohrensessel wie eine Katze ein und war trotz des Lärms, der draußen tobte, sofort eingeschlafen.
Schorsch hatte größere Schwierigkeiten. Er lag als Be-

schützer auf einer Luftmatratze im Korridor vor dem Gästezimmer. Es war nicht das Unwetter, das ihn wach hielt, sondern der Gedanke an Jana, die in Niedernussdorf geblieben war und nun bei den anderen Damen war. Wie gerne hätte er sie noch einmal gesprochen, die Wärme ihres Körper eingeatmet, ihre samtene Haut berührt. Er wusste aber, dass diese tiefen Gefühle nicht auf Gegenseitigkeit beruhten. Jana würde aus seinem Leben verschwinden und danach als Erinnerung Tag für Tag mehr verblassen. Schorsch seufzte, federte in die Seitenlage und starrte auf den dunklen Türspalt, der ab und zu von einem Blitz grell erleuchtet wurde. Wenn man wachbleiben wollte, musste man nur unglücklich verliebt sein, dachte er.

Gisela war nicht unglücklich verliebt und trotzdem wach. Die Ahnung, einen Fehler gemacht zu haben, drehte sich als kantiger Kieselstein in ihrem Magen und drückte gegen die Eingeweide. Sie machte sich für den Tod Ionelas verantwortlich, und jetzt setzte sie auch noch das Leben der sieben jungen Damen aufs Spiel. Sie hatte deren Angst vor Vlad Tomanovici gespürt, und sie konnte es ihnen nicht verübeln. Dieser Mann war skrupellos genug, weiteren Menschenleben ein Ende zu bereiten.

Mit dem Abklingen des Sturms schälte sich ein Gedanke immer klarer heraus. Wenn am nächsten Morgen keine der Damen zu einer Aussage bereit war, würde sie Lederer informieren und ihm die Ermittlungen alleine überlassen. Sie würde ihm die gefangenen Rumänen übergeben und ihn fragen, was mit den Damen geschehen solle. Er würde wissen, wie man diese verfahrene Situation handhaben musste. Sie war nur eine einfache

Dorfpolizistin, Verbrecher wie Vlad Tomanovici spielten in einer anderen Liga. Das Bedürfnis, gegen die großen Jungs zu spielen, war ihr vorerst vergangen.

Ein gewaltiger Donner riss die Niedernussdorfer frühmorgens aus ihren Betten. Postbote Fritz war als Erster vor Ort. Überall auf der Straße lagen Betonbrocken, das der Polizeidienststelle gegenüberliegende Haus hatte zerborstene Fensterscheiben. Und auf der Rückseite der Wache klaffte ein riesiges Loch in der Mauer. Genau an der Stelle, wo sich einst die Zelle befunden hatte. Die war jetzt leer.

Andere Niedernussdorfer fanden sich bald an der Unglücksstelle ein, und noch schneller machte die Nachricht von der Flucht der Gefangenen die Runde. Beppo und Olli erzählten aufgeregt von den *Bloody Devils,* die der Sturm ins Dorf gebracht hatte. Den Niedernussdorfern war klar, dass diese Rockerbande für den Ausbruch verantwortlich war. Für die nützliche Information bekamen die beiden Jungs einen Fünfer vom Wirt.

Gisela und Schorsch säuberten den Hof von heruntergerissenen Ästen, Plastiktüten und dem Altpapier, das der Sturm herbeigetragen hatte. Erwin steckte seinen Kopf aus dem Küchenfenster, in der Hand sein Handy.

»Die Rumänen sind ausgebrochen.«

»Kreuzkruzifix.« Der Fluch kam von Herzen. Nach dem Frühstück, das Gisela mit den jungen Damen eingenommen und bei dem keine von ihnen ein Wort gesagt hatte, war sie fest entschlossen gewesen, Lederer anzurufen. Die Neuigkeiten, die sie ihm zu überbringen hatte, waren

unangenehm genug, die Flucht der beiden Rumänen machten das Ganze noch schlimmer. Eine interne Ermittlung wegen ihres unrechtmäßigen Vorgehens war mehr als wahrscheinlich, eine Herabstufung und ein Eintrag in ihre Akte so gut wie sicher. Sie seufzte. Es war nicht zu ändern. Sie war bereit, die volle Verantwortung zu tragen, und wenn es ihren Kopf kosten würde. Hauptsache, ihre Männer kämen ungeschoren davon.
Sie wollte mit Schorsch sofort zur Dienststelle aufbrechen, um den Schaden zu begutachten und mögliche Spuren zu sichern. Erwin sollte sich derweil um die jungen Damen und Richie kümmern. Gisela brachte ihm das Jagdgewehr ihres Vaters. Auf seinen erstaunten Blick hin meinte sie nur, er müsse auf alles gefasst sein, was zur Folge hatte, dass Erwin erst einmal ein Weißbier wegzischte, um seine Nerven zu beruhigen. Danach verpasste er Richie die doppelte Dosis der verschriebenen Medikamente. Er betete, dass sein Freund und Kollege endlich aus dem Dämmerzustand aufwachen würde, um ihm zur Seite zu stehen.
Es dauerte keine fünf Minuten, da riss Richie die Augen weit auf, als hätte jemand sein Herz mit einem Defibrillator wieder zum Schlagen gebracht. Wie Dornröschen nach ihrem hundertjährigen Schlaf schaute er sich verwundert in der Runde um. Die jungen Damen starrten neugierig zurück. Erwin traten Tränen der Freude in die Augen, er fiel seinem Freund um den Hals, drückte ihn so fest, dass Richie die Luft wegblieb. Seine spröden Lippen bewegten sich, er hustete ein staubiges Wort hervor. Erwin ließ Richie los.
»Was hast gesagt?«
»Weißbier«, krächzte Richie erneut. Der goldene Gers-

tensaft war die Krönung der Wiederauferstehung des Polizeiobermeisters Richard Hafenrichter.

Rund um die Dienststelle hatte sich bereits das halbe Dorf versammelt, als Gisela und Schorsch dort eintrafen. Sollte es Spuren der Flüchtigen und ihrer Helfer gegeben haben, so waren sie im allgemeinen Trubel längst vernichtet. Gisela kletterte durch das Loch in die Zelle. Dort traf sie auf Franz Kramer, der mit seiner Spiegelreflex Fotos schoss.

»Was machst denn du da?«

»Spuren sichern.« Franz Kramer schob sein Kinn vor. »Oder wer soll das sonst machen?«

Gisela deutete auf das Loch.

»Du gehst jetzt schön wieder raus hier.«

»Ich bin noch nicht ganz fertig.«

»Raus! Und die Kamera bleibt bei mir.«

Sie streckte fordernd die Hand aus. Franz Kramer drehte sich etwas weg, so dass sie nicht nach seiner Kamera greifen konnte.

»Es waren Profis«, meinte er. »Ich hab draußen Überreste von Schwarzpulver entdeckt. Und hier drinnen haben sich die beiden Gefangenen mit Decken zugedeckt, damit sie nichts von dem ganzen Schotter abkriegen.«

Franz Kramer deutete auf die beiden Decken, die zusammengeknüllt in einer Ecke lagen.

»Einen hat's aber trotzdem erwischt. Es sind Blutspuren an der Wand und an der Decke. Der muss geblutet haben wie 'ne Sau. Also, entweder die flicken den selber zusammen, oder die bringen ihn zu einem Arzt. Du solltest da vielleicht Alarm schlagen.«

»Danke für den Hinweis. Jetzt gib die Kamera her und geh zu den anderen.«

Gisela tolerierte viel, aber dass jemand aus der Bevölkerung Sheriff spielte, noch dazu der selbstherrliche Metzger Franz Kramer, das zerrte gewaltig an ihrem Geduldsfaden. Mit einem missmutigen Brummen holte Franz Kramer die Speicherkarte aus der Kamera und drückte sie Gisela mit einem giftigen Blick in die Hand.

»Ihr seid's doch Amateure«, verabschiedete er sich.

Gisela steckte die Speicherkarte ein und begutachtete die Decke und die Wand der ehemaligen Zelle. Tatsächlich fand sich eine beträchtliche Menge Blut. Die rote Spur führte zu dem Loch und verlor sich im Schutt und Dreck, den die Explosion hinterlassen hatte.

Die Augen aller Umstehenden ruhten auf Gisela, während sie den Boden nach weiteren Hinweisen absuchte.

»So wird das nix.« Das war der Wirt vom Wilden Bock, der in seinem ausgewaschenen Trainingsanzug neben Franz Kramer stand. In seinem Mundwinkel klebte die Morgenzigarette, in der Hand hielt er ein Kaffeehaferl.

»Ich glaub, das müssen wir selber in die Hand nehmen.« Franz Kramer sprang sofort auf den Zug auf. Er wandte sich an die anwesenden Niedernussdorfer.

»Ich tät sagen, wir besprechen uns drüben im Bock.« Franz Kramer deutete hinüber zum Wirtshaus. Er schenkte Gisela einen gehässigen Blick. »Hier haben wir eh nix verloren.«

»Was gibt's denn da zu besprechen?«

Gisela ahnte, was der Metzger vorhatte. Er wollte seine angeborenen Führungsqualitäten unter Beweis stellen und Gisela zur passiven Beobachterin verurteilen. Er liebte diese Machtspielchen. Gisela hasste sie.

»Was zu tun ist«, erwiderte Franz Kramer. »Ich mein,

das ist ein Anschlag auf uns alle gewesen. Da werden wir nicht ruhig zuschauen und Däumchen drehen.«

»Jetzt geh, Papa, das muss doch nicht sein.« Schorsch wiegte gequält den Kopf. »Wir machen das schon.«

»Ja, klar.« Franz Kramer pumpte die Faust zweimal in die Luft. »Auf geht's, Niedernussdorfer, dem Gesindel zeigen wir's.«

»Kaffee geht auf's Haus!« Diese Ankündigung des Wirts wurde mit willkommenem Gemurmel aufgenommen, und ein Tross aus etwa dreißig Männern und Frauen setzte sich Richtung Wirtshaus in Bewegung. Schorsch warf einen hilfesuchenden Blick zu Gisela. Die hatte bereits ihr Handy in der Hand. Es war Zeit, die Hosen runterzulassen und Lederer einzuweihen, bevor der Mob sich erhob.

Unerwarteterweise tobte und schimpfte der Straubinger Hauptkommissar kein bisschen. Womöglich waren die aufgelisteten Verfehlungen Giselas zu zahlreich, um angemessen emotional zu reagieren. Erst als sie von der Bürgerwehr und deren Lagebesprechung im Wilden Bock berichtete, reagierte er in bekannter Art und Weise.

»Wenn auch nur einer dieser Dummbauern in die Richtung von Tomanovici furzt, nehm ich den ganzen Haufen wegen Bildung einer terroristischen Vereinigung hoch«, schnauzte er.

»Gilt der Begriff nicht nur für Organisationen, die politische Motive …«, setzte Gisela an, wurde jedoch jäh von Lederer unterbrochen.

»Kommen Sie mir jetzt bloß nicht mit Spitzfindigkeiten, sonst vergess ich mich!« Er schrie so laut ins Telefon, dass er ganz verzerrt bei Gisela ankam. Sie hielt das Handy etwas vom Ohr weg.

»Sie sorgen für Ruhe in Ihrem Kaff. Ich bin in einer Stunde da, und dann wollen wir mal sehen, wer noch wagt, sein Maul aufzureißen!«

Ein schnelles Tuten folgte dem Ausbruch Lederers. Er hatte aufgelegt. Gisela atmete tief durch. Auf der einen Seite war sie froh, dass Lederer die Initiative übernahm, auf der anderen Seite waren das ihre Leute. Sie fühlte sich dafür verantwortlich, dass Ruhe und Ordnung in Niedernussdorf herrschten.

Schorsch blieb zwecks Bewachung des Tatortes zurück, während Gisela sich auf den Weg zum Wilden Bock machte. Ein aufgeheiztes Stimmengewirr schwappte Gisela wie eine Flutwelle entgegen, als sie die Gaststube betrat. Franz Kramer stand auf einem der Tische und hetzte seine Bürgerwehr mit demagogischen Parolen gegen die fremdländischen Gangster auf. Er war sich nicht zu schade, die Impotenz der Polizei und die Dummheit des Rechtsstaates als Zeichen der niedergehenden Leitkultur anzuprangern. Nach jedem seiner geplärrten Sätze erntete er Beifall und zustimmende Rufe.

Niemand bemerkte Gisela, die sich das Treiben eine Zeitlang anschaute. Sie musste das Gesehene und Gehörte erst einmal verdauen, bevor sie den Mund aufbrachte, um den Unsinn zu stoppen. Aber ihre Stimme ging in dem Geschrei unter. Sie trat an den Tisch heran, um Franz Kramer herunterzuzerren. Der wehrte sich, brüllte etwas von Polizeigewalt und unschuldigen Bürgern, was zur Folge hatte, dass Gisela von allen Seiten bedrängt und zurückgeschubst wurde. Sie war schockiert, wie sehr der Herdentrieb die ihr bekannten Menschen in bösartige Tiere verwandelte.

Bevor die Situation völlig entgleisen konnte, zog Gisela

ihre Pistole, drückte mit dem Daumen den Entsicherungshebel nach unten, richtete sie gegen die Decke und drückte ab. Der Knall zerfetzte die Phalanx der Bürgerwehr, alle duckten sich instinktiv. Putz rieselte aus dem Einschussloch auf Franz Kramer herunter. Der stand weiterhin aufrecht auf dem Tisch und blickte auf Gisela hinab.

»Ihr geht's jetzt alle zur Arbeit.« Gisela senkte die Pistole langsam, in ihren Ohren sirrte es hell wie ein Schwarm Mücken. »Ich will keinen von euch mehr hier sehen.«

Sie nahm jeden Einzelnen ins Visier. Manche wichen dem Blick aus, andere hielten ihm trotzig stand. Schließlich richtete Gisela ihre nächsten Worte direkt an Franz Kramer.

»Was ihr hier macht, hat nichts mit Menschlichkeit zu tun. Ihr rennt jeden Sonntag in die Kirche, beichtet alle paar Wochen eure Sünden und glaubt, ihr könnt tun und lassen, was ihr wollt. Ihr seid eine Drecksbande.«

»Solang's ruhig ist im Dorf, da hast alles im Griff, aber sobald's brennt, weißt du nicht mehr, wo der Wassereimer steht.« Franz Kramer deutete mit dem Zeigefinger anklagend auf Gisela. »Du bist doch schuld, dass es so weit gekommen ist, dass hier Menschen am laufenden Band umgebracht werden, dass keiner mehr ohne Angst auf die Straße gehen kann. Wenn wir das Gefühl hätten, du würdest das geregelt kriegen, müssten wir uns nicht selbst drum kümmern.«

»Wir? Meinst du da nicht nur dich?« Gisela wandte sich an die Runde. »Wer von euch glaubt denn, dass der Franz das Problem geregelt kriegt?«

Ein paar Hände wurden gelupft, aber bei weitem nicht alle.

»Hat er euch auch gesagt, wie er das machen will? Indem ihr die bösen Buben zusammenschlagt? Oder aufhängt? Wie habt ihr euch das vorgestellt?«
»Wir verpassen denen einen Denkzettel, den sie nie wieder vergessen«, tönte Franz Kramer.
»Du bist hier nicht auf dem Feuerwehrball, wo du einem Grünhardinger eine einschenkst, dass er nie mehr dein Bier wegsäuft. Du legst dich hier mit Leuten an, die Gott schon lange umgebracht haben. Was bist du Würschterl da schon, hm?«
»Du hast ja ganz schön Schiss«, entgegnete Franz Kramer.
»Allerdings. Und wer nicht ganz blöd ist, der sollte den auch haben.«
Schweigen und unsichere Blicke wiesen darauf hin, dass Gisela zumindest bei einigen Niedernussdorfern den Verstand wieder in Gang gesetzt hatte. Franz Kramer spürte das ebenfalls. Ganz wollte er sich das Heft nicht aus der Hand nehmen lassen, er bestand darauf, das letzte Wort zu haben.
»Ihr habt die Polizeichefin gehört. Geht zur Arbeit. Aber bleibt wachsam. Falls die Bande erneut zuschlägt, sollten wir reagieren können. Weil, alles lassen wir uns bestimmt nicht gefallen.«
Franz Kramer kletterte vom Tisch und stolzierte mit seiner Anhängerschaft aus dem Wirtshaus. Zum Schluss standen nur noch Gisela und der Wirt in der Gaststube. Der deutete auf das Loch in der Decke. Es hatte die Größe einer CD, der Putz drumherum war abgebröckelt, so dass es wie ein Krater wirkte.
»Und wer zahlt das?«
»Der Staat. Ich stell dir eine Bescheinigung aus. Kann aber dauern, bis da was zurückkommt.«

Der Wirt winkte verärgert ab.
»Der Staat. Vergiss es. Mach ich's halt selber. Wie immer.«

Hauptkommissar Lederer erwartete Gisela in der demolierten Polizeistation mit einer Müdigkeit im Gesicht, die an Resignation grenzte.
»Einen ganz schönen Saustall haben Sie hier.«
»Mei, morgen kommt die Putzfrau, dann ist das wieder tipptopp.«
Lederers Schnauzer schien sich von der Oberlippe zu lösen, während seine Miene wie flüssiges Wachs nach unten rutschte.
»Nein, Schmarrn, ich weiß ja selber, was hier los ist, das müssen Sie mir nicht auch noch aufs Butterbrot schmieren. Sagen Sie mir lieber, was ich jetzt machen soll.«
Lederer seufzte, massierte mit Daumen und Zeigefinger seinen Nasenrücken. Schließlich verschränkte er die Arme vor der Brust.
»Ich nehme die Damen samt der von Ihnen entführten Jana mit nach Straubing.«
»Ich hab die Jana nicht entführt, die ist freiwillig mitgekommen.«
»Die Befragung zweier rechtswidrig festgehaltener rumänischer Staatsbürger durch eine Kronzeugin in einem Fall von Menschenhandel, Prostitution und eines möglichen Doppelmordes entspricht nicht der Vorgehensweise laut Dienstvorschrift. Sie hätten sich mit dem die Ermittlungen leitenden Beamten, sprich meiner Wenigkeit, in Verbindung setzen müssen, um sich eine diesbezügliche

Erlaubnis erteilen zu lassen, was Sie nicht getan haben, ergo haben Sie die Kronzeugin unerlaubt vom Sicherheitsort entfernt, was im weitesten Sinne einer Entführung entspricht.«

Gisela zuckte trotz der bedrohlichen Formulierung nicht mit der Wimper.

»Also, was mach ich jetzt?«

»Sie bringen mich jetzt zu den Damen. Danach sind Sie von allen Ermittlungen in diesem Fall freigestellt und haben genug Zeit, mit Ihrer Mannschaft den Dreck hier wegzuräumen.«

Gisela akzeptierte das Urteil mit einem erleichterten Kopfnicken. Da kam sie ja glimpflicher davon, als sie gedacht hatte.

Gisela fuhr in Lederers Mercedes zum Hof, ein Mannschaftsbus folgte ihnen. Am Steuer hockte ein unausgeschlafener Streifenbeamter aus Straubing, dem die Bärbeißigkeit ins Gesicht geschrieben stand. Kurz vor der Zufahrt kreuzte Ludwigs Auto die beiden Polizeifahrzeuge.

»Was ist denn los?«, fragte Ludwig, als er und Jakob ausstiegen und zusahen, wie Lederer mit einem Streifenbeamten das Wohnhaus betrat.

Gisela klärte ihn in aller Kürze auf, Jakob stand wie ein kleines Kind in einigem Abstand dabei, sein Blick war geistesabwesend. Kaum hatte Gisela ihren Bericht beendet, kam Lederer mit den sieben Damen aus dem Haus. Der bärbeißige Streifenbeamte öffnete die Schiebetür des Mannschaftsbusses, assistierte beim Einsteigen. Hinter Lederer kam Erwin angedackelt.

»Ich erwarte Ihren Bericht heute Abend bei mir auf dem Schreibtisch.« Lederer plusterte sich zum Mann aus

Stahl auf. Er war Herr der Lage, Gisela nicht mehr als ein Fußabtreter. »Und ich will kein formalistisches Geschreibsel, sondern inhaltlichen Detailreichtum. Ich will, dass Sie mir ein Bild der Situation malen, das absolut plastisch ist. Ich will das Gefühl bekommen, dabei gewesen zu sein.«

»Also, Sie wollen einen Erlebnisbericht?«, fragte Gisela nach.

»Nennen Sie es, wie Sie wollen. Ich möchte nur in aller Klarheit verstehen können, was passiert ist.« Er wippte auf den Zehenspitzen. »Sollte ich der Auffassung sein, dass Ihre Handlungen völlig unverhältnismäßig gewesen sind, werde ich den Bericht sofort weiterleiten.«

Er wollte sie womöglich doch nicht ungeschoren davonkommen lassen. Zumindest spielte er mit diesem Gedanken. Im Augenblick saß er am längeren Hebel und konnte sich diesen Sadismus erlauben. Gisela fluchte in sich hinein.

»Wo ist eigentlich der andere Kollege?« Lederers Stirn schlug Falten. »Der mit dem Bärtchen und den Triefaugen.«

»Der Richie?« Gisela nickte zum Haus. »Drin.«

»Der ist auf'm Klo.« Erwin starrte Lederer finster an. »Wollen Sie dem auch ans Bein pissen?«

»Ich tu nur meine Arbeit, guter Mann. Und *der Richie* war immerhin im selben Zimmer, als Frau Ionela Andreikovici zu Tode kam.«

»Wollen Sie damit andeuten, dass er sie umgebracht hat?« Erwin trat drohend einen Schritt vor, seine Fäuste geballt. Lederers rechte Hand rutschte vorsichtshalber zur Dienstwaffe im Gürtelholster.

»Erwin.« Im scharfen Ton eines Hundekommandos pfiff Gisela Erwin zurück. Sie wandte sich an Lederer, der sich erst entspannte, als Erwin auf Abstand ging.

»Ich bin mir sicher, dass der Kollege Hafenrichter Sie gerne begleiten wird.«

Der Streifenbeamte aus dem Mannschaftsbus gab Lederer das Zeichen, dass er bereit zur Abfahrt war.

»Holen Sie ihn mal«, befahl Lederer Erwin. Der rührte keinen Zeh.

»Vielleicht versuchen Sie's mit einem *Bitte*«, riet Gisela.

»Himmelkreuzkruzifix, ich bin hier nicht in einem Schnellimbiss! Ich bin legitimiert, Anordnungen zu erteilen, und ich erwarte, dass diese unverzüglich ausgeführt werden! Alles andere ist Subordinationsverweigerung, und ich bin nicht gewillt, das einfach so hinzunehmen!«

Lederer zitterte am ganzen Leib, aber sein Wutgeschrei prallte an Erwin wirkungslos ab. Der zeigte Lederer den Stinkefinger und die kalte Schulter. Lederer schnappte empört nach Luft. Gisela trat vor, um eine Eskalation zu verhindern.

»Ich hol ihn.« Sie eilte ins Haus, wo sich am Ende des Ganges eine weißgetünchte Tür mit einem aufgemalten blauweißen Nachttopf befand. Gisela klopfte.

»Richie?«

Es kam keine Antwort. Sie klopfte noch einmal.

»Richie?«

Sie lauschte angestrengt. Hinter der Tür war kein Mucks zu hören.

»Ist alles in Ordnung?«

Nichts. Gisela drückte die Klinke. Die Tür war nicht abgesperrt, das Klo leer.

Gisela schoss aus dem Haus.
»Der ist nicht da.« Ihre Worte verwandelten Lederer in ein Fragezeichen. Auch Erwin guckte verwundert.
»Wie gibt's denn das?«
»Was weiß ich. Hast du gesehen, dass er aufs Klo ist?« Erwin kratzte sich am Hinterkopf.
»Schon. Nicht wirklich. Also, er ist nach dem Weißbier raus aus der Küch und hat gemeint, er müsst mal pieseln.«
»Wann war das?«
»Mei, vor einer halben Stund, würd ich sagen.«
»Ihr Kollege verschwindet für eine halbe Stunde zur Toilette, und Sie stellen sich da keine Fragen?« Lederer stand ratlos vor der Dummheit dieses Dorfpolizisten.
»Mei, klar hab ich mich gefragt, ob der vielleicht nicht doch scheißt, weil er so lange braucht. Aber Sie wissen ja selber, wie das ist, wenn man sitzt und ist grad gemütlich.«
»Ich hab keine Ahnung, von was Sie reden! Wenn ich zur Toilette gehe, dann hat das den Sinn und Zweck, mich zu entleeren, nicht mehr und nicht weniger, Sie Volldepp!«
Alle starrten den tobenden Straubinger Hauptkommissar an, dem der Zorn die Wangen rot gefärbt und die Augen zum Sprühen gebracht hatte.
»Das ist doch sonnenklar, was der Herr Kollege vorhat, der hat sich abgesetzt! Und Sie Dummlack leisten auch noch Beihilfe zur Flucht! Wie blöd kann man eigentlich sein!«
»Vielleicht ist er ja irgendwo im Haus und hat sich hingelegt. Dem ist es in den letzten Tagen nicht so gut gegangen.« Giselas lahmer Versuch, Erwin und Richie in

Schutz zu nehmen, befeuerte Lederers Wutanfall zusätzlich.
»Ich revidiere meine Aussage! Sie sind nicht dumm, Sie sind hinterhältig und borniert!« Geifer tropfte ihm aus den Mundwinkeln. »Sie halten doch alle zusammen hier! Sie sind keine Polizisten, Sie sind Sektierer, die sich verschworen haben, jeden unliebsamen Gegner an Ihrem zweifelhaften Kodex zerschellen zu lassen! Ich werde dafür sorgen, dass Sie alle zur Rechenschaft gezogen werden! Alle!«
Niemand war zu einem Wort fähig, nachdem Lederer mit sich überschlagender Stimme geendet hatte. Erwin linste zu Gisela hinüber.
»Was meint er?«
»Dass wir was gegen ihn haben.«
Lederer wischte sich mit einem blütenweißen Stofftaschentuch den Mund trocken. Sein Atem ging immer noch schnell, aber seine Augen waren wieder klar.
»Ja, sicher. Stellen Sie mich nur als paranoid hin, Frau Kollegin. Damit werden Sie nicht durchkommen. Meine Reputation wird diesem jämmerlichen Angriff auf meine Glaubwürdigkeit ohne Mühe widerstehen.«
Gisela hatte keine Lust, den Hasstiraden gegen sich und ihre Männer weiter zuzuhören.
»Ich schau noch mal, wo er sein könnte.« Sie wirbelte herum, kehrte ins Haus zurück. Erwin folgte ihr.
»Wart, ich komm mit.« Ludwig eilte Gisela und Erwin nach. Er kannte sie gut genug, um zu wissen, wie sehr sie Lederers Worte verletzt hatten.
Der Straubinger atmete tief und gleichmäßig durch, brachte sein vegetatives Nervensystem langsam wieder unter Kontrolle.

»Sie sind so eine dumme Sau.«
Lederer drehte seinen Kopf in die Richtung, aus der die leise Stimme gekommen war. Jakob wirkte traurig, während er sprach.
»Die Gisela ist der feinste Mensch, den Sie sich nur vorstellen können. Dagegen sind Sie ein armseliger Wicht.«
Ohne eine Antwort abzuwarten, stolzierte Jakob ebenfalls ins Haus. Lederer stieß ein ungläubiges Lachen über diesen alten Deppen aus, suchte Zustimmung von dem Streifenbeamten. Der presste nur die Lippen zusammen, schaute weg. Den Kommissar überkam plötzlich eine schwarze Leere. Die Wahrheit auszusprechen machte einsam. Sein Seufzer hallte in dem endlosen Abgrund seiner Seele quälend laut wider.
Erwin entdeckte es als Erster.
»Das Gewehr ist weg.«
Gisela streckte ihren Kopf zur Wohnzimmertür herein.
»Was sagst du?«
Erwin deutete auf die Ecke neben der Couch.
»Ich hab das Gewehr da hingestellt.«
Gisela und Ludwig schauten sich an. Sie dachten beide dasselbe. Richie hatte sich das Gewehr geschnappt und war abgehauen. Wie? Gisela flitzte zum Schuppen, dessen Tore weit offen standen. Ihr Moped war ebenfalls verschwunden. Wahrscheinlich hatte Richie es vom Hof geschoben und erst auf der Straße gestartet, damit niemand das Motorengeräusch hörte. In Giselas Kopf wirbelten die Gedankensplitter kurz durcheinander, bevor sie sich zu einem Satz zusammenfügten. Richie war unterwegs zu Vlad Tomanovici, um ihn zu erschießen. Ihr wurde schwindlig, sie wankte.
»Alles in Ordnung?« Lederer hatte aufmerksam verfolgt,

wie sie aus dem Haus zum Schuppen geschossen war. Gisela sammelte all ihre Kraft für die nächsten Worte.
»Ich glaub, der Richie will die Ionela rächen.«
Lederers Versteinerung dauerte nur einen Augenblick, dann sprintete er ohne ein weiteres Wort zu seinem Mercedes. Gisela jagte zu den anderen.
»Wir müssen den Richie aufhalten!«
»Was? Wieso?«
Erwins Verwunderung wuchs, als Lederer einen Kavalierstart hinlegte, dass der Kies spritzte. Gisela hielt sich nicht mit einer Antwort auf, sie sprang in ihren Smart. Ludwig wandte sich an Erwin, deutete dabei auf Jakob.
»Du passt auf ihn auf, ja?«
Bevor Erwin protestieren konnte, quetschte sich Ludwig in den anfahrenden Smart und zog die Beifahrertür zu. Der Streifenbeamte war ebenso ratlos wie Erwin. Der zog Jakob mit sich zum Mannschaftsbus.
»Also, ich bin ja nicht der Depp hier. Wir fahren denen nach.« Auffordernd nickte er dem bärbeißigen Streifenbeamten zu. »Auf geht's, Kollege, das ist anscheinend ein Notfall.«
Erwin zog die Seitentür auf, schubste Jakob ins Innere und zwängte sich selbst neben Jana auf die Beifahrerbank. Der Streifenbeamte zündete den Motor, und der Bullenbully schoss vom Hof.
Gisela hatte das Gaspedal bis zum Anschlag durchgetreten, der Smart röchelte hinter Lederers Limousine her, die mit Blaulicht und Martinshorn die Hauptstraße hinunterfegte. Ludwig klammerte sich mit beiden Händen an den Haltegriff über der Beifahrertür, in jeder Kurve befürchtete er, dass sich das winzige Auto überschlagen würde. Beim Linksabbiegen am Marktplatz balancierte

der Smart tatsächlich kurz auf zwei Rädern, bevor Gisela ihn mit einem Ruck nach rechts wieder auf alle viere zwang.

Buchhändler Johann Köhler packte gerade ein Paket mit zehn erlesenen Romanen in den Kofferraum seines Wagens, als der Mercedes vorbeischoss. Köhlers Mutter verrenkte sich den Kopf. Das Blaulicht und das Martinshorn brachten ihre Augen zum Leuchten.

»Komm, wir müssen schauen, was da los ist.« Sie drängte ihren Sohn mit einer ungeduldigen Handbewegung, einzusteigen. Köhler wand sich.

»Mama, du bist doch im Ruhestand, da soll ein anderer Anwalt hinterherfahren.«

Der Smart pfiff mit quietschenden Reifen haarscharf an Köhlers Wagen vorbei, dicht gefolgt von dem Mannschaftsbus, der Boden gutgemacht hatte.

»Wenn du nicht sofort einsteigst, fahr ich selber.« Der herrische Ton duldete keine Widerrede.

Köhler war nicht der Einzige, der der Kolonne nachjagte. Werner Siebert, dem Lederer beim Ausfahren aus dem Schulparkplatz die vordere Stoßstange von seinem Volvo 444 riss, machte sich empört an die Verfolgung des Hauptkommissars. Dabei hätte er beinahe den Smart gerammt, der just in dem Augenblick von dem Bullenbully überholt wurde. Trotz eines blitzschnellen Ausweichmanövers erwischte der Bully die hintere Stoßstange des Volvos. Fluchend bremste der Lehrer. Aus den Augenwinkeln sah er einen Schatten auf sich zuschießen. Er erkannte Köhlers Audi, im Beifahrersitz eine ältere Dame, die wild mit den Händen fuchtelte, als würde sie Fliegen verscheuchen. Siebert ahnte, dass diese Geste ihm galt. Instinktiv stieg er mit ganzer Kraft auf

das Gaspedal. Der Volvo machte einen Satz nach vorne, der Audi schleuderte elegant an seinem Heck vorbei.
Dank Vierradantriebs hatte Köhler jederzeit die Kontrolle über den Wagen, und der Adrenalinschub durch den Beinahezusammenstoß holte den Vettel aus ihm raus. Seine Mutter grunzte begeistert, als er von Automatik auf Manuell umschaltete und den Drehzahlmesser in den roten Bereich hochjagte.
Giselas Smart wurde in einem grandiosen Manöver vor der Metzgerei von dem Audi ausgebremst. Fast wäre sie im Schaufenster von Franz Kramers Metzgerei gelandet. Das Herumwuchten ihres Körpers, unterstützt von der synchronen Bewegung Ludwigs, verhalf dem Smart zu einer Pirouette und Franz Kramer zu einer heilen Fassade. Der Metzger ließ Kundschaft Kundschaft sein, er sprang auf die Straße und blickte dem Smart nach, der über eine Kuppe flog, kurz die Bodenhaftung verlor und dann mit singenden Reifen aufsetzte. Ein Audi und ein alter Volvo ohne Stoßstangen taten es dem Kleinwagen gleich. Franz Kramer zog sein Handy raus. Er drückte die Kurzwahltaste des Wirts vom Wilden Bock.
»Alarmstufe Rot. Sagst den anderen Bescheid. Alarmstufe Rot. Ich bleib auf Sendung.«
Franz Kramer stieg mit eingeschaltetem Handy in seinen Lieferwagen. Seine Frau kam aus der Metzgerei gerannt.
»Wo willst denn hin?«
»Meine Bürgerpflicht tun«, brüllte er aus dem offenen Fenster zurück.
»Wann bist denn wieder daheim?« Seine Frau lief dem Kastenwagen noch ein paar Schritte nach, bekam aber keine Antwort. Franz Kramer bemerkte sie gar nicht, sein Blick war voller Vorfreude nach vorne gerichtet.

Möglich, dass das Bolzenschussgerät im Laderaum heute noch Arbeit bekam.
Lederer hatte trotz der rasanten Fahrt einen Blick für den Seitenspiegel. Er fuhr vor Schreck fast in den Straßengraben, als er fünfzehn Autos dem seinen folgen sah. Ein Leitpfosten klopfte an die Frontscheibe. Dem nächsten konnte Lederer gerade noch ausweichen. Das Navigationsgerät empfahl ihm zu wenden. Lederer bremste reflexartig, zog den Mercedes zurück auf den Asphalt.
Köhlers dunkler Audi hatte das Malheur genutzt, um aufzuschließen. Er war nur noch etwa zwanzig Meter hinter Lederer. Der schaltete zurück, presste das Gaspedal bis auf den Boden durch. Der Mercedes driftete um eine Neunzig-Grad-Kurve. Ein entgegenkommender Getränkelaster wich in letzter Sekunde aus, stellte sich quer. Der Hänger knickte ein.
Köhler traten fast die Augen aus dem Kopf, als er den Hänger auf sich zuschlittern sah. Reaktionsschnell steuerte er den Audi von der Straße in die angrenzende Wiese. Hinter ihm riss die Anhängerkupplung des Getränkelasters. Der Hänger löste sich, der Schwung trug ihn an der Fahrerkabine vorbei und schrammte knapp am Bug des Bullys vorbei, der mit blockierten Reifen eine achtzig Meter lange Bremsspur auf der Straße hinterließ. Jakob, Jana und die anderen Damen hingen in ihren Sicherheitsgurten, Erwin, der keinen angelegt hatte, klebte mit dem Gesicht an der Windschutzscheibe. Der Hänger verabschiedete sich in den Straßengraben. Gisela hörte das ohrenbetäubende Klirren der Flaschen auf der Ladefläche, während sie geschickt um den Mannschaftsbus und den liegengebliebenen Getränkelaster herumsteuerte.

Der Streifenbeamte im Mannschaftsbus erholte sich von seinem Schreck, er legte den Rückwärtsgang ein, um die Blockade vor sich zu umfahren. Dabei übersah er den Lieferwagen von Franz Kramer. Ein langgezogenes Hupen begleitete dessen Ausweichmanöver, das einen weiteren Straßenpfeiler das Leben kostete. Der Lieferwagen hoppelte in die Wiese, die bereits von dem Audi umgepflügt wurde. Im Gegensatz zu der Limousine besaß der Lieferwagen nur Vorderradantrieb und hatte Probleme, das aufgeweichte Grün zu durchqueren. Franz Kramer fluchte lauthals, als der Wagen trotz Vollgas liegenblieb.

Sein Fluchen steigerte sich zur wahren Gotteslästerung, denn ein lauter Hupton machte ihn auf den Volvo des Lehrers aufmerksam, der eine kleine Kuppe am Straßenrand genutzt hatte, um wie ein Skispringer abzuheben. Der Oldtimer flog in hohem Bogen direkt auf den Lieferwagen zu. Der Metzger war wie gelähmt. Er erwartete den Aufprall des Volvos und sah sich schon als blutüberströmtes Opfer in seinem zerquetschten Wagen liegen. Der Volvo senkte sich gemäß der ballistischen Kurve und traf auf das vordere Dachteil des Lieferwagens. Die Windschutzscheibe splitterte, winzige Glasscherben trafen Franz Kramers Gesicht wie Hagelkörner. Metall schrammte über Metall. Der Volvo rutschte weiter, knallte mit dem Kühler auf die Motorhaube des Lieferwagens und verharrte kurz in einem Kopfstand. Franz Kramer blickte in die schreckgeweiteten Augen des kopfüber hängenden Werner Siebert. Dann sorgte die Schwerkraft dafür, dass der Volvo Übergewicht bekam und mit dem Dach voran in der Wiese vor dem Lieferwagen aufschlug.

Die anderen Autos der Kolonne bremsten mehr oder weniger geschickt, als die Hindernisse vor ihnen in der Kurve auftauchten. Es gab kleinere Blechschäden, niemand wurde verletzt. Alle sprangen aus den Fahrzeugen, rannten auf die Wiese, um Franz Kramer und Werner Siebert aus ihren Wracks zu ziehen. Beide hatten nur leichte Blessuren. Während dem Lehrer angesichts seines geschrotteten Oldtimers die Tränen in die Augen stiegen, beorderte der Metzger mit gewohnter Autorität die Bürgerwehr zurück zu ihren demolierten, aber fahrbereiten Fahrzeugen. Man dürfe keine Sekunde verschwenden. Allein Werner Siebert blieb in Schockstarre bei seinem Volvo zurück.

Lederer kontrollierte die Straße hinter sich über die Spiegel. Keine Verfolger mehr. Zufrieden lächelte er. Gleich darauf gefror seine Miene. Vor ihm tauchte eine Horde Harleyfahrer auf, die die gesamte Straße einnahmen. Wilde Burschen in martialischer Ausrüstung. Auf die Schnelle erkannte Lederer abgesägte Schrotflinten, die in Seitentaschen steckten, und eine Kalaschnikow, die der Anführer stolz vor seinem Lenker spazierenfuhr. Sie glänzte golden in der Sonne. Lederer musste auf den Seitenstreifen ausweichen, um die Meute passieren zu lassen.

Das aggressive Röhren der Motoren und die entschlossenen Gesichter der *Bloody Devils* ließen befürchten, dass das kleine Niedernussdorf demnächst in Schutt und Asche liegen könnte. Kurz erwog Lederer umzukehren, um die Bevölkerung zu warnen, doch er entschied sich für die Weiterfahrt. Es galt, einen kaltblütigen Mord zu verhindern. Er gab wieder Vollgas, wählte gleichzeitig Giselas Nummer.

Ludwig nahm den Anruf entgegen. Gisela hatte alle Hände voll zu tun, der Rockergang auszuweichen, die ihr wie ein Mückenschwarm entgegenschoss.

»Hallo?«

»Lederer. Ist Frau Wegmeyer in der Nähe?«

Ludwig wurde gegen die Beifahrertür gedrückt, als Gisela an dem letzten Harleyfahrer in einem waghalsigen Manöver vorbeiraste.

»Die kann grad nicht. Soll ich was ausrichten?«

»Falls sie immer noch versucht, mich einzuholen ... sie soll umkehren und sich lieber um ihr Dorf kümmern. Die Rocker sind dorthin unterwegs. Ich befürchte, dass es demnächst zu einigem Chaos kommen wird.«

Gisela riss das Lenkrad nach rechts, um auf einen Feldweg abzubiegen. Ludwig prallte gegen ihre Schulter.

»Ich sag's ihr.«

Der Smart polterte über den unebenen Weg mit den vielen Schlaglöchern. Gisela und Ludwig wurden kräftig durchgeschüttelt.

»War das der Straubinger?«

»Ja. Er will, dass du umkehrst.«

»Das glaub ich.«

»Er will, dass du das Dorf vor diesen Rockern beschützt.«

»Die kommen gut ohne mich klar. Wichtiger ist, Richie vor sich selbst zu beschützen.«

Mit den letzten Worten bog sie rechts auf einen Trampelpfad ab, der eigentlich als Wanderweg diente und entsprechend schmal war. Gisela focht das nicht an. Sie kannte die Gegend wie ihre Westentasche, und sie wusste, dass das kleine Gefährt ohne Gefahr diese Abkürzung nach Grünharding nehmen konnte. Nur so hatte sie noch eine kleine Chance, vor Lederer auf dem Hof von Vlad Tomanovici zu sein.

Der Straubinger Hauptkommissar fegte ohne Rücksicht auf Verluste durch Grünharding. Ein paar Einwohner, die auf der Straße waren, spritzten wie panische Hühner zur Seite. Das Gleiche taten zwei Pilger, vor denen der Smart wie eine Rakete auftauchte und sich hupend seinen Weg bahnte. Ludwig zog im Vorbeifahren mit einem entschuldigenden Lächeln die Schultern hoch.

»Festhalten.«

Gisela klammerte sich mit beiden Händen am Lenkrad fest. Ludwig stemmte die Füße gegen den Boden, seine Finger hatten sich seit Beginn der Raserei eh nicht von den Haltegriffen über ihm gelöst. Vor ihnen tauchte eine Kuppe auf. Der Smart hob ab. Vor Gisela und Ludwig breitete sich die hügelige Landschaft mit dem Wald auf der einen Seite und dem Dörfchen Grünharding auf der anderen Seite aus. Dazwischen lagen das Gewerbegebiet und abseits davon der Hof des Rumänen. Gisela erkannte den silbern glitzernden Mercedes Lederers, der nur noch zwei Kurven bis zum Ziel zu meistern hatte.

»Scheiße, das schaffen wir nicht mehr.«

Der Satz ging im Quietschen und Knirschen unter, als der Smart unsanft auf den Boden krachte. Ein metallisches Kreischen, gefolgt von einer abrupten Verringerung der Geschwindigkeit, zeigte das Ende des Kleinwagens an. Der Smart pflügte noch ein paar Meter den Trampelpfad entlang, die Sicherheitsgurte hielten Gisela und Ludwig in den Sitzen. Der Motor starb ab.

»Achsbruch«, konstatierte Ludwig trocken. »Das war's dann.«

Gisela sprang aus dem Wagen, rannte den Weg entlang zum Hof von Vlad Tomanovici. Der Mercedes bog gerade in die Einfahrt ein.
Mit einem Blick erfasste Lederer die Situation. Vlad Tomanovici stand bei seiner Limousine, in der zwei lädierte Kerle hockten, die aus der Polizeistation entflohenen Männer, wie er vermutete. Der Kofferraum war offen. In der Hand hatte Vlad Tomanovici eine Maschinenpistole, die auf Richie gerichtet war. Der wiederum zielte mit dem Gewehr auf den Rumänen. Beide Männer äugten kurz zu dem Mercedes, der mit einem virtuosen Powerslide zum Stehen kam. Die Fahrertür öffnete sich, und Lederer zeigte sich in seiner ganzen Pracht. Er blieb im Schutz der geöffneten Tür stehen.
»Entschuldigen Sie, wenn ich hier so reinplatze, aber würden Sie jetzt bitte die Waffen weglegen, bevor ein Unglück passiert.«
Keiner der Duellanten reagierte auf die Worte des Hauptkommissars. Lederer zog mit einer kontrollierten Bewegung die Dienstwaffe aus seinem Holster.
»Wer immer von Ihnen zuerst abdrückt, hat eine Anklage wegen versuchten Mordes, wenn nicht sogar wegen Mordes am Hals.« Er wandte sich direkt an Vlad Tomanovici. »Ich denke nicht, dass es das ist, was Sie wollen.«
»Verschwinden Sie, das hier geht Sie nichts an«, knurrte der Rumäne.
»Er hat recht.« Richie klang ruhig und entschieden. »Das ist eine Angelegenheit nur zwischen ihm und mir.«
Lederer seufzte. Kurz schoss der Gedanke durch seinen Kopf, einzusteigen und wegzufahren. Sollten diese beiden Idioten sich doch gegenseitig umbringen. Das Problem war, dass er sich so oder so darum kümmern müss-

te. Er entsicherte seine Pistole, brachte sie auf Vlad Tomanovici in Anschlag. Richie schien ihm der Ungefährlichere. »Waffe weg. Sofort.«
Der Rumäne hatte für Lederers Aufforderung nicht mal ein Wimpernzucken übrig. Er fixierte weiterhin Richie. Schweißperlen glitzerten auf seinem Nasenrücken. Das war der Sonne geschuldet, nicht der Angst. Angst hatte Vlad Tomanovici schon als kleiner Junge nicht gehabt. Sein Zeigefinger lag ruhig auf dem Abzug der Maschinenpistole, sein Blick war klar und kalt.
Richie wiederum hatte sehr wohl Angst. Nicht um sein Leben. Das war mit dem Tod von Ionela sowieso leer und sinnlos geworden. Er hatte Angst, dass er den Rumänen verfehlen würde. Richie wollte Rache, in ihm war nichts als der Wunsch nach dem Tod von Vlad Tomanovici. Er hätte ihn gleich bei seiner Ankunft erschießen sollen, als er den Rumänen neben seiner Limousine erwischt hatte, den Rücken zu ihm gewandt. Doch leise Skrupel hatten sich gemeldet, und so hatte er den Rumänen angeschrien, sich umzudrehen.
Vlad Tomanovici aber hatte sich nicht umgedreht. Er hatte nur die Hände gehoben. Richie hatte noch einmal gebrüllt, er solle sich endlich umdrehen, damit er zum Teufel fahren könne. Vlad Tomanovici hatte mit einem Druck auf den Autoschlüssel in seiner linken Hand den Kofferraumdeckel entriegelt. Richie war mit dem Gewehr im Anschlag auf ihn zugeeilt. Der Rumäne hatte in den Kofferraum gelangt und sich dann umgedreht. In seinen Händen lag eine Uzi. Richie hatte gestoppt, als wäre er gegen eine Wand gelaufen.
Fünfzehn Meter trennten die beiden voneinander. Lederer bildete in gut zehn Metern Abstand die dritte Spitze

des Dreiecks. Er hatte ebenso wenig Angst wie Vlad Tomanovici. Der Rumäne müsste ihn schon direkt im Kopf treffen, um ihn auszuschalten. Die Tür des Mercedes war panzerverstärkt, die Seitenscheibe vor seiner Brust kugelsicher. Aber auch er schwitzte. Die Sonne brannte herab, als stünde sie über der mexikanischen Wüste. Kein Lüftchen regte sich, kein Tier war zu hören. Es war still wie in einem Grab. Nur die Augen der drei Männer huschten hin und her, um zu sehen, wer zuerst abdrücken würde.

Die *Bloody Devils* erreichten die Kurve mit dem verunglückten Getränkelaster. Der Mannschaftsbus wollte sich gerade an die Spitze der losfahrenden Kolonne setzen. Die Harleyfahrer hielten an. Erwin glotzte die wilden Kerle mit ihren Waffen überrascht an. Neben sich hörte er Jana aufstöhnen.

»Wir sind verloren.« Ihr Flüstern war bis zur letzten Sitzreihe zu hören.

»Am sichersten ist, wir bleiben alle im Auto«, flüsterte der Streifenbeamte ebenso leise. Seine Lippen bewegten sich dabei kaum. Sein Blick war auf den Anführer der Rocker gerichtet, der die Nase in den Wind streckte und wie ein Jagdhund schnupperte.

Erwin konnte den Blick nicht von der goldenen Kalaschnikow nehmen. Eine furchtbare Ahnung davon, was diese Waffe anrichten könnte, kroch wie eine Schlange unter seine Haut und ließ ihn frösteln. Er wusste, wenn er jetzt nicht handelte, würde diese Bande mit ihren Waffen über Niedernussdorf herfallen. Erwin bemerkte zu seinem Entsetzen, wie seine rechte Hand die Bei-

fahrertür aufstieß und sein Körper den Mannschaftsbus verließ. Er stellte sich breitbeinig mitten auf die Straße. Der Anführer der *Bloody Devils* musterte ihn aus kalten Augen.
»Wo wollt ihr denn hin?« Erwin versuchte möglichst finster zu gucken und die Brust rauszustrecken. Er hatte gelesen, dass Körpersprache in siebzig Prozent der Fälle über Sieg oder Niederlage entschied. Der Rocker zog die Augenbrauen fragend zusammen.
»Wohin ihr wollen?« Jedes Wort betonte er laut und deutlich.
»Wollen Dorf.« Der Anführer hatte eine tiefe und rauhe Stimme, die von zu viel Whiskey und Tabak abgeschliffen worden war.
Erwin schüttelte energisch den Kopf. »Nix Dorf.« Er deutete auf den Horizont hinter der Rockerbande. »Ihr umkehren. Verschwinden.« Er wedelte mit beiden Händen.
Der Anführer beugte sich leicht über seinen verchromten Lenker.
»Wir Dorf. Du verschwinden.« Er parodierte die wedelnde Geste Erwins affektiert. Die Teufel hinter ihm lachten.
Eine kleine Gewitterwolke ballte sich in Erwins Magen zusammen.
»Komm, lass uns abhauen, solang wir noch schnaufen.« Franz Kramer war aus dem Käfer des Wirts ausgestiegen.
»Mit solchene sollten wir uns nicht anlegen.«
Erwin drehte seinen Kopf gerade weit genug herum, um dem bleichen Metzger ins Gesicht zu schauen. Dabei sah er, dass alle anderen Bürgerwehrler brav in ihren Autos saßen. Erwin fühlte die Gewitterwolke wachsen angesichts dieser Feigheit.
»Wir sind die Einzigen, die zwischen denen und unseren

Leuten stehen. Glaubst, die fahren zum Picknicken nach Niedernussdorf?«
Franz Kramer presste die Lippen zusammen, verzog sich zurück in den Käfer. Erwin wandte sich wieder den *Bloody Devils* zu. Das war sein High Noon. Er war der aufrechte Sheriff, der von den Dorfbewohnern im Stich gelassen wurde und der Verbrecherbande alleine gegenübertreten musste. Wenn er diese Aufgabe überlebte, dann wartete vielleicht irgendwo eine Grace Kelly auf ihn. Bei dem Gedanken straffte sich seine Haltung. Die Gewitterwolke füllte ihn aus. Er war bereit, Blitz und Donner zu spucken.
»Hier nix niemand vorbeifahren.«
Der Anführer der Rocker griff nach seiner Kalaschnikow. Erwin zog die Pistole.
»Du nix nehmen Knarre, sonst Peng Peng«, warnte er den Anführer.
Jakob hatte die Situation aufmerksam mitverfolgt. Jetzt schnallte er sich ab, kletterte vor zur Beifahrertür. Der Streifenbeamte streckte seinen Arm aus, um ihn zurückzuhalten. Jakob schlug die Hand verärgert weg, stieg aus und steuerte auf den Anführer zu.
»Was habt ihr mit meiner Frau gemacht?« Jakobs Augen funkelten voller Wut und Schmerz. »Wo ist sie?«
Er stand breitbeinig vor der Meute und wirkte trotz seiner Größe gebrechlich.
Unbeeindruckt nahm der Motorradrocker sein Handy heraus. Er rief ein Foto auf, das Jakob zeigte.
»Wo ist meine Frau?«
»Du, du bist Mann, wir suchen.« Der Anführer steckte das Handy weg. Jakob runzelte die Stirn. »Du mitkommen.«

Erwin machte einen Ausfallschritt nach vorne.
»Der geht nirgendwohin. Der nix irgendwohin gehen, du kapiert?«
Der Anführer hob eine Faust in die Luft. Sofort hatten seine Männer ihre Waffen in den Händen und richteten sie auf Erwin. Dem trocknete auf der Stelle der Mund aus, er spürte, wie sich eine feuchte Wärme in seinem Schoß ausbreitete. Tapfer hielt er die Pistole weiter auf den Anführer gerichtet. Allerdings zitterte sie unkontrolliert.
»Bringen Sie mich zu meiner Frau?« Hoffnung schimmerte in Jakobs Gesicht.
Der Anführer musterte den Alten lange. Auf merkwürdige Art und Weise wurde die Miene des wilden Gesellen unter dem Dreitagebart weich.
»Frau?«
Jakob nickte, runzelte die Stirn, als müsste er überlegen.
»Sie ist verschwunden. Vor ein paar Wochen. Ohne sie bin ich nichts.« Er sagte es so leise, als spräche er mit seinem Herzen.
Der Anführer grinste amüsiert. Er klopfte auf den Sattel hinter sich.
»Mitfahren. Ich dich bring zu Frau.«
Jakob lächelte.
»Jakob, nicht!«
Der Alte drehte sich zu Erwin um.
»Fahrt heim.« Jakob quälte sich in den Sattel.
Der wilde Kerl schaute Jakob beinahe mit Bewunderung an. Erwin spürte, wie ihn alle Kraft verließ. Seine Knie drohten nachzugeben, die Muskeln in seinen Armen schmerzten.
»Jakob.« Es war nicht mehr als ein Flehen.

Jakob lächelte Erwin zu. Dann fuhr die Harley los. Der Motor brüllte auf, und die Maschine schoss zurück nach Grünharding. Die anderen *Bloody Devils* hielten ihre Waffen weiterhin auf Erwin gerichtet, drehten ihre Motorräder bei und folgten ihrem Anführer. Unvermutet war die Bande verschwunden. Es war, als sei alles nur ein Spuk gewesen.

Gisela stolperte die letzten Meter über eine unebene Wiese auf den Hof von Tomanovici zu. Ludwig keuchte hinterdrein. Er prallte gegen Gisela, als die abrupt stehen blieb. Sein Fluch blieb ihm im Hals stecken. Im Hof des Rumänen standen sich drei Männer im Mexican Standoff gegenüber. Gisela deutete auf einen Fleck hinter dem Haus.

»Du bleibst da.«

Ludwig wollte protestieren. Mit einem entschiedenen Blick erstickte Gisela jegliches Widerwort im Keim. Sie reichte ihm ihre Pistole, entsicherte sie.

»Du zielst auf den Tomanovici. Sobald der schießt, schießt du. Aber nicht vorher. Schaffst du das?«

Ludwig nickte. Gisela drückte ihm einen dicken Kuss auf die Lippen. Dann marschierte sie hocherhobenen Hauptes auf den Hof.

»Richie, lass den Schmarrn!« Die drei Männer blickten überrascht zu Gisela, die ohne ersichtliche Angst in das Dreieck eindrang und auf Richie zusteuerte.

»Hau ab!«

Richie versuchte, Vlad Tomanovici im Visier zu behalten, aber Gisela verstellte ihm die Sicht. Sie erreichte Richie, drückte mit einer Hand das Gewehr zur Seite, mit der

anderen verpasste sie dem Polizeiobermeister eine schallende Ohrfeige. Richie ließ verdattert das Gewehr los.
Vlad Tomanovici leckte nervös über seine Lippen. Gisela drehte sich zu ihm um.
»Und Sie auch. Legen Sie die Waffe weg.«
»Wollen Sie mir auch eine Ohrfeige geben?«, höhnte der Rumäne.
»Wenn's sein muss.«
Sie schritt schwungvoll aus, näherte sich Vlad Tomanovici. Der riss sein gesundes Auge voller Überraschung auf.
»Frau Wegmeyer!«, tönte es von der Seite. Lederer klang mehr als besorgt. In seiner Stimme lag leichte Panik. Vlad Tomanovici umfasste den Griff seiner Uzi fester, Schweiß lief in sein gesundes Auge. Er musste zwinkern, um klare Sicht zu behalten.
»Wollen Sie mich wirklich erschießen? Vor all den Leuten? Das ist doch sonst nicht Ihre Art, oder?«
»Bleiben Sie stehen.«
Gisela wurde keinen Deut langsamer.
Vlad Tomanovici senkte die Uzi etwas, drückte den Abzug. Ein Feuerstoß riss den Boden einen Meter vor Gisela auf. Sie blieb erschrocken stehen.
Zwei Schüsse schepperten fast zeitgleich. Vlad Tomanovici wurde von den Füßen gerissen. Die beiden Rumänen im Auto zuckten zusammen. Gisela starrte mit offenem Mund auf den Einäugigen, der vor Schmerzen schrie und sich im Dreck wälzte. Sie entdeckte zwei Blutflecken, die sich auf der Kleidung immer deutlicher abzeichneten. Einer war an der Schulter, der andere am Oberschenkel.
Sie drehte sich um. Lederer stand immer noch hinter der Fahrertür, in gebeugter Haltung, die Waffe im Anschlag.

Ludwig kam aus seinem Versteck hervor. Fast entschuldigend hielt er die Pistole hoch.
Lederer stand der Mund offen. Ungläubig wandte er sich Gisela zu.
»Sagen Sie bloß nicht, Sie haben einem Zivilisten Ihre Waffe gegeben.«
»Das ist mein Verlobter«, entgegnete Gisela.
Hinter ihr spurtete Richie zu Vlad Tomanovici und hob vorsorglich die Uzi auf. Er schaute mitleidlos auf den sich krümmenden Rumänen hinab.
»Das hast davon, du Drecksau.«
Ludwig reichte Lederer im Vorbeilaufen Giselas Pistole. Dann stürzte er sich auf Gisela und drückte sie so fest an sich, dass ihr die Luft wegblieb. Er küsste sie wild, ohne Rücksicht auf die Anwesenden.
Richie grinste bis zu beiden Ohren. Lederer wandte peinlich berührt den Blick ab. Er kümmerte sich um Vlad Tomanovici, fesselte dem Rumänen mit einem Plastikband die Hände. Eine schnelle Untersuchung der Schusswunden ergab keine lebensbedrohlichen Verletzungen, er band ihm Arm und Bein ab, um die Blutung zu stoppen.
Ein rollendes Donnern lenkte die Aufmerksamkeit aller auf die Einfahrt. Eine Horde von Harleys bog auf den Hof ein. Erstaunt erkannte Gisela ihren Vater im Sattel der ersten Maschine sitzen.
»Papa!«
Die Motorräder bildeten einen Halbkreis. Einige der *Bloody Devils* wollten zu ihren Waffen greifen, der Anführer gebot mit einer Geste Einhalt. Er stellte den Motor ab, stieg von seiner Maschine.
»Wie kommen Sie zu meinem Vater?«

Gisela stellte sich dem baumlangen Anführer mitten in den Weg.
Der musterte sie von oben herab. Er deutete auf Vlad, der kreidebleich an seiner Limousine lehnte und dabei von Lederer und Richie bewacht wurde.
Vlad Tomanovici nahm seine letzten Kräfte zusammen und befahl dem Anführer in wütendem Rumänisch, Gisela und ihre Begleiter auszulöschen. Der *Bloody Devil* schaute zu Gisela, die sich um den verwirrten Jakob kümmerte.
»Wo Frau?«, fragte er.
»Was, zum Teufel, weiß ich. Würdest du jetzt die verdammte Güte haben, diesen Scheißhaufen an Dorfdeppen abzuknallen. Sofort!«
Der Mann begegnete Vlads Wut mit ruhigem Blick.
»Wo Frau?«
Vlad verlor den letzten Rest Selbstbeherrschung, er fluchte und schimpfte, er schwor den *Bloody Devils,* sie alle kaltmachen zu lassen. Der baumlange Anführer brüllte zurück, er solle das Maul halten. Er entscheide, wann hier jemand umgebracht würde, und eine Gruppe von fünf Leuten wäre nie Teil der Abmachung gewesen. Vlad versprach keuchend, für jeden der Niedernussdorfer einhunderttausend Euro zu zahlen. Das Geld liege im Safe. Er flehte den Motorradrocker an, ihm zu helfen.
Gisela und die anderen verfolgten den Wortwechsel mit angehaltenem Atem. Keiner von ihnen verstand auch nur ein Wort Rumänisch, und niemand wusste, was auf sie zukommen würde. Lederer hielt seine Pistole fest umklammert, bereit, so viele wie möglich in den Tod mitzureißen. Richie stellte die Uzi unauffällig von Feuer-

stoß auf Dauerfeuer. Wenn das Magazin wenigstens halbvoll war, könnte er die Hälfte der langhaarigen Teufel mit in die Hölle nehmen.

Der Anführer drehte sich zu Gisela um. Er deutete auf Jakob.

»Wo Frau?«

Giselas Augen huschten besorgt zu ihrem Vater. Sie würde jetzt etwas aussprechen, was der schon vor langer Zeit vergessen hatte.

»Sie ist tot.«

Der Anführer wies mit einem Nicken auf Vlad.

»Er tot machen?«

Gisela schüttelte den Kopf.

»Nein. Herzinfarkt.«

Jakob schaute angestrengt auf den Boden, als würde dort die Antwort irgendwo liegen. Gisela streichelte tröstend seinen Arm. Den Anführer rührte dieser Anblick zwar, doch die Aussicht auf eine halbe Million Euro vertrieben etwaige Gefühle mit einem kleinen Windstoß. Er war bereit, seinen Männern das Zeichen zum Abschuss zu geben.

In dem Moment bretterten zehn mehr oder weniger demolierte Autos auf den Hof. Vier von ihnen schoben sich schützend zwischen die *Bloody Devils* und die fünf vom Tode Bedrohten. Erwin sprang aus dem Mannschaftsbus, bevor der richtig halten konnte.

»Ihr seid alle verhaftet. In zehn Minuten sind hier überall Hubschrauber und SEKs, da könnt ihr einpacken.« Wie ein Derwisch fegte er im Kreis herum. »Wenn auch nur einer zu seiner Waffe greift, ist er dran.« Er deutete auf die Autos. »Ihr werdet gerade alle gefilmt, und das wird live auf Facebook übertragen.«

Hinter den Scheiben sah man zahlreiche nach draußen gerichtete Handys.
»Wenn ihr uns alle umbringt, die Welt schaut zu.«
Mit blutunterlaufenen Augen suchte Erwin die Reihe der Motorradfahrer ab. Aber keiner rührte einen Finger. Der Anführer legte den Kopf schief und lächelte.
Er und Gisela schauten sich einen Moment lang an. Fast schien es ihr, als würde er sie mit seinem Blick bitten, sich gut um ihren alten Vater zu kümmern. Schließlich stieg er auf seine Harley, ließ sie an und rollte vom Hof. Seine Teufel folgten ihm. Es dauerte keine Minute, und das Donnern ihrer Motoren war nicht mehr zu hören.
Die Niedernussdorfer Bürgerwehr kletterte ins Freie. Sie beglückwünschten Erwin, freuten sich, dass Gisela, Ludwig, Jakob und Richie unverletzt waren. Lederer verfolgte den Jubel und Trubel mit einem leisen Lächeln. Er begegnete Giselas Blick, in dem Dankbarkeit lag. Im gleichen Augenblick erhielt er einen festen Schlag auf die Schulter. Richie stand neben ihm.
»Sauber gemacht.« Anerkennend nickte er und übergab Lederer die Uzi, dann schloss er überglücklich Erwin in seine Arme.
Gisela schaute Ludwig tief in die Augen.
»Danke.«
»Passt schon.« Er küsste sie. »Und? Machen wir's jetzt offiziell? Jetzt, wo ich dir das Leben gerettet hab?«
Er grinste unverschämt. Gisela seufzte.
»Bleibt mir ja nix anders übrig, oder?«
Ludwig drückte ihr gleich noch mal einen dicken Kuss auf die Lippen.

Der Bericht, den Gisela zu schreiben hatte, bereitete ihr einige Kopfschmerzen. Auf der einen Seite wollte sie den Ablauf so darstellen, wie er stattgefunden hatte, auf der anderen Seite gab es einige Vorfälle, die unangenehme Konsequenzen für die Niedernussdorfer haben könnten.

Da war die Entführung der beiden Rumänen, die inzwischen zu Protokoll gegeben hatten, dass Vlad Tomanovici sie engagiert hatte, um Häuser in Niedernussdorf in Brand zu stecken. Beide waren in Rumänien polizeilich bekannt. Trotzdem war eine Entführung eine Straftat, und die Männer der Bürgerwehr würden sich vor Gericht dafür verantworten müssen. Selbst wenn alle mit einer Bewährungsstrafe davonkämen, der Makel einer Verurteilung würde bleiben. Möglicherweise würden die Bauarbeiter ihren Arbeitsplatz verlieren.

Dann war da Jakobs Angriff mit der Axt auf Vlad Tomanovici. Streng betrachtet handelte es sich dabei um Körperverletzung, die zumindest mit einer Geldbuße geahndet werden konnte.

Richies beabsichtigte Selbstjustiz aber stellte alle anderen Missetaten in den Schatten, denn jeder Richter würde die Aktion des Polizeiobermeisters als kaltblütige und heimtückische Mordabsicht werten. In seinem Fall hatte Gisela immerhin die Hoffnung, dass ein psychiatrisches Gutachten eine starke Traumatisierung aufgrund von Ionelas Tod feststellen und ihm damit Unzurechnungsfähigkeit attestieren würde. Richie könnte um einen Gefängnisaufenthalt rumkommen und in der geschlossenen Abteilung einer psychiatrischen Klinik landen. Spätestens nach fünf Jahren würde er auf Resozialisierung getestet, und falls er bestand, wäre er wieder in

Freiheit. Ein überschaubarer Zeitraum für einen Phlegmatiker wie Richie.

Am Schluss der Liste stand ihr eigener Name. Sich selbst die ganzen Verstöße zuzuschreiben war ihr ein Leichtes. Sie stand zu ihren Entscheidungen: die Gefährdung einer wichtigen Zeugin, die rechtsstaatlich fragwürdige Befragung der beiden Rumänen, das Überlassen der Dienstwaffe an einen Zivilisten, die Anordnung, auf Vlad Tomanovici zu schießen, und damit eine tödliche Verletzung in Kauf zu nehmen. Gisela wusste genau, dass ihre Karriere bei der Polizei mit diesem Bericht beendet sein würde. Dafür würde Lederer bestimmt sorgen. Aber sie war bereit, die Konsequenzen zu tragen. Sie hatte sich noch nie vor der Verantwortung gedrückt. Im Gegensatz zu manchem Niedernussdorfer Mann, der seiner Ehefrau immer noch nicht gebeichtet hatte, was er in der einen oder anderen Nacht getrieben hatte.

Schweren Herzens begann sie zu schreiben. Vor ihrem geistigen Auge sah sie Lederer triumphierend einen Indianertanz um seinen Schreibtisch aufführen. Nach all den wüsten Erlebnissen mit der Niedernussdorfer Polizeimannschaft würde es ihm sicher grenzenlose Freude bereiten, den ganzen Stress und die Aufregung mit Zins und Zinseszins zurückzuzahlen.

Höchstpersönlich fuhr Gisela mit den vier dicht betippten und unterschriebenen Seiten nach Straubing. Sie wollte dem Hauptkommissar demonstrieren, dass sie trotz aller Gesetzlosigkeit eine aufrechte und mutige Frau war.

Lederer überflog den Text, während Gisela ruhig vor ihm stand. Er hatte ihr nicht mal einen Stuhl angeboten. Schließlich schaute er mit seinen klaren blauen Augen

auf. Er lächelte, sein Schnauzer zuckte kurz. Dann zerriss er den Bericht.
Gisela wurde vor Erstaunen ganz schwindlig. Auf ihren fragenden Blick meinte er nur: »Das deckt sich nicht mit meinen Eindrücken.«
Mehr sagte er nicht. Erst im Zuge der Vorverhandlung gegen Ionel und Vlad Tomanovici erfuhr Gisela, was Lederer in seinem eigenen Bericht geschrieben hatte. Er war eine Lobeshymne auf die Einsatzbereitschaft und den Mut der Niedernussdorfer Polizei, allen voran Gisela Wegmeyer, die ihr Leben aufs Spiel gesetzt hatte, um den kaltblütigen Mord Vlad Tomanovicis an Polizeimeister Richard Hafenrichter und Kriminalhauptkommissar Karl Lederer zu vereiteln. Trotz heftigster Widersprüche des Rumänen und seines Anwalts verurteilte Richterin Susanne Killer Vater und Sohn zu lebenslangen Haftstrafen. Nach der Urteilsverkündung zwinkerte sie Lederer verschwörerisch zu. Er seufzte innerlich. Kein Gefallen im Leben war umsonst, so viel hatte er gelernt.

Vier Wochen nach ihrer Hochzeit brachte Gisela Jakob zu einem kleinen Pflegeheim im Bayerischen Wald. Wie ein kleines Kind hielt er auf dem Weg zu seinem Zimmer ihre Hand. Es war hell und freundlich, in einer Ecke stand sein Ohrensessel. Jakob setzte sich sofort hinein. Gisela wischte sich verstohlen eine Träne aus dem Auge. Sie setzte sich auf einen Stuhl und packte die Tageszeitung aus. Sie begann vorzulesen, von hinten nach vorne, so wie Jakob es liebte. Beim Sportteil schlief er ein. Gisela legte noch eine Schachtel mit Pfefferminzbonbons auf den Tisch, bevor sie Jakob auf die Stirn küsste und ihn zärtlich anschaute. Sie war traurig. Aber neben dem Herzschmerz spürte sie gleichzeitig die tiefe Liebe zu ihm, eine Liebe, die niemand jemals würde zerstören können. Sie streichelte ihm zum Abschied die Hand. Golden schien die untergehende Sonne auf sein Gesicht, und im Traum spazierte er mit seiner geliebten Frau am Strand entlang. Er war glücklich.